스즈미야 하루히의 폭주

타니가와 나가루 | 지음
이덕주 | 옮김

# CONTENTS

## 서장 여름

한숨 범벅의 영화 촬영 이전, 학교가 아직 여름방학 중일 때의 이야기이다.

외딴 섬에서 순 엉터리 추리극을 연기하게 된 SOS단 하기 합숙에서 돌아온 지 며칠이 지나 마침내 나는 여름방학 기분을 맛보기 시작하고 있었다.

거의 강제 연행을 당하다시피 끌려간 자칭 합숙은 인내심 없는 단장으로 인해 출발 일시가 방학 첫날로 설정되어 있었기 때문에 긴 방학의 처음 며칠 정도는 어느 누구에게서도 군소리 안 듣고 대낮까지 자려 했던 내 주도면밀한 계획도 허망하게 끝장났고, 덕분에 몸이 예년과 같은 여름방학 모드로 전환된 것은 7월도 며칠 남지 않은 무렵이었기 때문이다.

말할 필요도 없이 학교에서 듬뿍 떠넘겨준 과제의 산을 무너뜨릴 생각이라고는 전혀 들지 않아, 이까짓 거 8월 가서 하면 된다고 느긋하게 보내고 있는 사이 7월은 너무나도 허무하게 끝났고, 8월에 들어서는 기운차게 사방을 날아다니는 여동생을 데리고 시골에 가 오랜만에 얼굴을 보는 사촌과 팔촌과 조카 등등과 2주일을 바다와 산과 초원에서 누군가에게 자랑하고 싶을 정도로 마음껏 놀아댔다.

　물론 하고 싶지도 않은 과제 따위는 학습 능력이 있는 새가 독 애벌레를 기피하듯 손을 대지도 않았고, 결과적으로 문제 풀이는 하나도 하지 않은 채 노는 데 집중하는 날들만이 달력 위에 새겨져 어느 사이엔가 8월도 중반을 지나려 할 무렵….

　그것은 은밀히 시작되고 있었…던 것 같다.

## 엔들리스 에이트

뭔가 이상하다.

그렇게 깨닫기 시작한 것은 여름 연휴가 지난 한여름의 어느 날이었다.

그때 나는 집 거실에서 뒹굴며 딱히 보고 싶지도 않은 고교 야구 중계를 TV로 보고 있었다. 오전 중에 일어난 바람에 한가하긴 하지만 산더미 같은 여름방학 과제에 맞설 만큼 기력이 넘쳐나는 것도 아니라고 할 정도는 시간이 남아돌고 있었다.

TV에 나오는 시합은 나와는 전혀 무관하고 인연도 없고 가본 적도 없는 현끼리의 싸움이었는데 판관 편애적 정신으로 7대 0으로 지고 있는 쪽을 별생각 없이 응원하고 있으려니, 왠지는 알 수 없지만 슬슬 하루히가 소동을 피울 것 같다는 기분이, 이 또한 왠지 모르게 들었다.

한동안 하루히와는 만나지 못했다. 난 동생을 데리고 외가가 있는 시골까지 피서와 조상 공양을 겸해 멀리 외출을 했다가 어제 막 돌아온 참이었다. 그것은 매년 갖는 행사였고, 여름방학이라 SOS단 녀석들과 만날 기회 자체가 없었으니 당연하다면 당연한 얘기다. 그리고 여름방학에 들어가자마자 요상한 섬에 가서 이상한 경험을 했던 SOS단 하기 합숙은 이미 끝난 지 오래다. 아무리 하루히라도 여행 제2탄을 가자는 소리는 하지 않을 것이다. 나름대로 만족하고 있을 시간이다.

"그런데 참."

그렇게 중얼거리며 무슨 연유에서인지 울리지도 않는 휴대전화의 장식 줄에 손가락을 걸어 잡아당긴 순간, 방 어딘가에 몰래 카메라라도 설치되어 있는 게 아닐까 의심할 만한 사태가 발생했다.

베스트 타이밍이라고밖에 할 수 없을 만큼, 한 치의 오차도 없이 전화가 착신음을 내기 시작했던 것이다. 순간 예지 능력이 각성한 게 아닐까 생각하다 고개를 저어 털어냈다. 말도 안 돼.

"대체 뭐야?"

표시되고 있는 전화 상대는 바로 스즈미야 하루히였다.

난 세 번쯤 전화벨이 울리기를 기다린 다음 천천히 통화 버튼을 눌렀다. 하루히가 무슨 얘기를 꺼낼지 이미 알 것만 같아 난 스스로를 의심했다.

『오늘 너 한가하지?』

라는 것이 하루히의 첫마디였다.

『정각 2시에 역 앞에 전원 집합이다. 꼭 오도록.』

라는 말만 남긴 채 바로 전화를 끊어버렸다. 더위에 잘 지내냐는 인사는커녕 여보세요도 없다. 참고로 전화를 받은 게 나인지 확인조차 하지 않는다. 더 말하자면 내가 오늘 한가하다는 걸 대체 어떻게 아는데? 이래봬도 나는…, 뭐 아무 예정도 없기는 하다만.

다시 전화가 울렸다.

"뭐야?"

『준비물을 말하는 걸 잊었어.』

빠른 목소리가 가져와야 할 물건들을 알린 뒤,

『그리고 넌 자전거를 타고 와. 충분한 돈하고. 바이♪』

끊겼다.

난 전화를 내던지고 고개를 갸웃거렸다. 뭐지, 꿈의 연속인 것 같은 이 묘한 감각은.

시원한 소리가 TV에서 울려 퍼져 시선을 돌리자 심정적인 적군의 득점이 마침내 두 자릿수에 달하고 있는 참이었다. 금속 방망이에 공이 맞는 소리가 가차 없이 내게 고해왔다.

여름도 끝이 다가오고 있다.

에어컨을 세게 틀고 굳게 문을 닫아놓은 방에 매미의 대합창이 벽에서 새어나오듯 흘러 들어오고 있었다.

"할 수 없지."

그런데 하루히 녀석, 여름방학이 시작되자마자 합숙이란 이름으로 우리를 요상한 섬으로 끌고 갔던 것만으로는 충분하지 않았던 걸까. 이 망할 더위에 대체 뭘 하려는 거야? 난 시원하게 냉방이 된 장소에서 나갈 마음은 조금도 없다고.

그런 생각을 하면서 나는 하루히가 말한 물건을 꺼내기 위해 옷장으로 향했다.


"늦었어, 쿈. 좀더 의욕을 보여야지!"

스즈미야 하루히가 비닐 가방을 휘두르며 즐거운 표정으로 내게 삿대질을 했다. 이 녀석은 아무것도 변한 게 없군.

"미쿠루랑 유키랑 코이즈미도 내가 오기 조금 전에 다 도착했는데. 단장을 기다리게 하다니 네가 무슨 짱이냐? 벌금이야, 벌금."

집합 장소에 나타난 마지막 인물은 나였다. 그래도 15분 전에 왔건만 다른 녀석들은 급작스런 하루히의 호출을 미리 알고 있었다는 듯한 속도로 집합을 했나보다. 덕분에 매번 내가 사기는 하지만, 이제 익숙해졌고 포기도 한 상태다. 어차피 일개 일반인인 내가 이 특수한 배후 관계를 가진 세 사람을 제친다는 건 불가능한 것이다.

나는 하루히를 무시한 채 성실한 단원들을 향해 한 손을 들었다.

"늦어서 죄송합니다."

다른 두 사람은 몰라도 이 사람한테만은 말해야 한다. 우아한 리본이 달린 모자 아래에서 아사히나 미쿠루 선배는 부드럽게 미소를 지으며 내게 고개를 숙였다.

"괜찮아요. 저도 이제 막 왔어요."

아사히나 선배는 두 손에 바구니를 들고 있었다. 왠지 기대를 해도 좋을 것 같은 물건이 들어 있는 것 같아 난 괜스레 기분이 좋아졌다. 언제까지나 그런 기분에 잠겨 있고 싶었지만 옆에서 방해꾼의 목소리가 끼어들었다.

"오랜만이네요. 그뒤로 또 여행이라도 갔다 왔나요?"

코이즈미 이츠키가 눈이 부시게 하얀 이를 드러내며 날 향해 손가락을 세웠다. 수상쩍은 미소는 여름방학 중반이 되어서도 여전히 바뀐 데가 없어 보였다. 너야말로 어디에 여행이라도 가지, 왜 하루히의 호출에 재빨리 응하는지 의문이 끊이질 않는다. 가끔은 거절도 좀 해봐.

난 코이즈미의 밝은 위선자 가면을 경유해 시선을 그 옆으로 전진시켰다. 마치 코이즈미의 그림자처럼 서 있는 것은 나가토 유키의 감정 없는 무생물적인 모습이었다. 교복 하복을 입고선 땀 한 방울 안 흘리고 똑바로 서 있는 것도 이제는 익숙한 광경이다. 땀샘이 있는지도 의심스럽다.

"……."

움직이지 않는 쥐 모양 장난감을 보는 듯한 눈으로 나가토는 날 올려다보고선 천천히 고개를 기울였다. 인사를 하는 건가.

"그럼 다 모였으니 출발하자."

하루히가 외쳤다. 난 일단 의무감에 사로잡혀 물었다.

"어디로?"

"시민 풀장이지 어디야."

난 오른손에 들려 있는 타월과 수영복이 든 스포츠백을 내려다보았다. 뭐, 풀장에 갈 거라고 생각은 하고 있었어.

"여름은 여름답게 여름다운 일을 해야지. 한겨울에 물놀이를 하며 좋아하는 건 백조와 펭귄 정도밖에 없잖아."

그 녀석들이라면 1년 내내 물놀이를 하고 있을 테고 그것도 딱히 좋아서 하는 건 아닐 텐데. 그런 비교 대상으로 걸맞지 않은 동물을 든다고 속아넘어갈 내가 아니다.

"잃어버린 시간은 절대로 되돌릴 수 없어. 그러니까 지금 하는 거야. 단 한 번뿐인 고1의 이 여름방학에!"

평소와 같이 하루히는 누구의 의견에도 귀를 기울일 생각이 없어 보였다. 기본적으로 나를 제외한 세 사람은 하루히에게 다른 의견을 제시하는 등의 헛된 행위를 하지 않기 때문에 매번 귀를 기울이지 않는 건 나뿐이다. 상식적으로 생각해 말도 안 되는 것투성이지만 분명히 상식적인 인간인 건 나뿐이니 그렇게 되는 운명인지도 모르겠다. 참 재수 없는 운명이네.

내가 운명과 숙명의 차이에 대해 생각하고 있는데,

"풀장까지는 자전거를 타고 갈 거야."

하루히의 선언이 터져나와 누구도 찬성하지 않는데 멋대로 실행에 옮겨지고 말았다.

듣자하니 코이즈미에게도 자전거를 타고 오라고 했다고 한다. 여성 3인조는 도보로 여기까지 왔다고 했다. 참고로 자전거는 합계두 대. SOS단의 총인원은 다섯 명. 대체 어쩔 생각이신가.

하루히는 밝은 목소리로 말했다.

"둘이랑 셋으로 나눠서 타면 딱이잖아. 코이즈미, 넌 미쿠루를 태워줘. 나랑 유키는 쿈 뒤에 탈게."


그렇게 해서 나는 필사적으로 페달을 밟고 있다. 더워서 땀이 줄줄 흐르는 건 그렇다 치더라도 내 머리 뒤에서 아까부터 음량 조절기능이 고장 난 스피커 같은 목소리가 줄곧 울리고 있는 것은 제발 어떻게든 해줬으면 하는 바람이다.

"야, 쿈! 코이즈미한테 뒤처지고 있잖아! 똑바로 밟아! 더 빠르게! 추월해버려!"

점점 흐릿해지는 시야에 코이즈미의 자전거 짐칸에 옆으로 앉아 있는 아사히나 선배가 얌전하게 한 손을 흔들고 있는 모습이 보였다. 왜 코이즈미는 저거고 난 이건데. 불공평이라는 단어의 어원은 지금의 내가 처한 상황이 아닐까 생각이 들 정도다.

내 자전거와 두 다리는 견디기 힘들게 밀려오는 부하를 견뎌내고 있었다. 짐칸에 얌전히 앉아 있는 나가토와 뒷바퀴 스텝에 발을 올리고 내 두 어깨를 잡고 있는 하루히라는, 곡예 수준의 3인승 자전거다. 언제부터 SOS단은 곡예단을 목표로 하게 되었단 말인가.

참고로 출발하기 전에 하루히는 이렇게 말했다.

"유키는 작고 체중은 있으나 마나야."

분명히 그랬다. 자기 무게를 제로로 만들었는지, 반중력이라도 쓰고 있는지는 확실하지 않았지만 페달을 밟고 있는 감각으로는 하루히의 무게만이 느껴지고 있다. 뭐 나가토가 중력 제어를 해주고 있다 치더라도 이젠 놀라지도 않는다. 이 녀석이 할 수 없는 게 뭔지를 차라리 알고 싶다.

하루히의 체중도 어떻게 좀 해줬으면 말할 나위가 없겠지만 내 등과 어깨는 확실하게 무게를 느끼고 있는 것 같다.

아사히나 선배의 머리 너머로 흘낏 뒤를 돌아보는 코이즈미의 짜증나는 미소가 보여 나는 이 세상의 모든 무상함을 느끼며 발자크 스타일로 자신을 한탄했다. 젠장, 집에 갈 때는 반드시 아사히나 선배와 둘이 타는 시간을 만끽하고 싶다. 바구니가 달린 나의 이 자전거도 그렇게 생각하고 있을 게 분명하다.


시민 풀장은 아예 서민 풀장이라 간판을 바꾸는 게 좋지 않을까 싶을 정도로 싼 티가 나는 곳으로 50미터 풀장 하나와 어린이용 수심 50센티미터 정도의 커다란 웅덩이가 전부였다.

이런 풀장에 헤엄을 치러 올 생각을 하는 고등학생은 정말 갈 곳이 없는 녀석들뿐으로, 그건 바로 우리들이었다. 어디를 봐도 꼬마들과 그 부모—특히 어머니—만이 존재한다. 나는 풀장을 가득 메울 정도로 떠 있는 튜브의 연령 한 자릿수 무리를 쳐다보고선 이내 실망했다. 아무래도 내 시신경을 즐겁게 해줄 대상은 아사히나 선배밖에 없을 것 같다.

"음, 이 소독약 냄새. 정말 딱이야."

햇살 아래, 짙은 붉은색 탄키니(주1)를 입은 하루히가 눈을 감고 코를 킁킁거리고 있었다. 아사히나 선배의 손을 잡아끌 듯 탈의실에서 나온다. 바구니를 한 손에 든 아사히나 선배는 마치 어린애들이 입는 것 같은 레이스가 팔랑거리는 원피스 수영복 차림이었고, 나가토는 수수하고 장식이라고는 하나도 없는 경기용 수영복 같은 옷을 입고 있었다. 이 두 사람의 수영복도 하루히가 골라준 거겠지. 자신의 의상에는 아무 관심도 없는 주제에 남의(특히 아사히나 선배의) 의상에는 까다로운 녀석이니까.

"일단 짐을 둘 장소를 확보하자. 그러고 나서 헤엄을 치자고. 경쟁이야, 경쟁. 풀장 끝에서 끝까지 누가 제일 빨리 헤엄치는가."

완전 애들 같은 소리를 하고선 준비 운동도 하지 않고 풀 안으로 뛰어들었다. 사방에 씌어 있는 '다이빙 금지'라는 말도 못 읽냐, 이 녀석은.

"어서 들어와! 물이 따뜻해서 기분 좋은데!"

난 어깨를 한 번 으쓱한 뒤 아사히나 선배와 시선을 마주치고선 가까운 그늘에 돗자리와 가방을 내려놓기 위해 걸어갔다.


아이들이 이상적으로 대량 발생한 소금쟁이처럼 수면을 가득 메우고 있어 똑바로 헤엄칠 수는 없었다. 그런 열악한 상황 속에서 실시된 단원 대항 50미터 자유형 경쟁에서 당연하다고 해야 할지 아니라고 해야 할지 1등을 한 것은 나가토였다.

주1) 탄키니: 상의가 민소매나 탱크톱으로 된 수영복.

아무래도 이 녀석은 숨을 쉬지도 않고 계속 잠수를 해 풀장 바닥을 헤엄쳐 왔나보다. 얼굴에 찰싹 달라붙어 있는 짧은 머리에서 물방울을 떨어뜨리며 골인 지점에서 우리들이 도착하기를 묵묵히 지켜보고 있었다. 말할 필요도 없지만 꼴찌는 아사히나 선배였다. 선배는 숨을 쉴 때마다 멈춰 섰고, 근처로 날아온 비치볼을 쳐내기도 하며 나가토의 열 배 정도의 시간을 들여 마침내 맞은편에 도착했을 때에는 숨을 헐떡이고 있었다.

"스포츠로 고민이 발산된다는 건 다 거짓말이야. 몸과 머리는 떨어져 있는걸. 몸은 생각하지 않아도 움직이지만 머리는 생각하지 않으면 돌아가질 않잖아."

하루히는 자기가 정말 멋진 소리를 하고 있다는 표정을 지었다.

"그러니까 다시 한번 승부야. 유키, 이번에는 안 질 거다!"

'그러니까'라는 접속사는 그런 경우에 사용하는 게 아니라는 것을 누가 이 녀석한테 가르쳐줄 어른은 없는 건가. 뭐가 그러니까냐. 그저 지는 걸 싫어하는 것뿐이잖아. 그것도 이길 때까지 도전을 계속할 생각인 지구력 승부다.

그래서 나는 나가토가 분위기를 파악해주길 기대하며 풀장에서 몸을 뺐다. 승부라면 자기네들끼리 내라고. 난 풀 사이드에서 구경꾼을 할 테니까. 난 나가토에게 걸 건데 누구 하루히한테 걸 녀석 없나?

50미터 풀을 다섯 번 왕복한 하루히와 나가토였다.

그러다가 SOS단의 여자 3인방은 우연히 알게 된 초등학생 그룹과 하나가 되어 수구 놀이를 시작했다. 완전히 할 일이 없어진 나와 코이즈미는 풀 사이드에 주저앉아 물과 놀고 있는 그녀들의 모습을 달리 할 일도 없이 지켜보고 있었다.

"즐거워 보이네요."

코이즈미는 그쪽을 쳐다보며 말했다.

"흐뭇한 광경인데요. 그리고 평화가 느껴집니다. 스즈미야 씨도 제법 상식적으로 즐기는 방법을 익힌 것 같다고 생각하지 않으세요?"

나한테 말하고 있는 것 같아 대답을 해주기로 했다.

"갑자기 전화를 걸어서는 일방적으로 용건만 말하고 끊어버리는 권유는 그다지 상식적이라고 할 수 없잖아."

"마음을 먹었으면 꾸물대지 말고 바로 실행하라는 말도 있잖아요."

"저 녀석이 뭔가를 생각해냈을 때 우리가 그 일로 흉(凶) 이외의 다른 제비를 뽑았던 적이 있었냐?"

내 뇌리에는 웃기지도 않는 아마추어 야구와 바보 같은 거대 꼽등이의 모습이 스쳐 지나갔다.

코이즈미는 스마일리한 말투로 대답했다.

"그래도 제가 볼 때 이런 건 과하다 싶을 만큼 평화로운 겁니다. 저렇게 즐겁게 웃고 있는 스즈미야 씨는 이 세상을 뒤흔드는 짓은 하지 않을 테니까요."

그렇다면 좋겠다만.

내가 과장되게 내쉬는 한숨을 어떻게 받아들였는지 살짝 코웃음을 치고선….

―그때 코이즈미는 기묘한 표정을 보였다. 낯선 표정이었다. 그러니까 희미하게 미소를 짓는 것 이외의 표정을 지었던 것이다.

"응?"

코이즈미는 눈썹을 찡그리는 동작을 보였다.

"왜 그래?" 라고 물었다.

"아뇨….."

웬일로 시원스럽지 못하게 코이즈미는 말꼬리를 흐렸지만 이내 미소를 되찾았다.

"아마 제 착각일 겁니다. 초봄부터 많은 일들이 있어서 조금 신경질적이 됐었나봅니다. 아, 올라왔네요."

코이즈미가 가리킨 방향에서 새끼에게 먹이를 가져다주는 황제 펭귄과 같은 기세로 걸어오는 하루히가 보였다. 만면의 미소. 뒤에서는 성에서 출발한 공주님을 따르는 듯한 분위기로 아사히나 선배와 나가토가 따라오고 있었다.

"이제 밥 먹자. 무려! 미쿠루가 직접 만든 샌드위치야. 시가로 따지면 5천 엔 정도, 옥션에 내면 50만 엔 정도에 팔릴걸. 그런걸 너한테 공짜로 먹여주는 거니까 나한테 고마워해."

"감사합니다."

나는 말했다. 아사히나 선배에게.

코이즈미도 나를 따라 고개를 숙였다.

"황송합니다."

"아니에요."

아사히나 선배는 쑥스러운 듯 고개를 숙이고선 손가락을 꼬물거리며 말했다.

"맛있을지 어떨지는 모르겠지만…. 만약 맛이 없다면 정말 미안해요."

그럴 리가 있겠는가. 아사히나 선배의 매끄러운 손끝이 유려하게 조리한 음식물은 언제 어디서 뭘 하더라도 맛있다. 이때 5WIH(주2)에서 가장 중요한 건 후더닛(주3) 부분이니까 말이다.

그런 연유로 아사히나 선배의 핸드메이드 믹스 샌드위치는 감동적인 맛이었고 덕분에 맛있는지 어떤지를 알 수 없을 정도였다. 아무래도 좋다. 주전자에서 직접 따라주신 뜨거운 녹차도 샌드위치에는 전혀 어울리지 않았지만 완전 완벽 노 프로블럼, 흐르는 땀마저도 괜스레 시원스럽게 느껴질 정도다.

자기 몫을 순식간에 해치운 하루히는 온몸에서 끓어오르는 열량을 발산하려는 듯한 기세로,

"한 번 더 헤엄치고 올게. 너희들도 다 먹고 나면 와라."

이런 말을 남기고 다시 풀로 다이빙했다.

정말 용케 이런 장애물투성이의 장소에서 헤엄을 친다. 인류의 해양생물 진화설도 틀린 건 아닐지도 모르겠다. 하긴 하루히의 먼 선조였을 인류라면 옷만 걸친 채 달 위에 떨어져도 훌륭하게 적응할 것 같지만.

그뒤로 잠깐 동안 아주 천천히 말없이 먹고 있는 나가토를 제외한 우리 셋은 구애 중인 물개같이 물 속을 춤추고 다니는 하루히에게로 향했다.

그 무렵 하루히는 이번엔 초등학교 여자애들 집단과 순식간에 친해져 수중 피구에 참가하고 있었다.

"미쿠루도 이리 와. 어서!"

"네."

주2) 5WIH: who, when, where, what, why, how의 6하 원칙.
주3) 후더닛: 내용과 줄거리가 범죄와 그 해결에 주력하는 유형의 추리 영화나 프로그램 소설 등에 대한 속칭 'Who has done it?'에서 나온 말. 관객으로 하여금 범죄자의 행각이나 추적자의 행위와 동일감을 갖도록 유도하는 특징이 있다

느긋하게 대답한 직후 아사히나 선배는 하루히가 던진 강속 비치볼에 얼굴을 직격당해 물 속으로 가라앉았다.


그로부터 약 1시간 후 물에서 올라온 나와 코이즈미는 기운 넘치는 아이들의 높은 목소리에 떠밀리듯 풀 사이드에 자리를 잡았다.

아무래도 이건 뭔가 아니야. 하루히는 무슨 생각으로 이런 아무것도 없는 시민 풀장을 고른 걸까. 워터 슬라이더라도 증설하라는 말은 하지 않겠지만 좀더 쾌활한 고등학생 그룹이 갈 만한 장소가 있을 것도 같은데 말야.

이글거리는 햇빛에 살갗이 급속도로 멜라닌 색소를 증식하는 것이 느껴졌다. 그러고 보니 나가토도 햇살에 타기는 할까 생각하며 그 모습을 찾자, 자그마한 몸집에 짧은 머리를 한 말없는 소녀는 아까와 변함없이 그늘에 털썩 주저앉아 예리한 눈동자를 허공에 고정시키고 있었다.

평소와 같은 모습이다. 어디에 가나 변함없이 토우처럼 정지해 있는 나가토의 모습이었―지만.

"응?"

알 수 없는 바람이 내 마음을 휘젓고 사라졌다. 그 묘한 느낌이다. 왠지 나가토가 따분해하고 있다는 듯한 감각이 순간 느껴졌다. 그리고 데자뷔. 그 다음에 무슨 일이 벌어질지 난 어딘가에서 경험을 했다. 그렇다, 하루히가 이런 말을 하는 것이다―.

"이 두 사람이 내 단원이야. 뭐든 다 들어줄 테니까 하고 싶은 말이 있으면 해."

눈을 풀장으로 돌린 나는 여자아이들의 무리를 끌고 우리가 앉아 있는 발치까지 온 하루히를 발견했다.

기운찬 초등학생들을 상대로 지쳤는지 아사히나 선배는 턱까지 물에 담근 채 살짝 눈을 감고 있었다. 초등학생 이상으로 아무 고민도 없이 기분 좋은 하루히는 반짝이는 눈을 나와 코이즈미에게 향했다.

"자, 놀자. 수중 축구를 할 거야. 남자 둘은 골키퍼를 맡아줘."

그게 어떤 규칙을 가진 어떤 스포츠냐고 되묻기 전에 내가 느낀 데자뷔는 사라졌다.

"…어."

대충 대답을 하며 난 자리에서 일어섰다. 코이즈미도 미묘하게 뒤를 돌아보며 아이들의 무리에 합류했다.

조금 전의 위화감은 이젠 존재하지 않았다.

흐음. 뭐 자주 있는 일이잖아. 일상의 어느 한순간을 꿈에서 본 듯한 감각이라는 건 말이야. 그리고 이 풀장은 나도 어릴 때에 온 적이 있다. 그 기억이 갑자기 떠오른 건지도 모르겠다. 아니면 뇌의 정보전달에 조금 까다로운 프로세스 차질이 있었는지도 모르겠다.

난 가까이 떠 있던 돌고래 모양의 튜브를 밀치며 하루히가 오버헤드킥을 날리듯 위로 차올린 비치볼을 쫓아갔다.


실컷 놀고 난 우리는 마침내 시민 풀장을 뒤로했다. 집에 갈 때에도 나는 3인승 곡예 자전거, 코이즈미는 청춘 자전거다. 이렇게 해서 사람의 마음이 황폐해지는 거구나.

짐칸에 조신하게 앉아 있는 아사히나 선배는 원래 피부가 하얘서 그런지 얼굴 부분부분이 상기된 듯 빨개져 있었다. 그 한 손이 자전거에 올라탄 운전자의 허리에 둘러져 있는 것을 보고 내 마음은 더 더욱 황폐해져갔다. 귀를 기울이면 휘잉 하고 황야를 가로지르는 거친 바람소리까지 들릴 것 같은 상태다.

하루히가 마음 내키는 대로 가리키는 방향을 향해 자전거를 몰다 보니 집합 장소인 역 앞에 돌아오게 되었다.

아아, 맞다. 내가 쏴야 했지.

커피숍에 자리를 잡은 나는 차가운 물수건을 머리에 얹고 의자 위에 늘어졌다. 즉각,

"앞으로의 활동 계획을 생각해봤는데 어때?"

테이블에 종잇조각 한 장이 엄숙하게 강림했고, 검지가 보라는 듯 검지가 그 종이를 가리켰다. A4 노트에서 찢어낸 종잇조각.

"무슨 짓이냐?"

내 질문에 하루히는 자랑스러운 표정을 지었다.

"얼마 남지 않은 여름방학을 어떻게 보낼까 하는 예정표야."

"누구 예정표?"

"우리들이지. SOS단 서머 스페셜 시리즈야."

하루히는 찬물을 원 샷으로 들이켜고선 더 달라고 점원에게 요구한 뒤 말을 이었다.

"갑자기 생각이 났지 뭐야. 여름방학은 이제 2주밖에 안 남았잖아. 정말 깜짝 놀랐다니까. 위험해! 하지 못한 일이 많은 것 같은데 시간이 그것밖에 안 남은 거야. 이제부터는 다 같이 가는 거야."

하루히가 직접 쓴 계획서에는 다음과 같은 일본어가 적혀 있었다.

○『여름방학 중에 꼭 해야 할 일』

- 하기 합숙
- 풀장
- 여름 축제
- 불꽃 축제
- 알바
- 천체 관측
- 배팅 연습
- 곤충 채집
- 담력 시험
- 기타


여름방학 열병.

아마 그런 열병이 어느 밀림에서 어슬렁어슬렁 나타난 게 아닐까. 모기인지 뭔지가 옮기고 다니는 게 분명해. 하루히의 피를 빤 그 모기를 동정하겠다. 식중독에 걸려 낙하했을 테니까.

위의 내용 가운데 하기 합숙과 풀장에는 커다란 엑스표가 그어져 있었다. 아무래도 종료를 했다는 표시인 듯했다.

그렇다면 나머지의 저 메뉴들을 2주도 안 되는 사이에 다 해치워야 한다는 거군. 게다가 '기타'는 또 뭐야. 여기에다 뭔가를 더 하겠다는 거냐.

"뭐든 생각나면 한다는 거지. 지금은 이게 다야. 너는 뭐 하고 싶은 거 있어? 미쿠루는?"

"으음…."

진지하게 고민에 잠기는 아사히나 선배에게 나는 눈빛으로 메시지를 보냈다. 너무 엉뚱한 소리는 하지 않는 게….

"전 금붕어 건지기가 좋아요."

"좋아."

하루히가 든 볼펜이 리스트에 새로운 항목을 하나 추가했다.

계속해서 하루히는 나가토와 코이즈미의 의향도 물어보려 했지만 나가토는 말없이 고개를 저었고, 코이즈미도 미소를 지으며 고사했다. 올바른 선택이야.

"잠시 실례."

빠르게 아이스 오레를 비운 코이즈미가 용지를 들고선 뚫어져라 보기 시작했다. 생각에 잠긴 듯하기도 하고 뭔가를 쫓아내려는 듯한 모습이었는데, 이런 이벤트 열거에 뭐 짐작이 가는 바라도 있는 건가.

나가토가 소리도 없이 소다수를 빨대로 빨아들이는 광경만이 잠시 계속되었다.

"감사합니다."

코이즈미는 하루히가 지칭하는 계획표를 테이블 위에 다시 내려놓고선 살짝 고개를 갸웃거렸다. 뭘 하려는 작정인 거야.

"내일부터 결행이야. 내일도 이 역 앞에 집합할 것! 이 근처에서 내일 본오도리(주4) 축제가 열리는 곳이 있나? 불꽃놀이도 좋은데."

최소한 조사라도 한 다음에 결행에 옮겨다오.

"제가 조사해보도록 하죠."

코이즈미가 자진해 나섰다.

"그러고 나서 스즈미야 씨에게 연락을 하겠습니다. 일단 본오도

주4) 본오도리: 음력 7월 15일 밤에 남녀가 모여 추는 윤무.

리 축제나 불꽃놀이 개최를 알아보라는 거죠?"

"금붕어 건지기도 잊지 마, 코이즈미. 미쿠루가 직접 희망한 거니까."

"본오도리와 축제가 같이 열리는 곳을 찾는 게 좋겠군요."

"응, 부탁해. 너한테 맡기겠어, 코이즈미."

하루히는 신이 나서 커피 플로트의 아이스크림을 한 입에 삼키고선 보물섬이 있는 곳을 가리키는 지도라도 다루는 듯한 동작으로 노트 조각을 접었다.

내가 돈을 내는 동안 하루히는 대회를 앞둔 달리기 주자처럼 달려 사라졌다. 내일을 대비해 들끓는 마음을 다잡아둘 생각인지도 모르겠다. 어차피 폭발할 거라면 천천히 하지 말고 한 번에 크게 해줬으면 하는 바람이다. 파편을 회수할 수고가 줄어서 편할 테니까.

단원 네 명도 각각 흩어져 해산했고 적당히 거리가 벌어지길 기다렸다가 나는 그중 한 명을 불러 세웠다.

"나가토."

내 목소리에 여름용 세일러복을 입은 유기 휴머노이드가 뒤를 돌아보았다.

"……."

말없는 무표정이 나를 바라본다. 거절할 줄도, 받아들일 줄도 모르는 무생물 같은 두 눈이 하얀 얼굴 위에 뜨여 있었다.

묘한 느낌이 마음에 걸렸다. 나가토가 감정이 없는 건 언제 어디서나 늘 마찬가지이지만 구체적으로 지적은 할 수 없어도 오늘의 나가토에게는 어딘지 모르게 묘한 구석이 있다.

"아니⋯."

불러 세우기는 했는데 가만히 생각해보면 해야 할 말이 없다는 것을 깨닫고 나는 잠시 당황했다.

"아무것도 아니긴 한데. 요새 어때? 잘 지내냐?"

이 무슨 바보 같은 소리냐.

"잘 지내."

"그거 다행이네."

"응."

미미한 움직임만을 보이는 응고 안면이 더욱 딱딱하게 굳은 듯한⋯ 아니, 반대인가, 묘하게 풀린 것 같은⋯. 왜 그런 모순된 의견이 튀어나왔는지 나도 이해가 가지 않는다. 인간의 인식력이란 고작 이 정도가 아닐까? 이런 말로 회피를 하기로 하자.

결국 그 이상 대화는 이어지지 않았고 난 적당한 인사말을 대충 던지고선 도망치듯 나가토에게서 등을 돌렸다.

잘은 모르겠지만 그렇게 하는 게 좋을 것 같아서였다. 그리고 자전거를 타고 집으로 돌아와 저녁을 먹고 목욕을 하고 TV를 보다가 잠이 들었다.

이튿날 아침 내게서 태평한 잠을 빼앗아간 것은 또다시 하루히가 건 전화였다.

본오도리 회장을 찾았다. 시간은 오늘 밤, 장소는 시내의 시민 운동장, 이라고 했다.

용케 그렇게 타이밍 좋게 발견을 냈네. 내가 반쯤 감탄하고 있는데 하루히가 꺼낸 말이란 것은,

"다 같이 유카타(주5)를 사러 갈 거야."

스케줄의 시작은 그렇게 되어 있는 듯했다.

"사실은 칠석 때 입히고 싶었는데 깜박했지 뭐니. 그때 내가 잠깐 정신이 어떻게 됐었나봐. 일본에 2개월 연속으로 유카타를 입는 풍습이 있어서 살았다니까."

누가 살려준 걸까.

참고로 지금은 환한 대낮이다. 밤에 모이면 되건만 너무 이른 게 아닌가 생각했더니 그런 것 때문이었군. 어제에 이어 하루히는 기세 좋게, 아사히나 선배는 살랑거리며, 나가토는 말없이, 코이즈미는 실실 쪼개며 말하지 않아도 다 아는 역 앞에서 대집합이다.

"미쿠루랑 유키도 유카타가 없대. 나도 없거든. 요전에 상점가를 지나가는데 게타(주6)랑 세트로 싸게 파는 게 있더라. 그걸로 하자."

아사히나 선배와 나가토가 서 있는 모습을 바라보며 난 여자 멤버들이 유카타를 입은 모습을 상상해보았다.

뭐, 여름이잖아.

나와 코이즈미는 평소 옷차림 그대로 가게 되었다. 남자의 유카타 모습은 여관 정도로 충분하다. 남자의 유카타 차림은 봐봤자 하나도 재미 없다고.

"그래. 코이즈미라면 어울리겠지만 너는 영."

하루히는 코웃음을 치며 나를 위아래로 훑어보고선,

"자, 가자."

들고 온 부채를 휘두르며 호령을 했다.

"유카타 매장으로 출발!"

---

주5) 유카타: 목욕을 한 뒤나 여름에 입는 무명 홑옷.
주6) 게타: 일본식 나막신.

여성 의류 양판점으로 뛰어든 하루히는 아사히나 선배와 나가토 것까지 멋대로 골라서는 재빨리 탈의실로 향했다.

　나가토 이외의 두 사람은 옷 입는 법을 몰랐기 때문에 여직원이 입혀주었는데 제법 시간이 걸렸다. 나와 코이즈미가 할 일도 없이 여성 의류가 즐비한 선반 주위를 어슬렁거리고 있으려니 마침내 세 사람이 거울 앞에 나타났다.

　하루히는 화려한 하이비스커스 무늬, 아사히나 선배는 색색가지 금붕어, 나가토는 수수하고 차분한 기하학 무늬가 그려진 옷이었다. 각각의 유카타 차림은 모두 나름대로 분위기가 있어서 난 시선을 어디에 둬야 좋을지 몰라 당황했다.

　여직원은 "누가 누구의 남자친구일까?" 하고 묻고 싶은 듯한 표정으로 나와 코이즈미를 흘낏거리고 있었지만, 죄송하다고 말하고 싶군. 코이즈미는 몰라도 난 그냥 따라온 사람입니다요. 아쉽다고 해야 하나?

　뭐, 나는 아사히나 선배의 유카타 버전을 볼 수 있는 것만으로도 충분하다. 하루히와 나가토도 잘 어울리고 나름대로 분위기가 있긴 하다만. 딱히 소리 내어 말할 것까지는 없지.

　"미쿠루, 너…."

　하루히는 아사히나 선배를 보고선 마치 자기 일처럼 기뻐했다.

　"귀여워! 역시 나라니까. 내가 하는 일에 실수란 있을 수 없지! 네 유카타 차림에 이 세상 남자의 95퍼센트는 완전 매료됐을 거야!"

　남은 5퍼센트는 뭐냐고 물어보았다.

　"이 귀여움은 게이 취향의 남자들에겐 통하지 않지. 남자 백 명이 있으면 다섯 명은 게이라고. 잘 기억해둬."

기억할 필요가 있을 것 같지는 않은데.

아사히나 선배도 싫지는 않은지 탈의실 거울 앞에서 이리저리 몸을 돌리며 자신의 의상을 확인하고 있었다.

"이게 이 나라의 고전적인 민속 의상이군요. 가슴이 조금 답답하긴 하지만 멋져요….'"

하루히가 강요한 코스튬 중에서는 톱클래스로 괜찮은 놈이다. 바니만큼 노출이 심한 것도 아니면서 메이드만큼 보편성이 없는 것도 아니기 때문에 이 계절 한정으로는 시내를 활보해도 문제가 될 의상이 아니다. 여름의 풍물시 같은 것이다. 거기에다 무지무지 잘 어울리고 말이다. 마치 내 동생이 유카타를 입고 있는 듯한 분위기마저 감돌면서도 허리띠 윗부분이 언밸런스하게 심하게 부풀어 있지만 귀여우면 만사 오케이이다. 모든 것을 용서해버릴 만큼 성스러운 분위기가 아사히나 선배의 몸에서 방출되고 있다. 만약 그녀가 은행 강도 주범이 되었다 하더라도 나는 변호인석에 앉을 것이다. 하루히라면 어떨지 모르겠지만.

시간 배분 능력이 제로인 하루히가 일찍부터 소집을 한 덕분에 본오도리 축제까지 엄청나게 시간이 남았다. 할 수 없이 시간을 때우기 위해 역 앞 공원으로 갔고, 그동안 하루히는 아사히나 선배와 나가토의 머리를 묶어주었다. 인형처럼 얌전하게 벤치에 앉아 있는 두 사람과 시시각각 형태가 바뀌어가는 그녀들의 머리 모양은 그대로 연속 사진으로 찍어두고 싶을 정도로 한 폭의 그림이었다는 말을 첨부하며, 저녁을 맞이한 우리들은 시민 운동장을 향해 대열을 짜고 나아갔다.

일몰 전인데 벌써부터 북적이고 있는 축제 회장에는 어디서 나타났는지 시민들로 흘러넘치고 있었다. 용케 이렇게 많은 사람들이 모이는구나.

"와아."

솔직하게 감탄을 하는 이는 아사히나 선배였고,

"……."

뭘 해도 반응이 없는 이는 나가토이다.

본오도리를 진심으로 추는 녀석을 여태껏 별로 본 적이 없는데 이번에도 마찬가지였다. 하지만 본오도리라. 굉장히 오랜만에 보는 걸—.

"응?"

또다. 데자뷔와 같은 감각이 편두통처럼 등장했다. 여기에 오는 건 분명히 오랜만인데 아주 최근에 왔던 것 같은 기분이 든다. 운동장 중앙에 세워진 망루와 주위에 늘어선 축제 노점들을 본 적이 있던 것 같기도 하고 아닌 것 같기도 하고….

하지만 산산이 흩어져 하늘을 날아가는 거미줄을 잡으려하듯 그 감각도 스르륵 사라졌다.

하루히의 목소리가 들린다.

"미쿠루, 네가 하고 싶어했던 금붕어 건지기도 있다. 팍팍 건져 봐. 검은색 금붕어는 플러스 200포인트다."

제멋대로 규칙을 정해놓고선 하루히는 아사히나 선배의 손을 끌고 금붕어 건지기 수조로 뛰어갔다.

"우리도 같이 할까요? 몇 마리를 건질지 시합을 해보는 건 어때요?"

게임을 좋아하는 코이즈미의 제안에 나는 고개를 저었다. 금붕어 따위는 가져가봤자 넣어둘 그릇이 없다. 그보다 사방에 식욕을 자극하는 냄새를 풍기는 노점 쪽에 더 흥미가 동하는데.

"나가토는 어때? 뭐 먹을래?"

웃지 않는 눈이 나를 보았고 천천히 시선이 이동했다. 그곳에는 가면 노점이 있었다. 그런 것에 관심이 있나? 이 녀석의 취미도 참 알 수 없단 말이야.

"뭐, 좋아. 일단 한 바퀴 둘러보자."

스피커가 신음하듯 울려대는 이지 리스닝 뮤직 같은 축제 음악. 그에 이끌리듯 나는 나가토를 가면 노점으로 데리고 갔다. 코이즈미가 조금은 방해가 된다는 생각을 하면서.


"대어였는데 많이 필요 없다고 한 마리만 받아왔어. 미쿠루는 하나도 못 건졌지만 내 걸 줬지."

아사히나 선배의 손가락에 걸려 있는 작은 비닐봉지 속에서는 의심할 바 없는 작은 오렌지색 물고기가 아무 생각도 없는 표정으로 헤엄치고 있었다. 끈을 단단히 묶고 있는 아사히나 선배의 동작 하나하나가 참 귀엽다. 다른 한 손에 들려 있는 것은 사과 사탕으로 동생한테도 하나 사다줄까 하는 생각이 들었다. 가끔은 동생의 기분을 맞춰주는 것도 좋겠지.

한편 하루히는 왼손으로 물 풍선을 튕기며 오른손에 타코야키 (주7) 그릇을 들고선,

"딱 하나라면 먹어도 좋아."

라며 내밀었다. 나는 소스로 범벅이 된 타코야키를 먹었다.

주7) 타코야키: 물에 푼 밀가루에 잘게 썬 문어와 파, 조미료 등을 넣고 동그란 틀에 부어 구운 음식.

"어, 유키? 그 가면은 어디서 난 거야?"

"샀어."

나가토는 타코야키에 꽂힌 이쑤시개를 가만히 바라보며 그렇게 중얼거렸다. 나가토가 머리에 쓰고 있는 것은 빛의 나라 출신의 은색 우주인이다. 몇 대째인지는 나도 모르지만 우주인인 만큼 파장이 맞는 게 있었나보지. 유카타 소맷자락에서 똑딱 지갑을 꺼내 사버린 물건이었다.

왠지 나가토에겐 신세를 지고 있는 듯한 기분이 들었기 때문에 그 정도는 사줄 수도 있었는데 나가토는 말없이 거절하고선 자신의 돈을 내밀었다. 그러고 보니 이 녀석의 자금 사정은 어떻게 되는 걸까.

망루 주위에서는 탄코부시(주8)에 맞춰 유카타 차림의 부인과 아이들이 흔들흔들 춤을 추고 있었다. 어느 노인회와 부인회와 아동회 멤버들처럼 보였다. 단순히 놀러온 녀석이 본오도리를 진지하게 추지는 않을 테니까. 물론 우리도 마찬가지다.

아사히나 선배는 미개지 정글에서 현지인들이 환영하는 춤을 추는 광경을 보는 듯한 얼굴로 그들을 바라보며,

"헤에, 하아."

자그맣게 감탄하는 소리를 내고 있었다. 미래에는 우란분(주9)에 춤을 추는 풍습이 없나?

하루히를 선두로 우리들은 축제를 실컷 눈요기한 뒤 하루히의 "이거 먹자"와 "이거 해보자"는 말에 따르는 하인이 되었다. 하루히는 무척 즐거워 보였고, 아사히나 선배도 그래 보였기 때문에 나도 즐겁기는 했다. 나가토가 즐거워하는지 어떤지는 알 수 없었고 코

주8) 탄코부시: 후쿠오카 지역의 민요.
주9) 우란분: 불교에서 하안거(夏安居)의 끝 날인 음력 칠월 보름에 지내는 행사. 아귀도(餓鬼道)에 떨어져 괴로워하는 혼을 위안하는 행사임.

이즈미가 즐겁든 말든 그건 내 알 바가 아니다.

코이즈미는 가끔 묘하게 침묵을 지키는가 싶더니 미소를 짓곤 해서, 이 녀석도 요새 나름대로 정서불안에 빠진 게 아닌가 생각이 들었다. SOS단 따위에 들어온 인간은 누구나 그렇게 되고 말 운명일지도 모르지만.

여름이고 여름방학이었다.

유카타 차림의 세 여인을 바라보는 나는 그것만으로도 모든 것을 용서할 수 있을 것 같은 기분이 들었다.

그래서 하루히가,

"불꽃놀이 하자, 불꽃놀이. 모처럼 이렇게 차려입었으니까 오늘 다 해버리자고."

그렇게 말을 했을 때도 거의 전면적으로 찬성했을 정도였다. 노점에서 파는 유치한 아동용 불꽃놀이 세트를 구입한 우리들은 달과 화성밖에 보이지 않을 흐릿한 여름 밤 하늘 아래를 걸어 강가로 이동을 개시했고, 도중에서 100엔짜리 라이터와 일회용 카메라를 사서 물 풍선과 부채를 휘두르며 걸어가는 하루히의 뒤를 따라갔다. 하루히는 평소보다 더욱 들떠 있는 것 같았다. 옷이 날개라는 말이 내 뇌리를 스치고 지나갔다.

하루히의 폴짝이는 머리카락을 보고 있자니 유카타를 입고선 그렇게 성큼성큼 걷지 말라고 주의를 주려는 마음도 들지 않았다. 건강하고 튼튼한 게 하루히의 장점이다.

그리고 한 시간 뒤, 선향 불꽃에 눈을 동그랗게 뜨는 아사히나 선

배와 드래곤 불꽃을 두 손에 쥐고 달리는 하루히, 꿈틀거리는 뱀 불꽃을 하염없이 바라보는 나가토 등등의 사진을 찍은 다음 오늘의 SOS단 서머 이벤트는 종료되었다.

강물을 뒤집어쓴 불꽃의 잔해를 편의점 봉투에 담아 치우고 있는 코이즈미를 보며 손가락으로 입가를 누르는 자세를 취하고 있던 하루히가 말했다.

"그럼 내일은 곤충 채집이다."

무슨 일이 있어도 리스트에 오른 항목은 다 소화할 작정인가보다.

"하루히, 노는 것도 좋지만 여름방학 숙제는 다 했냐?"

하나도 끝내지 못한 내가 이런 말을 하는 것도 뭐하지만. 하루히는 순간 황당하다는 표정을 지었다.

"뭐야? 그런 숙제 따위는 3일이면 다 끝낼 수 있잖아. 난 7월에 다 끝내놨지. 늘 그렇게 하는걸. 그렇게 귀찮은 건 미리 해치우고 아무 근심 없이 노는 게 여름방학을 즐기는 올바른 방법이라고."

하루히한테는 진짜 그 정도 수준밖에 안 되는 건가보다. 왜 이런 녀석이 머리가 좋은 건지 사람에 대한 하늘의 기준점 배분은 너무 적당주의란 말이야.

하루히는 우리를 매섭게 노려보며 말했다.

"채집망과 채집통을 들고 전원 집합할 것. 알았지? 그래, 다 같이 얼마나 잡는지 경쟁하자. 제일 많이 곤충을 잡은 사람에겐 일일 단장의 권리를 양보해주겠어."

전혀 원치 않는 칭호로군. 그런데 곤충이라면 아무거나 다 되는 거냐?

"으음…. 매미 한정! 그래, 이건 SOS단 매미 채집 배틀이야. 규칙은…, 종류는 아무거나 좋으니까 한 마리라도 많이 잡은 사람이 이기는 거다!"

혼자 떠들고선 의욕에 넘치는 하루히는 부채를 채집망처럼 들어 곤충을 쫓는 흉내를 냈다. 망과 채집통이라. 집 창고에 옛날에 쓰던 게 있었나.

그렇게 겨우 집에 돌아왔을 때 난 사과 사탕을 사오는 걸 깜박했다는 사실을 깨달았다.


이튿날, 비라도 내리면 좋겠다는 바람을 갖고 테루테루보즈(주10)에 대못을 찔러 났는데 엄청나게 쾌청하고 맑은 날씨가 되어 여름 최고라고 해도 될 정도의 기온에 매미도 아주 신이 나 있는 것 같았다.

"매미는 먹을 수 있나? 튀기면 맛있을지도 모르겠다. 아, 나 가끔 하는 생각인데, 튀김이 맛있는 건 혹시 튀김옷이 맛있는 게 아닐까? 그럼 이 매미도 그럴지도 몰라."

너 혼자 드십쇼.

나잇살 먹은 고등학생이 다섯 명이나 모여 각자 채집망과 채집통을 들고 걸어가는 그림이라는 것도 참 기이한 것이다.

오전에 집합한 우리는 녹음을 찾아 키타고로 향하는 루트를 답파했다. 우리 고등학교는 산 속에 있기 때문에 쓸데없이 나무들이 우거져 있어 숲을 근거지로 하는 곤충들에게는 최고의 거처이기도 하기 때문이다. 내가 사는 동네는 제법 도시라고 생각했는데 그렇게 비관적인 곳은 아니었나보다.

주10) 테루테루보즈: 날이 개기를 기원하며 추녀 끝에 매달아놓는 천이나 종이로 만든 인형.

나무줄기에는 마치 매미가 열리는 나무처럼 시끄럽게 울어대는 곤충들이 넘쳐나고 있었다. 완전 나 잡아 잡수쇼 상태다. 부들부들 떨며 조심스럽게 망을 휘두르는 아사히나 선배마저도 수확이 있었을 정도이니, 이 동네 매미들은 인간이야말로 이 세상에서 가장 경계해야 할 동물이라는 인식이 없는 건지도 모르겠다. 이참에 가르쳐줘야겠지.

그렇게 마구 포획을 한 나는 채집통 안에 가만히 있는 매미들을 바라보았다. 몇 년을 땅 속에서 있었는지는 모르겠지만 하루히의 손에 의해 기름에 튀겨지기 위해 성충이 된 건 아닐 텐데. 그렇지 않아도 나는 해마다 작아지는 것처럼 느껴지는 여름의 벌레 소리에 쓸쓸함과 기만적인 죄책감을 느끼고 있다. 미안하다, 아스팔트 따위를 깔아버려서 말이다. 이기적인 인간을 용서해다오.

그런 내 독백을 느낀 건 아니겠지만 하루히도 이렇게 말했다.

"역시 캐치 앤드 릴리스 정신이 필요하겠어. 놓아주면 나중에 보답을 하러 올지도 모르잖아."

인간 크기의 매미가 현관문을 노크하는 모습을 그려보니 밥맛이 떨어졌다. 일방적으로 잡았다가 놓아줬는데 그걸 가지고 보답을 하러 오는 녀석이 있다면 그 녀석은 정말 곤충 차원의 지능의 소유자다. 차라리 복수를 하러 오는 게 낫지.

하루히는 채집통 뚜껑을 열고선 앞뒤로 흔들며 외쳤다.

"자! 산으로 돌아가거라!"

맴맴맴—. 몇 마리의 매미들이 채집망 안에서 이리저리 부딪치더니 날아갔다. 아사히나 선배가 귀여운 비명을 지르며 주저앉는다. 그 위를 날아다니다 무뚝뚝하게 서 있는 나가토의 머리를 스치고 어떤 녀석은 나선을 그리며, 어떤 녀석은 일직선으로 저녁 하늘로 멀어져갔다.

나도 하루히를 따라 했다. 솟아 나오는 매미들을 보고 있는 사이에 왠지 내가 제우스에게서 받은 상자를 열어버린 판도라가 된 듯한 기분이 들었다. 최후의 한 마리라도 남겨둘까 생각한 것은 모든 매미가 보이지 않을 만큼 저 멀리로 날아가버린 뒤의 일이었다.

그리고 그 다음 날에는 아르바이트가 기다리고 있었다.

하루히가 어디선가 물어온 아르바이트로, 감사하게도 우리들에게 알선해준 것이다. 당일치기 아르바이트의 내용이란.

"어, 어서 오십시오."

아사히나 선배의 어색한 목소리가 힘없이 들려온다.

"자, 여러분 줄을 서주세요. 앗, 앗…, 밀지 말아요오."

하루히가 브로커처럼 우리들에게 떠넘긴 알바는 동네 슈퍼마켓의 창업 기념 세일 고객 모집 업무였다.

어쩌다보니 모이게 된 우리는 어쩌다보니 그대로 건네받은 의상을 입고선 아침 10시부터 슈퍼 앞에서 선전 활동 같은 짓거리를 하게 되었다.

게다가 모두 인형 의상을 뒤집어쓰고 있었다.

정말 의미를 알 수 없다. 왜 나까지 이런 꼴을 해야 하는 거지. 코스튬을 이것저것 갈아입는 건 아사히나 선배 담당 아니었냐…. 어이, 코이즈미랑 나가토, 너희도 클레임 하나 정도는 걸라고. 왜 묵묵히 시키는 대로 따르는 거야.

"일렬로 서주세요오. 부탁드립니다아."

온통 녹색 의상을 입은 아사히나 선배의 혀 짧은 소리를 들으며 난 땀을 줄줄 흘려대고 있었다.

우리의 의상은 개구리였다. 그리고 아이들에게 풍선을 나눠주는 역할이었다. 이 슈퍼가 매년 창업기념일에 하는 특별 이벤트라고 한다. 가족들을 데리고 온 고객들에게 풍선 서비스.

역시 애들은 이런 별것도 아닌 선물에 비명을 지르며 좋아하고 있다. 야, 거기 멍청하게 생긴 꼬마야, 이걸 주마. 빨간 풍선이다, 자.

청개구리인 아사히나 선배가 특히 인기였다. 참고로 코이즈미는 참개구리이고 나는 두꺼비다. 이것 말고 다른 것은 없었냐고 말하고 싶다. 아마존 뿔 개구리의 복장을 한 나가토가 산소 탱크를 조작해 풍선을 부풀리고, 우리 셋이 나눠주고, 하루히는 뭘 하고 있느냐 하면 혼자만 평상복 차림으로 한 손에 부채를 들고선 가게 안에서 피서 중이시다. 이런데 일당 배분이 똑같다면 완전 폭동이다.

들은 바에 따르면 이 슈퍼 주인은 하루히가 아는 사람이라고 한다. 편안하게 "아저씨"라고 부르자 그 아저씨는 빙긋거리고 있었다.

두 시간여의 노동으로 풍선은 품절이 되었고, 하루히를 제외한 우리는 마침내 창고로 보이는 대기실에서 거추장스런 껍질을 벗었다. 탈피 직후 뱀의 심정을 절실히 이해할 수 있는 순간이다. 이렇게 한숨 돌린 적은 최근 들어 거의 없었는데.

나가토는 아무렇지도 않은 표정으로 모습을 드러냈지만 나와 아사히나 선배와 코이즈미는 온몸이 땀투성이가 되어 기듯이 개구리에서 탈출해 한동안 말도 못 했다.

"후에에—."

나는 얇은 탱크톱과 짧은 치마바지라는 복장으로 웅크리고 있는 아사히나 선배를 가만히 관찰할 체력도 없었다.

"수고했어."

아이스크림을 핥으며 하루히가 나타났을 때에는 이 녀석을 어느 뜨거운 모래사장에다 얼굴만 빼고 묻어버릴까 진지하게 생각했을 정도다.

게다가 아르바이트비는 청개구리 의상으로 바뀌고 말았다. 처음부터 하루히의 목적은 이것이었는지, 안에 든 사람이 빠져 납작해진 녹색 괴물 개구리를 옆구리에 끼고선 단번에 10만 석 정도가 증가한 벼락출세 무장 같은 얼굴을 하고 있다. 태연한 얼굴로 하루히가 고백한 바에 따르면, 우리가 받아야 할 일당은 지극히 당연한 일이라는 듯 존재하지 않았다.

"뭐 어때. 난 항상 이걸 갖고 싶었거든. 소원이 이뤄진 거야. 아저씨도 미쿠루를 봐서 주겠다고 했어. 미쿠루, 너한테는 특별히 내가 직접 만든 훈장을 줄게. 아직 만들진 않았지만 기다려."

아사히나 선배의 소지품에 또 하나 쓰레기가 늘어나게 생겼군. 어차피 '훈장'이라고 쓴 완장이나 뭐 그런 걸로 때울 게 분명하다.

하지만,

"이 개구리, 기념으로 방에 걸어두겠어. 미쿠루, 언제든 좋을 때 이걸 입어도 좋아. 내가 허락할게!"

그렇게 말하는 하루히의 얼굴을 보고 있자니 왠지 화를 낼 기분도 들지 않았다.


아무래도 피곤했다. 연일 밤낮으로 수영에 곤충 채집에 인형 사우나 따위를 하고 있으니 아무리 건전하며 건강한 남고생이라도 심신이 피폐해지는 것이 당연하다.

그래서 나는 이날 밤 편안한 잠을 탐하고 있었고, 휴대전화가 울리기 전까지의 평화를 꿈속에서 실감하고 있었다.

별 시답잖은 소리를 하러 밤중에 전화로 깨우는 것만큼 화가 나는 일은 없다. 전화를 걸기에는 비상식적인 시간이고 그런 상식이 갖춰져 있지 않은 바보는 내 주위에는 하루히밖에 없다. 잠에 취한 상태로 그렇게 소리쳐주려고 휴대전화 단추를 누른 내 귀에 들린 것은,

『…흐윽(훌쩍훌쩍훌쩍). …흐으으으(훌쩍훌쩍).』

여자의 울음소리였다. 진짜 완전히 오싹했다. 순식간에 잠이 깼다. 이건 위험하다. 받아서는 안 되는 전화가 온 거다.

휴대전화를 내던지기 1초 전에,

『쿈….』

오열에 섞여 있기는 했지만 분명 아사히나 선배의 목소리가 그렇게 말했다.

조금 전까지와는 다른 의미로 오싹했다.

"여보세요, 아사히나 선배?"

설마 마지막 작별 전화는 아니겠지? 카구야 공주(주11)가 달로 돌아가려는 건 아니겠지? 아사히나 선배에게 있어 '여기'가 임시 거처라는 것을 나는 알고 있다. 언젠가 미래로 돌아갈 거라는 사실도 말이다. 그게 지금인가? 얼굴도 못 본 채 말로만 작별이라니 난 받아들일 수 없어.

하지만 전화 너머에 계신 분은,

주11) 카구야 공주: 헤이안 시대 문학작품인 「다케토리 모노가타리」의 여주인공으로 대나무 안에서 태어난 미인. 마지막에 달로 날아간다.

『저예요…. 아아아, 너무나도 좋지 않은 일이…. 훌쩍…, 흐윽…, 이대로는…, 전, 흐에엥.』

전혀 의미를 알 수 없는 말을 초등학생처럼 더듬더듬 하며 울고 계실 뿐 도통 말이 이해 불가다. 이걸 어쩌나 당황하고 있는데,

『아, 안녕하십니까. 코이즈미입니다.』

낭랑한 사내 녀석의 목소리가 대신 전화를 받았다.

뭐야? 이 두 사람은 이런 시간에 같이 있는 거야? 왜 나는 거기에 없는 건데? 어떻게 된 건지 내가 납득하며 또한 안심할 수 있는 회답을 듣지 않는 한, 코이즈미 네 녀석의 목은 몸통에서 떨어지기 5초 전이다.

『조금 사정이 있어서요. 그것도 아주 귀찮은 일이죠. 그것도 있고 해서 아사히나 선배가 제게 연락을 했어요.』

나보다 먼저? 재미없군.

『당신에게 상담을 해봤자 답이 나오는 일이 아니라…. 이거 실례. 실은 저도 아무 도움이 못 될 것 같습니다. 긴급사태인 거죠.』

난 머리를 긁적였다.

"또 하루히가 세계를 끝장내려는 짓거리를 시작한 거냐?"

『엄밀하게 말하면 아닙니다. 오히려 그 반대예요. 세계가 절대로 끝나지 않을 사태에 현재 빠져 있습니다.』

뭐? 아직도 꿈속인 건가? 무슨 소리를 하는 거야?

딩황하는 날 무시한 채 코이즈미는 말을 이었다.

『나가토 씨한테도 조금 전에 연락을 했습니다. 예상은 하고 있었지만 그녀는 알고 있었던 것 같아요. 자세한 사정은 나가토 씨에게서 들으면 알 수 있겠죠. 그래서 말입니다. 지금 집합할 수 있으세

요? 물론 스즈미야 씨는 빼고요.』

가능하냐 불가능하냐를 묻는다면 당연히 가능하다. 훌쩍이고 있는 아사히나 선배를 방치할 녀석이 있다면 그 녀석은 일곱 번을 베어내도 모자랄 거다.

"금방 갈게. 어디냐?"

코이즈미는 장소를 알려줬다. 늘 모이는 역 앞. 그곳은 SOS단 관계자들의 집합 장소였다.

이리하여 옷을 갈아입고 집을 조심조심 빠져나와 자전거를 몰고 도착한 나를 세 명의 그림자가 맞이해주었다. 인적이 아주 없지는 않아 학생으로 보이는 무리를 군데군데 찾아볼 수 있었다. 덕분에 우리도 여름방학 밤에 갈 곳 없이 떠도는 모라토리엄 녀석들에게 섞여 수상한 모임에 마음 편히 출석할 수 있는 것이다. 다시 졸리기 시작하기는 했지만 말이다.

역 앞에서는 파스텔컬러 차림의 아사히나 선배가 주저앉아 있었고, 그 양 옆에 편안한 복장의 코이즈미와 세일러복 차림의 나가토가 카도마츠(주12)처럼 서 있었다. 아사히나 선배는 대충 손에 잡히는 대로 입고 왔다는 분위기로, 위아래가 따로 노는 복장이었다. 무척 당황했든가 시간이 없었든가 둘 중 하나겠지.

나를 알아봤는지 키가 큰 쪽이 한 손을 들어 신호를 보냈다.

"대체 무슨 일이야?"

가로등의 흐릿한 불빛이 코이즈미의 부드러운 표정을 비추고 있었다.

"밤늦게 죄송합니다. 하지만 보시다시피 아사히나 선배가 이런

주12) 카도마츠: 새해에 문 앞에 세우는 소나무 장식.

사태라."

주저앉은 아사히나 선배는 녹아내리는 눈사람처럼 엉망이었다. 눈물범벅이 된 얼굴이 날 올려다보자 촉촉이 젖은 눈동자가 나타났다.

이것이 모든 것을 내던지고서도 힘이 되어주고 싶다는 생각을 하게 만들 정도의 매혹적인 눈동자란 말이지.

"후에엥, 쿤, 나…."

코를 훌쩍이며 아사히나 선배는 독백을 하듯 중얼거렸다.

"미래로 돌아갈 수 없게 되었어요오…."


"고백하자면 그러니까요, 이렇게 된 겁니다. 우리는 같은 시간을 한없이 무한 반복하고 있는 거예요."

그런 비현실적인 얘기를 밝은 목소리로 하냐. 코이즈미 녀석, 자기가 무슨 말을 하고 있는지 이해하고 있긴 한 거야?

"알고 있습니다. 더할 나위 없을 정도로요. 조금 전에 아사히나 선배와 얘기를 해봤습니다만."

나도 그 대화의 자리에 불러라.

"그 결과 최근의 시간 흐름이 이상해졌다는 사실을 깨달았습니다. 이건 아사히나 선배의 공적이라고 할 수 있을 거예요. 덕분에 저도 확신을 갖게 되었죠."

무슨 확신인데.

"우리는 같은 시간을 몇 번이나 반복해서 경험하고 있다는 것을요."

그 말은 조금 전에 들었다.

"정확하게 말하자면 8월 17일부터 31일까지입니다."

코이즈미의 말이 내게는 공허하게 들렸다.

"우리는 한없는 여름방학의 한가운데에 있는 거예요."

"분명히 지금은 여름방학인데."

"절대로 끝나지 않는 엔들리스 서머입니다. 이 세계에는 가을은 커녕 9월도 오지 않아요. 8월 이후의 미래가 없습니다. 아사히나 선배가 미래로 돌아갈 수 없는 것도 당연하죠. 그게 이치에 맞으니까요. 미래와의 통신 불통은 미래 자체가 없기 때문입니다. 당연하다고 할 수 있습니다."

물리적인 노 퓨처의 어디가 당연한 건데. 시간 따위는 내버려둬도 착실하게 흘러가는 거잖아. 나는 아사히나 선배의 정수리를 바라보며 말했다.

"그걸 누구보고 믿으라고 하는 소리냐?"

"최소한 당신만은 믿어주셨으면 하네요. 스즈미야 씨에게 말을 할 수도 없는 노릇이니까요."

코이즈미도 아사히나 선배를 내려다보고 있었다.

일단 아사히나 선배는 설명을 하려고 노력을 했다. 때때로 훌쩍이면서.

"음, 저기…, '금지 사항'으로 미래와 연락을 하거나 '금지 사항'을 하거나 하는데요…, 훌쩍. 1주일 정도 '금지 사항'이 없네, 이상하다, 이렇게 생각했어요. 그런데 '금지 사항'…. 전 굉장히 놀라서 당황해서는 '금지 사항'을 해보긴 했는데 전혀 '금지 사항'이라…. 흐윽. 히잉. 전 어쩌면…."

어쩌면 좋을지 저도 모르겠습니다만. 혹시 그 '금지 사항'이란 게

방송 금지 용어나 뭐 그런 건가?

"우리는 하루히가 만든 요상한 세계에 갇혀 있는 거냐? 그 폐쇄 공간의 현실 버전 등등 같은 것에 말이야."

팔짱을 끼고 자판기에 기대어 서 있던 코이즈미는 천천히 부정했다.

"세계를 재생한 건 아닙니다. 스즈미야 씨는 시간을 잘라낸 거예요. 8월 17일부터 31일 사이를요. 그래서 지금 이 세계에는 불과 2주 동안의 시간만이 존재하는 겁니다. 8월 17일 이전의 시간도 없고 9월 1일 이후도 없죠. 영원히 9월이 오지 않는 세계예요."

코이즈미는 실패한 휘파람 같은 한숨을 토해내고선 말을 이었다.

"시간이 8월 31일 24시 정각이 된 순간 단숨에 모든 것이 리셋되어 다시 17일로 돌아가는 프로세스죠. 잘은 모르겠지만 17일 이른 아침에 세이브 포인트가 있는 것 같습니다."

우리의…, 아니, 전 인류라고 해야겠지. 그 기억은 어떻게 되는 거냐.

"그것도 모두 리셋됩니다. 그때까지의 2주는 없었던 게 되는 거죠. 다시 한번 처음부터 시작되는 거예요."

정말 시간을 휘두르는 게 좋은가보네. 미래에서 온 사람이 섞여 있으니 어쩔 수 없는 것 같다는 생각도 들기는 하다만.

"아뇨, 이 일에 아사히나 선배는 아무 관계도 없습니다. 사태는 그렇게 사소한 범주에 머무르지 않아요."

그걸 어떻게 아냐?

"이런 일을 할 수 있는 건 스즈미야 씨뿐입니다. 당신은 달리 짐작 가는 게 있습니까?"

그런 일에 짐작이 가는 녀석은 망상벽이 있든가 망상밖에 못 하는 녀석이겠지.

"나보고 어떻게 하라는 거야?"

"그걸 알면 해결한 거나 마찬가지죠."

왠지 코이즈미는 즐거워 보였다. 적어도 곤란하다는 표정은 아니다. 왜지?

"최근에 절 고민하게 만들었던 위화감의 근원이 밝혀졌거든요."

코이즈미는 말했다.

"당신도 그러셨겠지만 시민 풀장에 간 날부터 지금까지 부정기적으로 강렬한 기시감을 느꼈습니다. 지금 생각해보면 그건 지난번 이전의 루프에서 경험한 기억의 잔해—라고밖에 할 수 없겠죠—였던 겁니다. 리셋에서 새어나온 부분이 우리에게 그걸 느끼게 해주었을 겁니다."

혹시 전 인류가 그걸 느끼는 거냐?

"그건 아닐 겁니다. 저와 당신은 특수한 사례예요. 스즈미야 씨에게 가까운 인물일수록 이 이상을 느끼게 되는 것 같습니다."

"하루히는 어떤데? 그 녀석은 조금이라도 자각하고 있어?"

"전혀 안 하고 있는 것 같아요. 해도 곤란하기는 합니다만…."

나가토 쪽으로 시선을 보내며 코이즈미는 우주인에게 자연스럽게 질문을 던졌다.

"그래서 우리는 몇 번이나 똑같은 2주를 리플레이하고 있는 겁니까?"

나가토는 태연한 얼굴로 대답했다.

"이번이 1만5천4백98회째에 해당한다."


순간 현기증이 났다.

일만오천사백구십팔. 아홉 글자나 되는 단어로 15,498이라고 쓰면 그나마 적게 느껴진다. 참 훌륭한 아라비아 숫자다. 누군지는 몰라도 이걸 생각해낸 사람에게 감사의 기도를 바치고 싶다. 당신 대단해. 그런 시시한 생각을 떠올릴 정도로 기가 막힌 농담이다.

"똑같은 2주를 1만 몇천 번이에요. 자기가 그런 루프에 사로잡혀 있다는 자각을 하고 기억도 그대로 축적된다고 친다면 평범한 인간의 정신으로는 버텨내지 못하겠죠. 스즈미야 씨는 아마 우리들보다 더 완벽한 기억 말살을 받고 있을 겁니다."

이렇게 말할 때에는 최고의 만물박사에게 묻는 게 제일이다. 난 나가토에게 확인을 해보았다.

"그게 사실이냐?"

"그래."

고개를 끄덕이는 나가토.

그렇다면 말이야, 내일 할 예정으로 잡혀 있는 것도 이미 우리는 과거에서 했다는 거냐. 요전의 본오도리랑 금붕어 건지기도?

"반드시 그런 건 아니다."

나가토는 목소리에도 표정이 없다.

"과거 1만5천4백97회의 시퀀스에 있어 스즈미야 하루히가 취한 행동이 모두 일치하고 있는 것은 아니다."

담담하게 우리를 바라보는 나가토는 역시 담담하게 말을 이었다.

"1만5천4백97회 가운데 본오도리에 안 간 시퀀스가 2회 있다.

본오도리에 가서 금붕어 건지기를 안 한 패턴은 4백37회가 해당된다. 시민 풀장에는 현재 매번 가고 있다. 풍선 나눠주기 이외에는 짐 운반, 계산 담당, 전단지 배포, 전화 상담, 모델 촬영회가 있고, 그 가운데 풍선 나눠주기는 6천11회를 했으며, 두 종류 이상이 중복된 패턴은 360회. 순열조합에 의한 중복 패턴은—."

"아니, 이제 됐다."

에일리언 마크의 인조인간의 입을 막고선 나는 생각에 잠겼다.

우리는 8월 후반의 2주를 1만5천…, 에잇, 귀찮아. 15,498회나 보내고 있다는 말이다. 8월 31일에 리셋되어 8월 17일부터 다시 시작한다고? 하지만 내게는 그런 기억이 없고 나가토에겐 있는 것 같은데—대체 이유가 뭐지?

"나가토 씨… 라기보다 정보 통합 사념체가 시간과 공간을 초월한 존재이기 때문이겠죠."

코이즈미 특유의 엷은 미소도 이때만큼은 딱딱하게 굳어 보인 건 빛의 장난 때문일까.

아니, 그건 아무래도 좋아. 차치하자. 나가토와 그 두목이 그 정도쯤은 할 수 있다는 건 알고 있다. 내가 신경이 쓰이는 건 그게 아니라, 바로 말이지….

"그렇다면 나가토, 넌 2주를 15,498회나 계속 체험했던 거냐?"

"그래."

아무 일도 아니라는 듯 나가토는 고개를 끄덕였다. 그래… 라니야, 달리 할 말은 없어? 나도 뭐라 할 말이 떠오르질 않는다. 하지만.

"으음…."

잠깐만. 15,498회라. 그것도 곱하기 2주.

총 일수로 바꾸면 216,972일, 으음, 약 564년이다. 그렇게 긴 시간을 이 녀석은 태연하게 보내고선 다시 반복하고, 지내고선 다시 반복하고, 그러면서 계속 지켜보고 있었단 거냐.

지겹지도 않아? 15,498회나 시민 풀장에 가면 말이야.

"너…."

말을 하려던 나는 입을 다물었다. 나가토가 작은 새처럼 고개를 갸웃거리며 날 보고 있다.

풀 사이드에 있는 나가토를 보고 느꼈던 감각이 되살아났다. 따분해 보였던 건 착각이 아니었을지도 모른다. 아무리 나가토라 해도 지긋지긋했던 건지도 모른다. 이 녀석은 아무 말도 안 하지만, 남 몰래 혀를 차거나 했을지도―라는 생각을 하다 퍼뜩 무언가를 떠올렸다. 현상은 대충 이해가 갔다만 왜 이렇게 되었는지는 미확인 상태다.

"왜 하루히는 이런 짓을 하고 있는 거지?"

"이건 추측입니다만."

코이즈미가 그렇게 전제를 두고선 말했다.

"스즈미야 씨는 여름방학을 끝내고 싶지 않은 거겠지요. 그녀의 의식 영역이 그렇게 생각하고 있는 거예요. 그래서 끝나지를 않는 겁니다."

그런 등교거부 아동 같은 이유 때문에냐.

코이즈미는 커피캔 끝을 하릴없이 쓰다듬고 있다.

"그녀는 여름방학에 다 못 한 일이 있다고 느끼고 있어요. 그걸 하지 않고 새 학기를 맞이할 수는 없다, 그걸 다 하지 않으면 아쉬움이 남는다. 그런 답답한 심정을 품은 채 8월 31일 밤을 맞이해 잠이 들고….”

눈을 뜨고 나면 완벽하게 2주일치의 시간을 되돌려놓는다 이건가. 뭐랄까, 참, 오만 정이 다 떨어졌다는 건 바로 이런 걸 두고 하는 말이겠지. 뭐든 다 할 수 있는 녀석이라는 건 알고 있었지만 점점 비상식 레벨이 랭크업되고 있잖아.

“대체 뭘 하면 그 녀석이 만족을 하는데?”

“글쎄요. 그건 저는 잘. 나가토 씨는 아십니까?”

“모른다.”

참 시원스레 대답도 하시네. 이중에서 궁극적으로 의지가 되는 건 너뿐이라고. 그런 마음이 내 목소리가 되어 표출되었다.

“왜 지금까지 말을 안 한 거지? 우리가 엔들리스한 2주일 왈츠를 추고 있다고 말이야.”

몇 초의 침묵 끝에 나가토는 얇은 입술을 열었다.

“내 역할은 관측이니까.”

“…그렇군.”

그건 대충 짐작을 하고 있었다. 나가토가 적극적으로 행동에 나섰던 적은 지금까지 한 번도 없었다. 결과적으로 관여한 일이라면 거의 모든 것이 해당될지 모르지만 이 녀석이 어프로치를 한 것은 내가 나가토의 집에 끌려간 그 한 번이 다라고 해도 좋을 것이다. 그때 이외의 나가토는 어느 사이엔가 필요한 포지션에 서서 우리와 행동을 함께 하는 게 다였다.

잊은 건 아니다. 나가토 유키는 정보 통합 사념체에 의해 만들어진 휴머노이드 인터페이스이다. 하루히를 관측대상으로 삼기 위해 파견된 유기생체 안드로이드인 것이다. 감정을 드러내는 것에 안전 장치가 걸려 있는 건 기본 사양인지 뭔지 모르겠다만.

"그건 그렇다 치고."

그 이전에 내게 있어 나가토 유키는 책을 좋아하고 말이 없으며 여러 가지로 의지가 되는 작은 몸집의 같은 학년 소녀이자 동료이 다.

SOS단 멤버 가운데 가장 박학하면서도 실행력까지 갖추고 있는 사람은 나가토이다. 그래서 또다시 질문을 던져 보기로 했다.

"우리가 이걸 깨닫는 건 몇 번째지?"

내 돌발적인 질문을 나가토는 예상이라도 하고 있었다는 듯 대답 했다.

"8천7백69회째. 최근 들어서 발각 확률은 높아지고 있다."

"기시감과 위화감이 너무 많았으니까요."

이해를 하는 코이즈미였다.

"하지만 과거의 시퀀스에서 우리는 처한 상황을 깨달았으면서도 올바른 시간의 흐름에 복귀할 수 없었던 거지요?"

"그래"라고 대답하는 나가토.

그래서 지금 아사히나 선배도 울고 있는 것이다. 깨달았기 때문 에. 그리고 다시 2주치의 기억과 경험치와 구체적인 성장을 잃고 원래대로 돌아가…, 다시 깨닫고 울게 될 것이다.

나 대체 몇 번을 생각한 걸까. 봄에 하루히를 만난 뒤 지금까지 그 녀석이 원인이었던 엉터리 방터리 이벤트가 발생할 때마다 나는 생각을 했다. 지금 또한 그렇다.

뭐 이런 일이 다 있냐.

이 2주에 이런 생각을 하는 것도 이걸로 8,769회째겠지만.

정말 하여튼….

또 바보 같은 얘기를 듣고 말았네.


그 이튿날은 천체관측을 할 차례였다.

실시 장소는 나가토네 맨션 옥상이다. 코이즈미가 투박한 천체망
원경을 가져와 삼각대를 세웠다. 오후 8시가 막 지났을 무렵.

하늘도 어두웠지만 아사히나 선배도 어두웠다. 마음이 여기에 없
다는 표정으로 멍하니 있었다. 천체관측을 할 때가 아니겠지. 내 마
음은 복잡했다.

코이즈미는 만사에 달관한 듯한 미소를 지으며 설치에 여념이 없
다.

"어릴 때 제 취미가 이거였거든요. 처음 목성의 위성을 봤을 때는
정말 감동했지요."

나가토는 변함없는 모습으로 가만히 옥상에 서 있었다.

내가 올려다 본 밤 하늘에 별은 손에 꼽힐 정도로밖에 보이지 않
았다. 탁한 공기 때문에 보이지 않는 것이다. 이런 걸 하늘이 없다
고 표현해야 할지도 모르겠다. 대기가 맑은 겨울이 되면 오리온자
리 정도는 보이겠지만.

천체망원경 끝은 지구의 이웃으로 향해 있었다. 안을 들여다보고
있던 하루히가 입을 열었다.

"없을까?"

"뭐가?"

"화성인."

없었으면 좋겠는데. 시험삼아 난 문어처럼 생긴 왕눈이 몬스터가 꿈틀거리며 지구 정복 계획을 짜고 있는 모습을 상상해보았다. 빈 말로라도 재미있다고는 할 수 없겠다.

"왜? 아주 우호적인 녀석들일지도 모르잖아. 지표에는 아무도 없는 것 같으니까 분명히 지하의 큰 동굴에서 조용히 살아가는 조심스런 인종일 거야. 지구인을 깜짝 놀라게 하지 않으려고 그러는 거라고."

하루히다운 상상력에 찬 화성인은 지하 세계 사람이기도 한가보다. 둘 중 한 종류만 골라라. 페르시다(주13)냐, 화성 침공(주14)이냐. 두 개를 짜맞추려 하니까 얘기가 복잡해지는 거야. 심플하게 생각해라, 심플하게.

"분명히 최초의 화성 유인 비행선이 착륙했을 때 등장하려고 준비하고 있을 거야. 화성에 오신 걸 환영합니다! 이웃 행성 여러분, 우리는 여러분을 환영합니다! 이렇게 말해줄 게 분명해."

그게 더 경악스러울걸. 기습을 해도 적당히 해야지. 최초로 화성의 대지를 밟는 게 누구일지는 모르겠지만 미리 가르쳐주는 게 낫겠다. 메일 주소는 NASA면 되는 거냐?

차례로 망원경으로 화성이며 달의 크레이터를 관찰하면서 시간을 보냈다. 갑자기 안 보인다 싶어 찾아보니 아사히나 선배는 옥상의 추락 방지 울타리에 기대고 앉아 무릎을 껴안고 있었다. 고개를 비스듬히 숙이고 눈을 감고 있었다. 어제는 잘 잤다고 말하기 힘들 테니 이대로 자게 놔두자.

극적인 변화도 없는 밤 하늘에 질렸는지 하루히가 말했다.

"UFO를 찾아보자. 분명히 지구를 노리고 있을 거야. 지금도 위

주13) 페르시다: E. R. 바로즈의 공상과학 판타지 소설 「페르시다 왕국의 공포」.
주14) 화성 침공: 팀 버튼 감독의 공상과학 영화.

성 궤도 어딘가에서 외계인 파견대가 대기하고 있을 거라니까."

신이 나서 망원경을 빙글빙글 돌리더니 그것도 질렸는지 아사히나 선배의 옆에 주저앉아 작은 어깨에 기대고선 새근새근 잠들어버렸다.

코이즈미가 조용히 말했다.

"노느라 피곤했나봅니다."

"우리보다 피곤하다고는 하기 힘들겠지만 말이다."

하루히는 쿨쿨대며 자고 있었다. 그 얼굴에 낙서를 하고 싶을 정도로 깊이 잠들어 있었다. 하지만 자고 있는 얼굴이 제일 좋다는 건 아니다. 이 녀석은 입만 열지 않으면 제일이다. 나가토와 의식이 바뀌게 된다면 최고일지도 모르겠는데. 너무나 반응이 없는 하루히도 조금 그럴 것 같지만 달변에 감정이 풍부한 나가토도 상상하기 힘들긴 하다.

밤바람을 맞으며 나는 나란히 앉아 잠들어 있는 하루히와 아사히나 선배를 바라보았다. 이렇게 보면 하루히도 아사히나 선배에 뒤지지 않는군. 이쪽이 더 좋다는 녀석도 있을 거다. 그건 분명하다.

"이 녀석은 대체 뭘 하고 싶은 걸까."

한숨 섞인 목소리가 나왔다.

"친구들이 다 같이 즐겁게 논다든가 그런 건가?"

"아마 그럴 겁니다. 그 친구란 우리를 말하는 거겠지만요."

코이즈미는 밤 하늘 너머로 시선을 던졌다.

"그러면 대체 어떤 재미있는 일을 해야 할까요? 그걸 알지 못하는 한, 끝이 나지 않아요. 스즈미야 씨가 뭘 바라고 있는지, 그녀 자신도 모르는 그 무언가를 해명해 실행할 때까지 우리는 몇 번이고 똑같은 2주를 반복하는 겁니다. 기억이 리셋되는 걸 감사해야겠죠. 안 그랬으면 우린 이미 오래전에 정신이 이상해졌을 테니까요."

1만5천4백98회의 반복.

정말이냐? 우리가 나가토한테 낚인 거 아냐? 솔직히 말해서 도저히 믿기 힘든 일이지만, 하루히라면 못할 것도 없을 것 같다. 이 녀석의 아직까지 알려지지 않은 미지의 파워는 아무래도 하루히도 모르는 사이에 엉뚱한 짓을 해대는 것 같으니까 말이다. 자신의 의사로 뭔가를 하든 무의식중에 뭔 일을 저지르든, 양쪽 다 완전 민폐인 여자라는 말이다.

그런 하루히와 우직하게도 행동을 함께 하는 우리는 아무래도 하루히에게 너무 잘 맞춰주는 성격 좋은 단체가 아닐까 하는 생각을 할 때도 있다. SOS단의 성격 좋은 멤버들. 내가 세계의 운명을 좌우하는 입장에 서게 되다니. 그야말로 세계가 제정신인가를 의심하고 싶은 심정이다.

그리고 말이야, 지켜야 할 세계가 절대적으로 올바른 것이라는 생각은 인간 개개의 주의주장에 따라 너무나도 간단히 날조되고 대량생산되는 위태위태한 것일 뿐이다. 그 사실을 모르기 때문에 이 세계는 자기 멋대로 논리를 바꾸거나 강요하는 것에 맹목적으로 따르는 녀석들만 있는 거다. 천년 뒤 후세 사람들이 우리를 뭐라고 평가할지, 조금은 생각해봐야 할 일이다.

내가 그렇게 가능한 한 시시한 생각을 하려 노력하고 있는데 코이즈미가 기습을 가하듯 말을 꺼냈다.

"스즈미야 씨가 바라는 게 뭔지는 모르지만 시험삼아 이렇게 해보는 건 어떨까요? 등 뒤에서 와락 껴안고선 귓가에 대고 아이 러

브 유라고 속삭이는 겁니다."

"그걸 누가 하는데?"

"당신 이외의 적임자가 누가 또 있겠습니까."

"거부권을 발동하겠다. 패스 1."

"그럼 제가 해볼까요?"

그때 내가 어떤 표정을 짓고 있었는지 스스로는 볼 길이 없었다. 거울을 갖고 있지 않으니까. 하지만 코이즈미에게는 보였는지,

"그냥 가벼운 농담입니다. 저로는 부족하죠. 스즈미야 씨를 더더욱 혼란에 빠트릴 뿐입니다."

고 말하고선 귀에 거슬리는 낮은 웃음소리를 냈다.

난 다시 침묵에 잠겨 흐릿한 여름 대기에도 굴하지 않고 유일하다고 해도 좋을 만큼 환하게 빛나고 있는 달을 올려다보았다.

빨려들 것같이 어두운 하늘에 떠 있는 은반은 밝은 햇빛을 받아 마치 나를 유혹하고 있는 것만 같았다. 어디로? 그런 건 내 알 바 아니지.

오도카니 서서 하늘을 향해 고개를 들고 있는 나가토의 뒷모습을 바라보며 난 그런 생각을 하고 있었다.


여름은 아직 계속되고 있었지만 여름방학은 슬슬 끝나가고 있었다. 그럼에도 끝날지 어떨지가 확실하지 않다는 말이 있는 듯도 한데, 제발 진짜 좀 봐주라.

우리는 또다시 8월 17일로 돌아가게 될지도 모른다. 뭘 하면 하루히는 '채 못 한 일'을 찾아낼 수 있을까.

뭐가 아쉬운 거냐. 난 학교에서 내준 여름방학 중에 해야 할 과제

를 여전히 산더미처럼 끌어안고 있다만, 하루히가 아쉬워하는 점은 이건 아닌 것 같다. 녀석은 벌써 숙제를 다 끝내놓았으니까.

이 다음에 우리는 어디로 가는 거지.

"배팅 센터에 가자."

하루히는 금속 배트를 들고 있었다. 언제인가 야구부에서 갈취해 온 울퉁불퉁한 배트다. 공을 앞으로 날리기보다 박살을 내는 데에 더 걸맞은 낡은 중고 배트. 아직도 갖고 있었다니.

우리 단장은 머리카락을 펄럭이며 끝내주게 멋진 미소를 우리에게 아낌없이 보여주면서 간선 도로 옆에 있는 배팅 센터로 인도했다. 아마 고교 야구에서 무슨 영감을 얻은 결과일 것이다.

우울은 단원들에게 차례로 전염되고 있는지, 이번에는 아사히나 선배가 블루 혹은 블루한 얼굴이었다. 그 모습은 내게 조금은 아쉬운 감정을 느끼게 만들었다. 역시 원래 있던 세계로 돌아가고 싶은 거구나.

나가토와 코이즈미는 거의 평소 상태로 돌아와, 가면 얼굴과 방긋방긋 마크가 내 뒤를 따라오고 있다. 마치 자신들이 맡은 역할은 여기에는 없다는 듯한 얼굴이다. 조금은 심각해져봐라.

"후우."

나는 한숨을 쉬고선 앞에서 팔짝거리고 있는 하루히의 검은 머리에 시선을 던졌다.

이 녀석과 만난 이후, SOS단의 결성 기념일부터 하루히의 뒤치다꺼리는 내 역할이라고 어디 사는 누군가가 정했나보다. 누구인지를 모르니 원망의 말은 담아두겠다만 그래도 나는 이 말만은 하고 싶다.

과대평가를 하지 마라, 난 그렇게 대단한 일반 시민이 아니라고.

그런 독백도 지금은 허무한 작렬 상태다.

아사히나 선배는 당황의 도가니에, 코이즈미는 웃기만 하고 있고, 나가토는 바라보기만 할 뿐.

내가 하루히를 어떻게든 해야 하는 거다.

하지만 뭘 어쩌라고. 그 대답을 가진 이는 하루히뿐이었고, 그런 하루히는 문제가 뭔지를 모르고 있는 상태이다.

"미쿠루는 안 쳐도 돼! 거기서 번트 연습을 하고 있어. 쳐봤자 맞지도 않을 테니까. 배트에 공을 갖다대는 거야. 아, 벌써 치면 안 되지!"

이전의 아마추어 야구 대회 사건이 여전히 청산되지 않았나보다. 설마 내년에도 참가할 작정인가.

하루히는 시속 130킬로미터의 케이지를 독점하고선 날카로운 공을 마구잡이로 쳐대고 있었다. 무척 기분이 좋아 보여 지켜보는 나까지 기분이 좋아진다. 이 여자는 정말 대단한 녀석이야. 세포에 포장되어 있는 미토콘드리아 수가 일반인과는 다른지도 모르겠다. 이 에너지는 어디서 오는 걸까. 조금은 세상을 위해 쓰면 좋을 텐데.


그 이후로도 하루히가 목표로 하는 과제 소화 상태는 누구에게도 일시 정지 단추를 누르지 못하게 했고, 우리는 계속해서 몸을 쓰게 되었다.

진짜 불꽃놀이 축제에도 갔다. 바닷가에서 하는 불꽃 축제. 세 여인은 다시 유카타로 갈아입고선 펑펑 치솟아올라 화려하게 터지는 화염의 꽃을 (하루히만이) 마음껏 맛보고선 전혀 닮지 않은 캐릭터

불꽃을 가리키며 웃고는 했다. 하루히는 쓸데없이 화려한 것을 무척 좋아한다. 그럴 때면 하루히의 미소에는 모든 악의가 사라지고 나이보다 어려 보여 난 그만 슬쩍 시선을 피했다. 바라보고 있다간 내가 묘한 생각을 할 것만 같았기 때문이었는데, 뭐 그 묘한 생각이란 게 뭔지는 나도 모르겠다. 의상은 위대하다는 사실만은 학습한 듯한 기분이다.

또 다른 날에는 현 경계선에 있는 강에서 열리는 문절망둑 낚시 대회에도 기습 참가를 해야 했다. 문절망둑은 나도 못 낚고 보지도 못한 작은 생선이 미끼를 쪼기만 해 계량에도 참가하지 못했지만, 하루히의 재미는 낚싯대를 휘두르는 데에 있었는지 한 마리도 못 잡았는데도 툴툴대지 않았다. 자칫 잘못해서 실러캔스를 낚는 것보다야 훨씬 감사한 일이라고 안도했고, 미끼인 갯지렁이를 보자마자 파랗게 질려 저 멀리로 도망친 아사히나 선배가 직접 만든 도시락을 마음껏 음미했다.

이 무렵이 되자 나와 하루히도 어린애로 보일 만큼 까맣게 그을려 다른 두 사람이 완벽하게 자외선 대책을 펴고 있는 것과는 좋은 대조를 이루었다. 나가토는 그냥 놔둬도 탈 것 같지 않은데다, 갈색 피부를 한 나가토는 상상의 틀 밖의 광경이기 때문에 그것만은 예외로 쳤다.

이렇게 태평하게 놀고 있을 때가 아니라는 건 나 스스로도 잘 알고 있는데 말이다.


앞에 깔린 선로 위를 질주하는 것 같은 날들은 순식간에 지나갔다.

하루히는 기운이 넘쳤고 나는 푸른색의 한숨뿐. 아사히나 선배의 블루는 감색 계열로 바뀌어 있었고 코이즈미는 체념한 빛을 띤 자포자기의 미소를 펼쳐 보이고 있었으며 유일하게 변화가 없는 것은 나가토뿐이었다.

생각해보면 이 2주 동안 많은 일을 했다.

슬슬 타임 리미트가 다가오고 있다. 오늘은 8월 30일. 남은 여름방학은 내일뿐이다. 오늘내일 안에 뭔가를 하지 않으면 안 되는 것 같은데 뭘 해야 좋을지 도통 알 수가 없었다. 여름 햇살도, 애매미의 울음소리도, 여름을 구성하는 모든 것이 불안 요소였다. 고교 야구도 어느 사이엔가 우승 학교가 정해졌다. 조금만 더 해보지.

최소한 하루히의 마음이 풀릴 때까지 말이다.


하루히가 쥔 볼펜이 모든 행동 예정에 엑스표를 그리고 있었다.

어젯밤 굳이 새벽 3시를 골라 광대한 묘지까지 찾아가 한 손에 양초를 들고 돌아다니는 담력 테스트가 최후의 레크리에이션이었다. 유령이 인사를 하러 나오지도 않았고, 도깨비불이 흐느적거리며 산책을 하지도 않았으며, 아사히나 선배가 힘없이 두려움에 떠는 것 정도만이 볼거리였을 뿐이었다.

"이걸로 과제는 다 끝났네."

8월 30일 정오 무렵. 친숙한 역 앞 카페에서 있었던 일이었다.

하루히는 토쿠가와가 파묻은 금의 소재지가 볼펜으로 적혀 있는 복사 용지를 보는 듯한 눈으로 노트 조각을 보고 있었다. 이해를 한 듯하기도 하고 아쉬운 듯도 해 보였다. 원래대로라면 나도 아쉽게 느껴야 했다. 여름방학은 이제 내일 하루뿐이다. 원래대로라면.

끝이 정말 오기는 하는 건가, 지금의 나는 무척 의심하고 있다. 의심하는 것도 당연하다. SOS단이라는 바보 같은 조직에 몇 달이나 속해 있으면서 정서가 붕괴된 단장의 인솔 하에 있다면 말이다. 조금 더 단순한 성격이었으면 좀 좋아. 아사히나 선배가 있으니까 그걸로 됐다고 생각이 드는, 그런 명쾌하고 간단한… 아니, 이제 그만하자. 지나친 것은 모자르니만 못하다(의도적으로 오용하는 게 멋이다).

"으음, 이걸로 충분한가?"

빨대로 콜라 플로트 위에 장식된 바닐라 아이스크림을 돌려대는 하루히는 영 성이 차지 않는 분위기였다.

"하지만 그래, 뭐, 이런 거겠지. 달리 뭐 하고 싶은 거 있어?"

나가토는 대답도 없이 홍차에 잠긴 레몬 조각을 가만히 관찰하고 있었다. 아사히나 선배는 꾸중을 들은 강아지처럼 고개를 떨구고 두 손을 무릎 위에 꼭 쥐고 있었다. 코이즈미는 미소를 지으며 비엔나커피가 든 컵을 입가로 가져갈 뿐이었다.

참고로 나도 아무 말도 떠오르지 않아 뚱하니 팔짱을 낀 채 어떻게 해야 하나 생각하고 있었다.

"좋아. 올 여름엔 참 많은 일을 했어. 여러 곳에도 갔고 유카타도 입었고 매미도 많이 잡았고 말이야."

내게는 하루히가 자기 자신에게 들으라고 하는 말로 들렸다. 그런 게 아니야. 아직 충분하지 않아. 하루히는 이걸로 여름방학이 끝나도 좋다고 진심으로 생각하고 있지 않다. 아무리 말로 표명을 한다 해도 가슴속의 것은 숨기지 못한다. 하루히의 내면, 깊은 안쪽의 더 깊숙한 곳에서는 아직 만족스레 이해하지 못하고 있을 것이다.

"그럼 오늘은."

하루히는 계산서를 내게 건넸다.

"이걸로 종료. 내일은 예비일로 비워뒀는데 그대로 쉬도록 해. 모레 동아리방에서 보도록 하자."

자리에서 일어선 하루히는 테이블을 떠났고 난 알 수 없는 초조감을 느꼈다.

이대로 하루히를 돌려보내선 안 된다. 그래선 아무것도 해결되지 않아. 코이즈미가 발견하고 나가토가 보장한 반복되는 2주, 1만5천4백99회째의 그 기간이 찾아온다.

하지만 뭘 해야 하지.

하루히의 뒷모습이 슬로 모션으로 멀어져간다.

그때다. 너무나도 갑자기, 당돌하고 엉뚱하고도 홀연히―.

그것이 찾아왔다.

모든 것이 뒤죽박죽이 된 "어라, 이 장면 전에…"다. 하지만 오늘의 이것은 차원이 다른 현기증을 동반하고 있었다. 지금까지 없었던 강렬한 기시감. 알고 있다. 지금까지 1만 번이나 해온 반복된 일. 8월 30일. 앞으로 하루.

하루히가 한 말 어딘가에 그것이 있었다. 뭐지, 뭐지, 뭐지.

"왜 그래?"

누군가가 말하고 있다. 코이즈미의 말이기도 했었다. 내가 계속 찜찜해 했고, 뒤로 미루려고도 했던….

하루히는 자리에서 일어섰다. 여느 때처럼 재빨리 돌아갈 생각인 것이다. 돌려보내선 안 된다. 그래서는 변화하지 않는다. 지금까지의 나는 어떻게 변화를 일으키려고 했더라. 주마등처럼 감각이 스치고 지나간다. 지난번까지 우리가 했던 것….

그리고—하지 않았던 것.

생각하고 있을 여유는 없다. 밑져야 본전이니까 말해버려.

"내 과제는 아직 안 끝났어!"

그렇다고 굳이 소리를 칠 필요는 없었을지도 모른다. 나중에 냉정히 생각해보면 또 하나 나의 해마 조직에서 말살해버리고 싶은 기억이 기록된 순간이었다. 주위 손님들과 점원도, 그리고 자동문 앞에 서 있던 하루히마저 뒤를 돌아보고선 내게 시선을 고정시키고 있었다.

말은 자동적으로 튀어나왔다.

"그래, 숙제야!"

갑자기 소리를 친 나를 보고 가게 안의 모두가 경직해 있었다.

"무슨 소릴 하는 거야?"

하루히는 완전 괴짜를 본다는 듯한 눈으로 다가왔다.

"네 과제? 숙제라니?"

"난 여름방학에 내준 숙제를 하나도 안 했어. 그걸 안 하면 내 여름은 끝나지 않아."

"바보 아냐?"

정말로 바보를 보는 듯한 눈이네. 괜찮아, 신경 안 쓴다.

"야, 코이즈미!"

"네, 뭔가요?"

코이즈미도 황당한 듯 보였다.

"넌 다 했냐?"

"아뇨, 정신이 없었거든요. 아직 반 정도 남았죠."

"그럼 같이 하자. 나가토도 와, 너도 아직 남았지?"

나가토가 대답하기 전에 나는 인형극의 꼭두각시처럼 입을 벌리고 있는 아사히나 선배에게 손을 내밀었다.

"그리고 이왕인데 아사히나 선배도 와주세요. 올 여름 과제를 전부 다 끝내는 겁니다."

"아…."

아사히나 선배는 2학년이라 우리의 과제와는 아무 상관도 없지만 그런 건 지금 문제가 아니다.

"그, 그렇지만 저, 어디로요?"

"우리 집에서 하죠. 노트와 문제집을 다 가져와 한꺼번에 해치웁시다. 나가토와 코이즈미, 다 된 부분까지만 나 좀 보여줘라."

코이즈미는 수긍했다.

"나가토 씨도 그러면 되겠습니까?"

"좋아."

어중간한 단발이 고개를 끄덕이고선 날 올려다보았다.

"좋았어. 그럼 내일이다. 내일 아침부터 하자. 하루 만에 어떻게든 해치우는 거야!"

내가 주먹을 휘두르며 기세를 올리고 있는데,

"기다려!"

허리에 손을 대고 선 하루히가 테이블 옆에서 발을 동동 굴렀다.

"멋대로 정하지 마. 딘징은 나라고. 그런 말을 할 때는 먼저 내 의견을 물어보도록! 콘, 단원의 독단적인 행동은 중대한 규율 위반이다!"

그러고선 하루히는 날 노려보며 소리 높여 외쳤다.

"나도 갈 거야!"

─그날, 그 아침.

아무래도 올바른 답을 선택했나보다. 내 방 침대에서 눈을 뜬 나는 눈을 뜨자마자 바로 내가 뭔가 중요한 사태를 빠져나왔다는 사실을 깨달았다.

왜냐하면 내겐 추억이 있었기 때문이다. 우란분절을 넘겨 시골에서 돌아온 뒤 하루히 등등과 풀장에 가고 매미를 잡고 했던 8월의 기억들. 그 기억들 가운데서도 특히 어제 일을 선명하게 기억하고 있다는 것을 멋지다는 한마디로 표현할 수 있겠다.

어제는 8월 31일, 그리고 오늘은 9월 1일이다.

최신 기억이 가르쳐주고 있다. 여름방학 마지막 날, 나의 이 방에서 SOS단 공부 모임이 개최되었다. 무지하게 피곤했던 게 똑똑히 기억난다. 하루 만에 모든 노트를 베끼는 것만 해도 중노동인데, 자기 머리로 생각을 한다면 그 피로도가 얼마만 할지 상상도 되지 않는다. 어젯밤 취침 시점에서 내 체력과 기력과 정신력 게이지는 작은 펀치 한 방이면 침대로 쓰러지기 직전일 정도밖에 남지 않았다는 것만은 확실하다.

어제, 끝마친 여름방학 숙제를 가득 끌어안고 방으로 올라온 하루히는 나와 코이즈미와 나가토와 아사히나 선배가 열심히 샤프를 놀리는 광경을 지켜보며 내 동생과 놀았다.

"똑같이 베끼면 안 돼."

방에 있는 TV로 동생과 게임을 하고 있는 하루히는 컨트롤러 단추를 연타하며 말했다.

"문장 표현을 바꾸거나 계산을 살짝 꼬도록 해. 선생도 바보들만 있는 건 아니니까. 특히 수학 선생인 요시자키는 음험해서 그런 걸 자세히 본단 말이야. 내가 볼 때 요시자키의 해법은 전혀 엘레강트하지 않지만 말야."

다섯 명 플러스 여동생이 들어앉기에 내 방은 조금 좁았고, 부탁하지도 않았는데 어머니가 주스와 점심과 과자 등등을 연신 가져와 더 성가셨지만, 건초염에 걸리는 게 아닐까 싶을 정도로 손목을 놀려대고 있는 우리들과 달리 하루히는 무척 즐거워 보였다. 여유의 미소란 거겠지. 저 위에 있는 녀석은 아래를 내려다보며 이렇게 웃을지도 모른다. 여유가 넘쳐서인지, 하루히는 상급생인 아사히나 선배가 고생하고 있는 소논문에도 참견을 했다. 아사히나 선배의 리포트는 평가 C였으니 그건 다 하루히 때문일 것이다….

그런 기억을 반려 삼아 나는 침대에서 일어났다.

오늘부터 새 학기가 시작된다. 시작되는 것 같다.

2학기가 이렇게나 기다려졌던 적은 지금까지 한 번도 없었다.


체육관에서 교장 선생님의 훈시를 듣고 짧은 학급 회의를 마친 방과 후였다. 현재의 날짜는 9월 1일에 맞춰져 있다. 교시에서 "오늘은 며칠이냐?"라고 물은 내게 타니구치와 쿠니키다가 가엾다는 눈빛을 보였으니 그럴 것이다.

매점도, 식당도 오늘은 닫았기 때문에 히루히는 교문 밖에 있는 과자 가게까지 쇼핑을 나갔다. 동아리방에는 나와 코이즈미만이 있었다.

"스즈미야 씨는 문무 모두에 뛰어난 분입니다. 그건 어릴 적부터 그랬을 겁니다. 그래서 그녀는 여름방학 숙제가 부담이 된다는 생각은 한 번도 하지 않았던 거죠. 게다가 친구들과 함께 분담 작업을 하는 적도 없었던 거고요. 스즈미야 씨는 그럴 필요도 없이 혼자서 쉽게 처리할 수 있는 능력이 있으니까요."

코이즈미의 해설을 들으면서 나는 창가에 철제 의자를 끌고 가 앉아 교정을 내려다보고 있었다. 문예부 동아리방에서의 일이다. 개학식인 오늘은 특별히 할 일도 없어 집에 갈 수도 있었지만 왠지 나는 이곳에 왔고, 마찬가지로 등장한 코이즈미와 여기서 이렇게 시간을 보내고 있다. 무서울 정도도 진기하게도 나가토는 없었다. 얼굴에는 드러내지 않았지만 그 녀석도 역시 지쳤는지도 모를 일이다.

가까이 자리한 매미 세력도는 유지매미에서 애매미의 판도 확대로 바뀌고 있었다. 여름방학은 끝났다. 그것도 확실하게. 하지만.

"마치 거짓말인 것 같아. 1만5천 번도 넘게 8월 후반을 보냈다니 말야."

"그렇게 느끼는 것도 무리는 아니죠."

코이즈미는 시원스레 미소를 지으며 카드를 뒤집었다.

"1만5천4백97회, 그 시퀀스에 있던 우리와 지금의 우리는 기억을 공유하지 않으니까요. 그 과거의 우리는 이 시간축에는 존재하지 않습니다. 1만5천4백98회째의 우리만이 올바른 시간 흐름으로 다시 돌아올 수 있었던 거니까 말입니다."

하지만 힌트는 얻었다. 그 몇 번이나 느꼈던 기시감, 특히 마지막에 내가 받은 그 느낌은 이전에 똑같은 입장에 있던 우리들이 보내 준 선물이었는지도 모른다.

이전이라고 하는 것도 조금 이상한가? 이전이고 뭐고 시간은 호랑이가 녹아 버터가 될 만큼 빙글빙글 도는 회전목마 상태였다고 하니까 말이다.

그래도 나는 지금의 내가 있다는 사실이 먼저 2주를 보낸 그 우리들 덕분이라고 생각하고 싶다. 그렇게라도 생각하지 않는다면 하루히에게 없었던 것으로 치부되고 있는 그들의 여름이 너무나도 허무하게 느껴지잖아.

특히 우리가 리셋된다는 사실을 자각했던, 8천7백69회치의 우리들이 말이다.

"포커라도 할까요?"

코이즈미가 신참 마술사와 같은 손놀림으로 카드를 펼쳤다. 가끔은 상대를 해줘볼까.

"좋지. 그런데 뭘 걸래? 돈은 없다."

"그럼 노 레이트로 하죠."

그리고 그런 때에 한해 난 필요도 없는 대박 승리를 한다. 로열 스트레이트 플래시라니 생전 처음 봤다.


다시 한번 이 날을 되풀이할 기회가 찾아온다면 반드시 판돈을 설정할 것을 기억해두도록 하자.

## 서장 가을

문화제가 끝나고 은근한 허탈감에 사로잡혀 있던 11월 하순.

영화 촬영 단계에서 완전 폭주, 당일 상영회에서도 일단 흥행 성적을 기록한 하루히 감독은 이걸로 당분간 만족감에 잠겨서 얌전히 지낼 거라 생각했는데 그 기세는 문화제 상중하를 통과한 뒤로도 전혀 변화가 없었다.

하지만 학교 측에서도 그렇게 하루히의 머리를 쓸데없이 기분 좋게 만들어주는 행사를 차례로 보여줄 만큼의 패를 쥐고 있는 게 아니었으므로 그뒤로 한 일이라고는 학생회장 선거가 다였다. 솔직히 나는 하루히가 입후보하면 어쩌나 안절부절못했는데, 아무래도 하루히는 학생회 조직을 영세 문화계 동호회 측의 원수로 보는 묘한 생각을 갖고 있는지, 스스로 사자 몸 속의 벌레(주15)로서 학생회에 들어가 학원 음모물의 배후가 될 생각은 없어 보였다.

SOS단이라는 사기성 활동 단체를 무시, 혹은 묵과해주고 있는 데에 감사히 여기며 조신하게 있으면 될 텐데 하루히는 언제나 투쟁 의욕에 넘치고 있다. 다만 뭘 어떻게 싸울 생각인지까지는 현재로서는 알 수 없는 상태다.

하지만 그런 기대감 혹은 예감과는 아무 상관도 없이 우리에게

주15) 사자신중충(獅子身中蟲). 내부에서 책동을 일으키는 사람. 원래는 불교에서 나온 비유로 사자는 죽은 뒤에도 다른 동물이 그 몸에 접근을 못하고 벌레도 그 살을 먹지 못하나, 사자 몸 속에 사자를 좀먹는 벌레가 있어 사자의 시체를 말끔히 먹어치운다는 뜻이다.

싸움을 걸어온 것은 학생회의 자객이 아니었다.

그 대상은 바로 복수심에 불타는 이웃 주민이었다.

## 사수자리의 날

눈앞에 암흑의 우주공간이 펼쳐져 있다.

그것은 아이 마스크를 하고 말머리성운에 잘못 찾아온 듯한 암흑으로, 별빛 하나 관측할 수 없는 심플한 갤럭시 스페이스였다. 솔직히 말해 왕 건성으로 만든 배경이다. 좀더 다른 연출이 있어도 좋지 않을까 하는 생각도 하지만, 이 우주공간에도 나름대로 사정이 있겠지. 예산이나 기술이나 시간 같은 것 말이다.

"아무것도 안 보이네."

나는 중얼거렸다. 조금 전부터 모니터는 단순한 블랙 온리의 색채로, 거의 디스플레이가 고장 난 게 아닐까 의심해도 좋을 법한 분위기를 내 눈에 전달하고 있었다.

이 우주공간의 어디를 떠돌고 있을까 생각하고 있는데, 허무한 화면 아랫부분에서 갑자기 광점이 등장해 그대로 점점 전진을 개시해서 나는 주저 없이 의견을 제기하기로 했다.

"야, 하루히, 조금 더 뒤로 물러나는 게 좋지 않을까? 네 기함이 너무 앞으로 나왔어."

그에 대한 하루히의 대답은 이랬다.

"작전참모, 날 부를 때에는 각하라고 하시오. SOS단 단장은 군의 계급으로 치면 상급 대장쯤 되니까. 이중에서 제일 높고."

누가 작전참모고 누가 각하냐고 되묻기도 전에,

"스즈미야 각하, 적 함대에 수상한 움직임이 있다고 나가토 정보 참모로부터 연락이 왔습니다. 어떻게 할까요?"

코이즈미가 상황을 보고했다. 하루히의 회답은,

"신경 쓸 것 없어. 오직 돌격만 있을 뿐!"

정말 하루히다운 지령이었지만, 모두가 따른 것은 아니다. 아니, 아무도 따르지 않았다. 이 녀석한테 맞춰줘봤자 타네가시마 3단 사격에 맞선 타케다 기마군단(주16)처럼 걸레조각이 될 거라는 사실은 잘 알고 있으니까.

아사히나 선배가 불안한 표정으로 한 손을 들며 말했다.

"저어…, 전 뭘 하면…?"

"미쿠루, 방해되니까 네 보급 함대는 그쪽에서 적당히 시간이나 때우고 있어. 기대 안 하고 있으니까. 콘, 너와 유키와 코이즈미가 적의 전방 부대를 해치워버려. 그러면 내가 결정타를 날릴 테니까. 집중하도록!"

누가 이 녀석 좀 말려줘봐라.

난 모니터로 시선을 돌려 SOS단 우주군의 함대 위치를 다시 확인했다. '콘 함대'라 명명한 내가 이끄는 1만5천 척의 우주전함은 마침 '하루히☆각하☆함대'의 바로 뒤를 추격하는 형태로 전선을 향해 나아가고 있었다. 그 옆에 '코이즈미 함대'가 따르고 있었고, 제일 믿음직스러운 '유키 함대'는 우리들보다 훨씬 앞쪽에서 탐색 작업을 하고 있었다. 보급함을 이끌고 있는 '미쿠루 함대'가 어디에 있는지

---

주16) 타케다 기마군단: 1575년 나가시노에서 있었던 전투에서 오다 노부나가와 토쿠카와 이에야스 연합군이 철포 3열 횡대 배열로 당시 일본에서 최강이라 불리던 다케다 가문의 기마군단을 무찌른 사건. 철포를 주력으로 한 전법의 시작이라 할 수 있다. 철포는 1543년 일본 규슈 남단의 섬 다네가시마에 포루투칼의 철포가 처음 전해진 것이 시작이다.

찾아보니, 아사히나 선배의 서투른 조작으로 인해 개전 출발 때부터 연신 헤매고 있는 중이었다.

"우왓. 어디로 가면 되는 건가요오?"

아사히나 선배는 비명에 가까운 당혹스러워하는 목소리를 내며 평소와 같이 당황하고 있었다.

어디든 좋으실 대로요. 우리 뒤에서 돌아다니고 계십시오. 화면상의 함정이라고는 해도 당신의 이름이 새겨진 게 다치는 광경은 보고 싶지 않으니까 말입니다.

갑자기 화면에 변화가 찾아왔다. '유키 함대'가 내보낸 탐색선이 보낸 정보가 데이터 링크된 내 함대에도 전해진 것이다. 아군 함대의 마크 이외에는 검은색 일색이었던 우주공간에 나가토가 포착한 적 부대의 위치 정보가 표시되었다.

"물러나, 하루히"라고 나는 말했다. "녀석들은 함대를 분산시키고 있다. 아마 네 위치를 탐색하고 있을 거야. 대장은 대장답게 굴어라. 뒤에서 뒷짐이나 지고 있으면 돼."

"뭐야."

하루히는 입을 삐죽거리며 반발했다.

"나만 왕따 시킬 생각이야? 치사하다. 나도 빔이랑 미사일을 팍팍 쏘고 싶은데!"

난 '콘 함대'에게 미속 전진을 명령하며 대답했다.

"알겠냐, 하루히? 네 기함이 당하면 그 시점에서 우리는 지는 거야. 보고 있어. 돌출한 적의 함대 네 척은 졸병들이다. 기함 함대는 후방에서 지령만 내리고 있을 거야. 장기와 체스도 왕이 부하도 없이 무턱대고 적진으로 들어가지는 않잖아? 게다가 이런 초장에 말야."

"그건… 그렇기는 하지만."

하루히는 떨떠름하지만 은근히 자존심을 자극 받은 듯한 표정을 지었다. 나를 보는 눈동자는 고양이가 먹이를 조를 때의 그것이었다.

"그럼 너희들이 어떻게든 해봐. 적의 기함을 찾아서 마구 포격하는 거다. 그런 녀석들에게 질 수는 없지. 이기는 거야. 지면 자랑스러운 SOS단의 이름에 흠집이 나는 거라고. 무엇보다 저 녀석들이 으스대는 건 못 참아!"

"각하."

재빨리 코이즈미가 보고했다.

"나가토 정보참모의 '유키 함대'가 적의 전진 부대와 만났습니다. 지금부터 전투 행동으로 들어가겠습니다. 각하께서는 우리의 후방으로 이동하셔서 전체적인 전술 지휘를 해주십시오."

진지한 말이지만 그렇게 웃으며 하니 현실감이 결여된다.

"어머, 그래?"

하루히는 코이즈미의 간살부리는 말에 희희낙락해서 단장석에 팔짱을 끼고선 깊숙이 앉았다. 변변한 전술 지휘 능력도 없는 주제에 계급이 높다는 이유만으로 단장을 맡고 있는 사관학교 출신의 젊은 장교 같은 얼굴로 말한다.

"코이즈미 막료 총장이 그렇게 말한다면 따르도록 하지. 그럼 다들 제대로 해야 한다. 주제도 모르는 컴퓨터 연구부 녀석들 따위는 조각조각을 내버려. 목표는 섬멸이다. 산산조각으로 부숴버리는 거야."

완전 승리를 목표로 하고 있는 건 동기로서 올바른 거겠지만, 이 우주전에는 상대의 생각도 있다는 걸 잊지 않는 게 좋다. 적인 컴퓨터 연구부도 똑같은 야망을 가지고 참전하고 있을 것이다.

그리고 내가 보는 한, 우리 SOS단 측의 승산은 구 일본해군이 레이테 해전에서 미군에 완승을 거둘 확률보다 낮다고 보고 있다. 역사에 if는 없지만, 같은 수에 같은 전력으로 리플레이를 한다 해도 박살이 날 게 뻔하다. 재빨리 백기를 드는 편이 좋지 않을까.

"뭐, 그렇게 되지는 않겠지만."

라고 말하며 나는 팔짱을 끼고 화면의 작전 정보를 재확인했다. 역시 나가토. 기함 부대를 제외하고 다른 적함의 위치를 거의 파악한 데이터를 보내주고 있었다. 이제부터 우리 군을 승리로 이끄는 것은 거창하게 작전참모라는 직함을 강요당한 내 두뇌와 수완에 걸려 있다는 말이 된다.

어떻게 하나?

"자아…."

나는 시시각각 변하는 노트북의 액정을 지켜보며 하루히 사령관 각하의 생각대로 사태를 끝마칠 방책을 생각하기 시작했다. 그전에 지금 이러한 사태에 우리가 처하게 된 상황을 설명하는 게 좋겠지. 혼란에 빠지기 전에 생각을 정리하는 것은 인생의 모든 기로에서 유익한 행동이다. 그럼 그렇게 해보자.

사태와 경과는 1주일 전으로 거슬러 올라긴다.


모월 모일 가을 방과 후.

문화제가 끝난 지 며칠이 지나 학원에 정적이 돌아왔다.

사실 이 말은 흔해빠진 도입 부분의 상투어구로, 간단히 말해 축제 전 상태로 복귀했을 뿐인데, 아무튼 무사히 끝나준 것만으로도 고마운 기분인 건 나뿐만이 아니라고 생각하고 싶다.

 솔직하게 속내를 털어놔준 건 아니니 정식으로 알 수는 없지만, 코이즈미의 미소는 평소보다 안도감이 커 보였고 평소와 같은 나가토의 무표정도 그 사실을 뒷받침해주고 있는 것 같았다.

 아무튼 최근에는 이 독서 기계가 멍하니 책을 읽고 있는 모습이 무엇보다 평온한 증거라 간주하게 되어, 만약 나가토가 묘한 행동을 취하기 시작하거나 당황해 허둥대는 광경을 보게 된다면 난 바로 유서나 자서전 중 하나를 쓸 준비를 할 게 분명하다. 아마 나가토에게 있어 예측 불가능한 사태란 거의 없을 테니까 이 녀석이 문예부 동아리방에서 태평하게 해외 SF 원서를 읽고 있다는 건 무시무시한 악몽이 가까이 다가오고 있는 건 아니라는 확고한 증거라 할 수 있다.

 그런 한편으로 미래에서 왔다고는 도저히 믿어지지 않을 만큼 과거의 일을 아무것도 모르는 미소녀 가짜 메이드는 오늘도 무의미한 봉사 메이드 여성의 의상을 완벽하게 걸친 채 뜨거운 녹차를 진지한 눈과 손짓으로 따르고 있었다. 어디서 입수했는지, 각종 찻잎에 대한 물의 적당한 온도라는 지식을 입수한 아사히나 선배는 온수포트가 아니라 굳이 가스버너에 물을 끓이고 있었다. 한 손에 든 것은 온도계로, 그런 걸 뚜껑을 열고 주전자에 집어넣는 진지한 눈빛에 메이드 복장을 한 둥실둥실 미래인이란 것도 여기에서만 볼 수 있는 거겠지. 미묘하게 틀린 것 같은 기분도 들긴 하지만, 틀린 점을 찾기 시작하면 이 SOS단 아지트에서 틀리지 않은 점이란 하나도 찾을 수 없을 것이다. 모든 것이 잘못되어 있으니까. 유일하게 정상인 건 내가 분명히 존재하고 있다는 나의 의식뿐이다. 정말 데카르트 님 만만세라니까.

원래는 문예부실이었지만 어느 사이엔가 스즈미야 하루히와 그 일당의 근거지가 되어버린 이공간에서 이렇게 제정신을 유지하고 있는 나는 의외로 거물인지도 모르겠다. 생각해보면 나를 제외한 녀석들은 처음부터 묘한 배후 관계를 갖고 있었고, 단장인 하루히는 아무리 봐도 수수께끼에 싸인 존재인데다가 그나마 상식적인 객관성을 갖고 있는 건 나뿐이라는 이 꼴을 어떻게 생각하는가.

멍청이 짓을 하는 네 명에 핀잔을 주는 한 명이라니 아무리 봐도 비율이 안 맞잖아. 최소한 한 명은 더 내 정신의 피로를 공유할 수 있는 인간이 있어줘도 되는 것 아냐? 그리고 나도 그렇게 일일이 핀잔을 주는 성격이 아니란 말이지. 그럴 마음이 안 들 때도 있단 말이야. 나만 이런 책무를 떠맡아야 하는 건 불공평하다는 원한의 노래 한 구절이라도 부르고 싶지만, 그렇다고 타니구치나 쿠니키다를 끌어들일 생각은 들지 않는다. 가엾어서가 아니라 능력의 문제다. 그 두 사람에게 하루히와 대항할 수 있을 만한 어휘 수와 반사 신경이 있을 것 같지는 않고, 그러고 보니 그 녀석들과 츠루야 선배도 맹한 구석이 있단 말이야. 망할 것들. 이 세상은 미친놈이 이기는 건가.

"으음."

난 팔짱을 끼고 무척 어려운 생각을 하고 있는 것처럼 신음했다. 지금 코이즈미와 두고 있는 바둑의 다음 수를 고민하고 있어서가 아니다. 코이즈미의 검은 돌을 대량 사망으로 몰고 가는 건 그렇게

난이도가 높은 문제가 아니다. 게임 마니아인 주제에 눈곱만큼도 실력이 향상되지 않는 코이즈미와 똑같이 취급하면 곤란하다. 그게 아니라 나는 이 세계가 정말 제정신인지 어떤지를 걱정하고 있는 중이다. 왜냐하면 미쳐버린 세계에선 미친 사람만이 제대로 살아갈 수 있을 것이라 추측하고 있기 때문이다. 그곳에서는 제정신인 인간이 미쳤다고 간주될 것이다. 이런 불합리함과 부조리가 소용돌이치는 SOS단 동아리방에서 평범한 고등학생인 상태를 용케 유지해 나가고 있다니, 스스로 생각해도 감탄이 나올 정도다. 슬슬 누가 칭찬을 해줘도 좋을 것 같은데 말야.

"그럼 제가 칭찬을 해드릴까요?"

코이즈미는 자세만은 제법 그럴싸한 손놀림으로 바둑판에 돌을 놓고선 내 흰 돌을 빼내며 미소를 지었다. 자세는 보기 좋은데 말이지, 눈앞의 자갈에만 신경 쓰다간 몇 걸음 앞선 곳에 있는 웅덩이에 빠지게 된다는 근미래가 기다리고 있다는 것도 못 알아차리는 법이지.

"사양하겠다."

난 대답을 하고는 바둑알이 든 그릇에 손가락을 넣고 달그락거리며 진심으로 날 칭찬해주고 있는 듯한 코이즈미의 표정을 바라보고 일말의 기쁨도 느끼지 못한 채 무기력하게 말했다.

"너한테서 칭찬을 들어도 하나도 안 기뻐. 무슨 꿍꿍이가 있는 게 아닌가 싶어 오히려 불안해지기만 하지. 말해두겠는데 난 게임의 말이 아니라고. 너희들 뜻대로 움직일 줄 알면 큰 오산이다."

"그 '너희들'이란 게 어느 너희들인지 물어보고 싶긴 합니다만, 천만의 말씀입니다. 스즈미야 씨도, 당신도 전혀 예측할 수 없는 행동을 하시니까요. 제가 여기에 있는 게 하나의 확실한 증거죠.”

　만약 코이즈미가 전학을 오지 않았다면 하루히는 이 녀석을 SOS
단의 일원으로 들일 생각은 하지 않았을 것이다. 그 녀석에게 필요
했던 건 ‘코이즈미 이츠키’라는 인간의 성별과 성격, 인품과 외모가
아니라 단순히 전학을 왔다는 그 이유뿐이다. 묘한 시기에 황급히
전학을 온 게 불운의 시작이었지. 아니면 하루히에게 접근하기 위
해 일부러 전학을 온 건지는 모르겠지만, 하루히가 찾고 있었던 초
능력자인 이 녀석의 입장에서 보면 언제 체렌코프 복사(주17)를 시작
할지 예측 불가능한 방사성 물질의 근처에 있는 것과 같은 것이고
괜히 가까이 가고 싶지 않았다는 게 본심일지도 모른다.

　“그건 과거형입니다.”

　코이즈미는 손에 쥔 알을 바라보며 말했다.

　“그 당시에는 분명히 적당한 거리를 두고 감시를 하기만 할 예정
이었죠. 그래서 스즈미야 씨가 처음에 절 찾아와 방과 후에 이 방으
로 끌고 왔을 때엔 간담이 서늘했어요. 게다가 활동 목적이 우주인,
미래에서 온 사람, 초능력자를 잡아 같이 노는 거라고 선언까지 했
으니까요. 정말 웃음밖에 안 나오더군요.”

　그리운 듯 추억을 말하는 코이즈미였다.

　“하지만 지금은 아닙니다. 전 한때는 수수께끼의 전학생이었는지
몰라도 그 속성은 현재의 제게서 사라졌어요. 스즈미야 씨는 그렇
게 생각하고 있을 겁니다.”

　그럼 뭔데? 내가 볼 땐 넌 아직도 여전히 수수께끼 덩어리인데.

　코이즈미는 방 안으로 시선을 보내어 좁은 곳을 좋아하는 고양이
처럼 구석 자리에 앉아 독서 삼매경에 빠져 있는 나가토를 보고, 주

주17) 체렌코프 복사: 하전입자(荷電粒子)가 광학적으로 투명한 매질 속을 통과할 때, 입자의 속도가 그 매질 속
에서의 빛의 속도보다 더 클 경우에 발생하는 빛.

전자와 눈싸움을 벌이고 있는 아사히나 선배를 본 뒤 시선을 한 바퀴 돌려 제자리로 돌아왔다.

하루히가 안 보인다. 반 청소 담당이라서 그런데, 그렇지 않았다면 나와 코이즈미가 느긋하게 이런 대화를 하고 있을 리가 없다.

그 단장이 자리를 비운 동아리방에서 코이즈미는 다친 작은 새를 치료하려는 베테랑 수의사와 같은 미소를 지으며 이렇게 말했다.

"저와 나가토 씨, 아사히나 씨, 그리고 당연히 당신도 지금은 완벽한 SOS단의 일원입니다. 그 이상도 그 이하도 아니에요. 스즈미야 씨는 그렇게 생각하고 있을 겁니다."

SOS단의 단원 이상 및 이하라는 분류에 무슨 의미가 있는 걸까.

"의미는 있죠. 우주인과 이세계인과 같은 일반 인류 이외의 존재가 단원 이상, 단원 이외의 일반 인류가 단원 이하입니다."

타니구치와 쿠니키다, 츠루야 선배와 내 동생은 단원 이하인 거냐. 그 녀석들과 츠루야 선배를 감싸줄 생각은 없다만 녀석들에게 나보다 못한 존재가치밖에 없다는 걸 묵묵히 수긍하자니 가슴이 아픈걸.

"매우 간단한 논리죠. 그들이 스즈미야 씨에게 중요한 존재로 인식된다면 그들은 우리의 일원으로 여기에 있을 겁니다. 없다는 건 바로 그들은 스즈미야 씨에게 중요하지 않다, 결국 단순히 스쳐 지나가는 일반인이라는 증명인 겁니다. 정말 결과론만큼 논증이 편한 논리도 없다니까요."

"이세계인은 어떻게 된 거야? 아직 안 왔냐?"

"결과론적으로 지금 이 세계에는 없는 거겠죠. 있었다면 어떤 우연이나 필연을 통해 이 방에 오게 되었을 테니까요."

"안 와서 다행이다. 다른 세계라니 가고 싶지도 않아."

내가 흰 돌을 놓아 코이즈미의 대마를 급사시킨 것과 승패가 빤히 보이기 시작한 바둑판 옆에 찻잔이 놓인 것은 동시에 일어난 일이었다.

"오래 기다리게 해서 죄송해요. 차예요."

약소 학교의 야구부를 취임 1년 만에 지구대회 우승으로 이끈 감독처럼 미소를 지으며 아사히나 선배가 바로 옆에 서 있었다.

"카리가네라는 차를 사봤어요. 제대로 탄 것 같기는 한데… 비쌌다고요."

개인 돈을 쓰게 해서 죄송합니다. 대금은 나중에 하루히한테 청구하십시오. 그런데 그렇게까지 찻잎을 깐깐하게 따지지 않아도 아사히나 선배의 손길이 내주시는 거라면 수돗물이라도 제게는 에비앙 이상 가는 품질이랍니다.

"우훗, 맛보면서 마셔요."

완전히 메이드 의상에 익숙해진 아사히나 선배는 코이즈미의 앞에도 찻잔을 내려놓고선 익숙한 동작으로 쟁반을 든 채 남은 찻잔을 나가토에게로 가져갔다.

"……."

평소와 같이 나가토는 아무 말도 없었지만, 아사히나 선배의 입장에서 본다면 순순히 인사를 하는 것보다 아무 말도 해주지 않는 편이 더 안심이 되는 듯했다. 아직까지도 SOS단의 우주인과 미래에서 온 사람이 사이좋게 대화를 나누는 광경은 본 적이 없었는데, 그보다는 나가토가 누군가와 재미있게 수다를 떠는 장면이란 것 자체가 아직까지 현실에 존재하지를 않았다. 뭐, 그것도 그 나름대로

괜찮다고 생각한다. 갑자기 나가토가 달변이 되어도 깜짝 놀랄 일이고, 하루히처럼 "넌 입만 안 열면 말이지…"라는 여자가 되어버리는 것도 조금 아쉽다.

침묵을 지켜서 문제가 없는 녀석은 역시 그대로 침묵을 지키는 편이 좋지.


그렇게 바둑을 두면서 느긋하게 차를 마시고 있자니 이 세상에 만연한 악의 존재를 잊어버릴 것 같다. 하지만 그런 소시민적인 평화는 오래 가지 않아, 성가신 일은 마치 망각당하는 것이 두렵다는 듯 주기적으로 방문하는 법이다.

노크 소리가 났다. 나는 고개를 들고 흠집투성이의 싸구려 문을 바라보며 마음의 준비를 시작했다. 왜냐고? 동아리방 안에서 느긋하게 시간을 보내고 있는 멤버는 하루히를 제외한 네 명의 단원들이다. 그리고 하루히는 노크를 하는 등의 기특한 행위에서 가장 멀리 떨어진 위치에서 소리 높이 웃고 있을 녀석이다. 그러니까 이 노크를 한 사람은 하루히가 아니고 SOS단 멤버도 아니니까 그 이외의 제3자라는 말이 된다. 누군지는 몰라도 어차피 뭔가 성가신 일을 제공하기 위해 이곳을 방문했음이 분명하다는 추리가 바로 성립되지 않는가. 언젠가의 키미도리 선배처럼 말이야.

"네, 나갑니다."

실내화 소리를 내며 아사히나 선배가 문을 향해 갔다. 완전히 틀이 잡힌 동작이었고 메이드인 것에 스스로도 아무런 의문을 품지 않은 듯이 보였다. 좋다고… 해야 하나.

"앗?"

문을 연 아사히나 선배는 의외의 인물을 본 듯했다. 눈을 조금 크게 뜨고선,

"네…. 드, 들어오시겠어요?"

두 걸음 정도 뒤로 물러나 두 손으로 가슴을 가리는 동작을 취했다.

"아니, 여기서 얘기할게."

방문자가 약간 긴장된 목소리로 대답을 하고선 열린 문으로 고개만 내밀어 실내를 확인하듯 살폈다.

"단장은 없나…."

밀려오는 안도감이 진하게 배어나오는 목소리를 낸 것은 바로 이제 조금씩 친숙해지고 있는 옆방의 주인인 컴퓨터 연구부 부장이었다.


아무도 움직이질 않고 있어 다시 내가 창구가 되었다. 아사히나 선배는 오도카니 서 있었고, 코이즈미는 미소를 지으며 상급생을 바라보고만 있었고, 나가토는 책만 보고 있었다.

"무슨 일이신가요?"

일단 선배다. 경어를 섞어 말을 하는 게 예의겠지. 난 자리에서 일어나 아사히나 선배를 감싸듯 앞으로 나섰다. 응? 안으로 들어서려 하지 않는 컴퓨터 연구부 부장, 그뒤에 남학생 몇 명이 조상 대대로 성불에 실패한 배후령처럼 우글거리고 있었다. 무슨 일이야? 습격을 하기에는 아직 시기가 이른 것 아닌가.

부장은 앞으로 나선 게 나라는 사실에 안도했는지 희미한 미소를 짓는 여유까지 부리고는 슬쩍 가슴을 내밀며 말했다.

"일단 이걸 받아줬으면 한다."

대체 무슨 생각인지 CD 케이스 하나를 내밀었다. 받아들고 자시고, 컴퓨터 연구부가 우리들에게 선의의 선물을 줄 리가 없기 때문에 난 당연히 의혹에 찬 시선을 보냈다.

"아니, 절대로 수상한 건 아니야" 라고 말하는 부장. "안에 들어 있는 건 게임 소프트웨어다. 우리가 개발한 오리지널 게임이야. 요전 문화제 때 발표한 건데 못 봤나?"

미안하지만 그럴 여유가 없었네요. 문화제에 대해 내가 계속 지니고 있는 기억은 경음악부 밴드 연주와 아사히나 선배의 볶음 국수 카페용 의상 정도다.

"그래…."

부장은 마음 상하지는 않아 보였지만 어깨를 살짝 떨구며 "하긴 전시 장소가 나빴으니까…" 라고 중얼거렸다. 용건이 잡담이라면 얼른 끝내고 돌아가는 게 좋을 거야. 이런 상황에 하루히가 나타난다면 무슨 말썽으로 발전할지 알 수 없으니까.

"물론 용건이 있어서 왔지. 하지만 짧게 하는 게 좋을 것 같네. 그럼 말하겠다!"

부장이 땀을 흘리며 말하는 모습에 배후령 집단도 의연한 표정으로 고개를 끄덕였다. 빨리 좀 끝내줘라.

"게임으로 승부를 내자!"

부장은 꺾인 목소리로 소리를 치고선 다시 CD 케이스를 내밀었다.

왜 또 컴퓨터 연구부가 우리랑 그런 걸로 대전을 해야 하는 건데? 놀이 상대가 부족하다면 다른 동아리에 가보는 게 좋을 거라고 노파심에 말해주고 싶을 정도다.

"놀이가 아니야."

부장은 철저하게 항전할 생각인 듯 보였다.

"이건 승부다. 내건 상품도 있어."

그럼 우린 코이즈미를 내보내도록 하지. 컴퓨터 연구부 동아리방에서 마음껏 승부를 내시게나.

"그게 아니라, 너희들과 승부를 내고 싶다고!"

제발 부탁이니까 그 승부란 말 좀 그만해라. 귀신같이 귀가 밝은 하루히 녀석이 어디서 촉각을 곤두세우고 있을지 모르는데. 만에 하나 그 근거를 알 수 없는 자뻑 녀석이 그 단어를 듣기라도 하는 날에는—.

"아자앗!"

"쿨럭."

기괴한 대사를 토해내며 부장의 모습이 누군가의 발차기를 맞아 날아간 듯 옆으로 사라졌다.

"왓?!", "부장!", "괜찮으세요!"

몇 초쯤 뒤늦게 부원들이 입을 모아 소리를 지르며 복도에 쓰러진 부장에게 달려들었고 난 천천히 시선을 옆으로 돌렸다.

"너희 뭐 하는 녀석들이야?"

초롱초롱 빛나는 눈동자를 컴퓨터 연구부 부원들에게 던지며 보기 좋은 입술에 활짝 미소를 머금고 있는 여자는 바로 스즈미야 하루히였다.

부장에게 기습과 같은 드롭킥을 먹이고선, 자기는 상쾌하게 착지를 한 뒤에 보여주는 의기양양한 얼굴이다.

하루히는 귀에 걸린 머리카락을 여봐란 듯 쳐내고선 말했다.

"악의 집단이 마침내 찾아왔구나. 나의 SOS단을 눈엣가시로 여기는 비밀조직이지? 그렇게는 안 된다. 캄캄한 어둠을 비추며 사악함을 근절하는 것이 정의의 기사의 사명이니까 말이야! 잔챙이들은 잔챙이들답게 한 컷에 사라져버려!"

넘어지다가 머리를 부딪쳤는지 부장은 "으으으" 하는 신음 소리를 내며 부원들의 간호와 근심을 받고 있었다. 하루히의 말을 들은 사람은 아무래도 나 하나뿐인 것 같다.

"야, 하루히."

고등학교에 입학한 이후로 벌써 몇 번째인지 알 수 없지만, 설명조의 목소리로 말했다.

"킥을 날리는 건 얘기를 들은 다음에 해도 되는 거 아니냐? 덕분에 저거 봐라. 나도 저 사람들도 뭘 어떻게 해야 좋을지 당황스럽잖아. 게임으로 승부—까지밖에 못 들었다고, 나는."

"콘, 승부란 건 말이지, 말을 꺼낸 그 순간부터 승부인 거야. 선언 이콜 선전포고인 거지. 패자가 무슨 소리를 하든 그건 변명에 불과해. 이기지 않으면 아무도 귀를 기울이지 않는다니까."

하루히는 처치한 짐승을 살피는 사냥꾼처럼 부장에게 걸어가서는 무례하게도 실망에 찬 말을 입에 담았다.

"뭐야, 옆방 사람이잖아. 왜 이런 녀석들이 나한테 싸움을 거는 건데?"

그러니까 지금 바로 그걸 설명하려고 했다고. 기회도 주지 않고 옆에서 기습을 한 건 너잖아.

"그치만" 하루히는 입을 삐죽거리며 말했다. "학생회가 동아리방

인도 청구를 하러 온 줄 알았단 말야. 슬슬 올 때가 됐다고 계산을 했는데. 하여간 복잡하게 만들지 말라고."

"그렇다고 해도 킥을 날려도 되는 건 아니잖아."

내가 하루히를 꾸짖으려 하는데,

"그러고 보니 그 이벤트가 아직이었군요⋯."

어느 사이엔가 문가로 다가와 서 있던 코이즈미가 복도에 불쑥 등장해 생각에 잠긴 표정으로 말을 가로막았다. 쓸데없는 소리 좀 하지 마라.

"으으⋯. 비겁하다, SOS단⋯."

신음 소리를 내며 부장은 겨우 일어섰다. 옆에서 부원들이 부축했다.

"아, 아무튼 승부를 내줘야겠어. 어차피 말은 안 통할 것 같아 문서를 작성해왔다. 이걸 읽어보면 승부 내용을 잘 이해할 수 있을 것이다."

부원 하나가 복사용지 다발과 CD 케이스를 야생 사자에게 날고기를 주는 듯한 동작으로 내밀었고,

"수고가 많습니다."

방긋거리며 받아든 것은 코이즈미였다.

"그런데 게임은 하는데요, 설명서도 딸려 있나요?"

다른 부원이 다시 종이다발을 들고 코이즈미에게 떠밀었다. 그러고선 작은 목소리로 말했다.

"부장, 볼일은 다 마쳤습니다. 방으로 놀아가죠."

"그래, 그렇게 하자."

힘없이 대답하고는,

"그럼 그런 줄 알고—."

대충 용건을 알리고 재빨리 돌아가려는 부장의 목덜미는 하루히의 손에 단단히 잡혔다.

"똑바로 설명해봐. 문장으로 때우려고 그러나본데 그렇게는 안 되지. 이 머리 나쁜 바보 쿈도 이해할 수 있을 만큼 말로 설명을 하도록!"

누구보고 바보라는 거야.

가엾게도 이리하여 부장은 문예부실로 끌려 들어오게 되었다. 남겨진 컴퓨터 연구부 부원들이 항의하는 목소리를 낼 여유는 물론 구조할 시간도 주지 않은 채, 그렇게 문은 닫혔다.


문화제라는 신나는 시기가 지나, 1년 내내 언제나 신나 있는 하루히와는 달리 학교 전체는 완전히 평범한 일상으로 회귀했다고 생각했는데 아무래도 컴퓨터 연구부도 들뜬 기분을 지속시키고 있었나 보다. 하지만 현재 철제 의자에 앉아 홀로 떨고 있는 부장의 모습은 마치 던전의 최심층부에서 파티를 놓친데다 리빙 데드 무리에 둘러싸인 MP 제로 상태의 백마술사의 모습 바로 그것이었다. 똑같이 떨고 있는 아사히나 선배가 타준 차에는 손도 대지 않고 하루히의 심문을 받고 있다.

간단하게 정리를 하도록 하겠다.

부장의 요망 사항은 아래와 같다.


1. 컴퓨터 연구부 자작 대전 게임으로 승부를 내지 않겠는가.
2. 우리들이 이기면 현재 SOS단의 책상에 있는 컴퓨터는 원래

있던 장소로 귀환을 하게 된다.

3. 도대체가 SOS단에 다기능형 컴퓨터는 어울리지 않는다. 컴퓨터는 컴퓨터 연구부에 있어야 할 기재이며 강하게 반환을 요청하는 바이다.

4. 컴퓨터 강탈 시에 부장 및 부원들이 부담한 정신적 고통은 이 기회에 잊어줄 수 있다. 아니, 잊고 싶다. 서로 잊어버리자.

5. 이상의 이유로 너희는 우리와 싸워야만 한다. …싸워라.


코이즈미가 건네준 종이다발에는 이런 느낌의 이해하기 힘들고 읽기 힘든 문장이 구구절절 씌어 있었다. 기소장과 결투장을 겸하고 있는 것 같기는 한데, 정중하게 인쇄된 문장도 내가 대충 눈으로 훑은 게 전부일 뿐, 하루히는 직접 부장에게서 얘기를 듣고 있었다. 간단히 말해,

"쓰지 않으면 컴퓨터를 돌려줘."

부장은 이렇게 말했다. 그 말에 대해 하루히는 의외라는 듯 대답했다.

"나는 쓰고 있어, 확실하게. 요전에 영화도 이걸로 편집했는걸."

한 건 나다만.

"홈페이지도 만들었고."

그것도 내가 했다. 하루히가 컴퓨터를 쓴 거라고는 심심풀이로 인터넷 서핑을 하고 낙서 같은 심벌마크를 그린 게 다잖아.

"그 홈페이지도 반년이 지나도 인덱스밖에 없잖아. 벌써 몇 달이나 갱신할 기미도 안 보이던데."

부장은 뚱한 표정이다. 그는 정기적으로 그 허접 사이트를 찾아

가 접속 카운트를 올려주는 단골인가보다. 그렇군, 꼼등이 때의 그건 그 때문이었나보군. 우리가 컴퓨터를 활용하는지 어떤지를 무척 신경 쓰고 있었다는 게 보인다.

"하지만 내가 달라고 했을 때 주겠다고 했잖아. 콘, 너도 기억하고 있지?"

그랬나. 아사히나 선배가 털썩 주저앉은 장면은 선명히 뇌리에 떠올랐지만, 부장의 코멘트까지는 주의해 듣지 않았는데. 만약 했다고 하더라도 그때의 부장은 심신 미약 상태였을 테니 거래는 무효한 거 아닌가.

"단호히 항의하겠다."

부장은 진심인 듯했다. 팔짱을 끼고 입을 굳게 다문 그 표정에서는 힘겹게 부린 허세가 느껴졌다. 반년이나 지나 포기할 만도 했을 텐데 점점 분노가 치밀어올랐나보다.

흐음, 소리를 내고는 하루히는 미소를 지으며 고개를 끄덕였다.

"뭐, 좋아. 그렇게 승부를 내고 싶다면 해주지, 까짓 것. 우리가 거는 건 컴퓨터야. 그럼 그쪽은 뭘 걸 건데?"

"뭐긴, 그 컴퓨터지. 우리가 지면 그건 너희 걸로 해줄 수 있다."

하루히는 태연히 말했다.

"이건 이미 우리들 거야. 원래부터 갖고 있는 걸 받았다고 뭐가 기쁘겠어. 다른 걸 가져오도록 해."

생각지도 못하게 나는 이 말에 감동마저 받았다. 뭐든 한 번 손에 넣은 것의 소유권은 자신에게 귀속되나보다. 장래에 도둑이라도 될 생각인가.

하지만 부장은 화를 내기는커녕 굳은 미소를 지으며,

"알았다. 너희가 이기면 새로⋯, 그래, 컴퓨터를 사람 수대로 네 대 주도록 하지. 노트북이면 괜찮겠지?"

스스로 판돈을 올리는 소리를 했다. 이 말에는 하루히도 당황했는지,

"어, 그래도 돼?"

앉아 있던 단장 책상에서 폴짝 뛰어내려 부장의 얼굴을 살폈다.

"정말이지? 중간에 취소하면 용서 안 할 거야."

"안 해. 약속한다. 혈서라도 가져올까?"

강하게 나오는 부장의 모습에 난 감을 잡았다.

아까부터 나가토가 손에 쥔 채 응시하고 있는 CD에 든 게 어떤 게임인지는 아직 모르겠지만 직접 제작을 한 만큼 질리도록 했겠지. 컴퓨터 연구부가 실력이 엄청난 게이머 집단인지 어떤지는 차치하더라도, 초보자인 SOS단 멤버 따위는 한 방에 해치울 수 있을 거라 생각하고 있는 게 분명하다. 나도 그렇게 생각한다. 제대로 붙기만 한다면 무슨 승부든 우리가 승리할 거라고는 생각하기 힘들다. 전에 야구 시합에서 이겼던 건 나가토의 말도 안 되는 숨은 힘이 도움을 줬던 거지, 우리들의 실력이 아니다.

하지만 그 사실을 알지 못하는 녀석이 한 명 있었다.

"너희 여자 부원 없지?"

하루히가 이상한 소리를 하기 시작했다.

"없는데 그게 왜?"라고 대답하는 부장.

"여자 부원 원해?"

"⋯아니, 별로."

애써 허세를 부리는 부장이다. 하루히는 악덕 포주집의 여주인

같은 미소를 입가에 띤 채,

"만약 너희가 이기면 이 아이를 컴퓨터 연구부에 주지."

라며 가리킨 건 나가토의 얼굴이었다.

"여자애 원하지? 유키라면 분명히 바로 전력이 될 거야. 뭐든 쉽게 배우는 편이고 이중에서는 제일 솔직하니까."

이 바보가 대체 무슨 제안을 하고 있는 거야? 상대가 컴퓨터 네 대를 걸었는데 우리가 한 대여서는 안 맞는다고 생각한 거냐. 하지만 컴퓨터 네 대와 나가토로는 스펙에 너무 차이가 나잖아. 너는 모를지 모르겠다만.

"……."

경품 취급을 당하고 있는데도 나가토는 태연히 앉아 있다. 그다지 움직임을 보이지 않는 눈동자가 순간 날 스치고 지나 하루히를 넘어 컴퓨터 연구부 부장의 얼굴을 가만히 노려보았다.

부장은 명확하게 동요를 드러낸 표정으로 주저했다.

"아니…. 하지만…."

"뭐? 미쿠루가 좋다는 거야? 아니면 컴퓨터 네 대에 비하면 수지가 안 맞는다는 거야? 그럼 부상으로 우리가 이기면 너희 부실을 '키타고 SOS단 제2지부'로 개명하도록 해."

"아…, 저기…, 그…."

하루히의 말에 아사히나 선배가 입을 가린 채 서 있었고,

"네가 상품이 되라."

난 분연히 하루히에게 맞섰다.

"언제까지 나가토와 아사히나 선배를 부품 취급할 거야. 걸려면 자기 몸을 걸면 될 거 아니야. 멋대로 지껄이지 마."

"무슨 소리를 하는 거야. 신성 불가침한 상징적인 존재, 그게 SOS단 단장이라고. 단 그 자체라 해도 과언은 아니란 말야. 나는 '이거다!' 싶은 사람 이외에 이 자리를 물려줄 생각은 없다."

넌 졸업 후에도 여기에 남아 있을 생각이냐.

"그리고 누구든 자기 자신과 등가 교환을 할 수 있는 건 이 세상 어디에도 없단 말이야!"

하루히는 말도 안 되는 소리로 내 공격을 가볍게 받아넘기고선 말없는 나가토와 말을 잃은 아사히나 선배를 교대로 가리키며 계속 부장에게 따지고 들었다.

"그래, 뭐가 좋아?"

그리고 내 눈치를 보며 말을 이었다.

"꼭 어쩔 수 없다면 뭐 나도 상관은 없다만."

부장은 하루히의 헛소리에 넘어오지는 않았다. 주의 깊게 시선을 따라간 내 관찰 결과에 따르면 나가토 부근에서 한참 주저한 듯 보였지만. 뭐, 이해한다. 이해해.

그에게는 아사히나 선배의 가슴을 쥐는 책형에 버금가는 전과가 있는데, 그 범죄 행위의 상대를 지명할 배짱은 없을 것이다. 그리고 타니구치가 해준 말에 따르면 나가토는 은근히 인기가 있다고 하니, 그의 취미가 침묵하는 독서 소녀였을 가능성도 있다. 아사히나 선배한테는 너무 주눅이 들기 때문이라는 게 이유의 하나일지도 모르지만, 그렇다고 해서 대놓고 "여자 부원을 원한다"는 표명을 하지 않을 정도의 조심성을 갖고 있기는 한가보다. 뭐, 당연한 결과라 할 수 있지.

응, 하루히? 완전히 성격이 다 알려진 지금 이제 와서 이 녀석을 지명할 남자는 진정한 마조히스트나 엄청난 변태일 거다. 그리고 하루히 이상으로 괴짜일 것이다. 그래서 나도 안심하고 내버려둘 수 있는 거라 이거다.

이리하여 싸움의 무대가 갖춰졌다.

일단 문예부실에서 나갔던 부장은 사람들을 이끌고 돌아왔다. 그들의 손에 들린 것은 노트형 컴퓨터가 분명해 보였다. 상품을 미리 주다니 통도 크다는 생각을 하고 있는데 이 게임에는 한 팀당 다섯 대의 컴퓨터가 필요하다고 했다. 컴퓨터 연구부라 그런지 전기 배선업자인지 구분이 안 가는 민첩한 동작으로, 녀석들은 하루히가 가져온 데스크톱과 네 대의 노트북을 LAN으로 접속해 차례로 직접 만든 게임 소프트웨어를 인스톨하고 갔다. 그 사이에 나눈 대화를 통해 시합 내용은 5대 5로 하는 온라인 우주 전투 시뮬레이션이라는 사실을 알게 됐다. 그러니까 SOS단 측의 다섯 대, 컴퓨터 연구부 측에도 다섯 대의 컴퓨터를 준비해 그 전부를 하나의 서버에 연결해 대전을 하는 것 같다. 우리는 우리 방에서, 그쪽은 그쪽 방에 있는 컴퓨터를 써서.

물론 서버가 되는 컴퓨터는 그쪽 방에 있다. 흐음, 그렇군.

"연습 시간은 1주일이면 충분하겠지."

부장은 재빠르게 움직이는 부원들을 뿌듯하게 지켜보며 말했다.

"1주일 뒤 오후 4시에 시작이다. 그때까지 실력을 잘 닦아두도록 해. 너무 약하면 맥이 빠지니까."

완전히 이겼다는 듯 말하고 있는데, 그건 하루히도 마찬가지였다. 새로운 부품이 늘어나 웃음이 끊이질 않는다는 표정이다.

"음, 서브 노트북이 필요하다 싶던 차였는데. 역시 컴퓨터는 단원들 수만큼 있어야지. 설비 투자는 노동자에게 동기를 부여하기 위해서도 중요한 거야."

노트북으로 회유될 만큼 내 몸값은 싸지 않다. 준다고 한다면야 물론 받기는 하겠지만.

난 완전히 식어버린 차를 마시고는 슬쩍 나가토의 표정을 살폈다. 아사히나 선배와 함께 나란히 벽 앞에 자리를 잡고선 컴퓨터 연구부 부원들이 하는 작업을 지켜보고 있는 무표정한 얼굴에서는 아무런 변화도 느껴지지 않았다. 여느 때와 같이 차분한 얼굴이다.

녀석들이 직접 만든 게임이다. 설마 그렇지는 않겠지만 수상한 바이러스가 깔려 있지 않다는 보장은 없다. 만약 그렇다면 나가토도 가만히 있지는 않을 것이다. 그런 점에 있어서는 맡겨둬도 되겠지. 컴퓨터 연구부가 어떤 뒷공작을 펴든 나가토의 뒤통수를 치는건 그리 간단하지가 않거든.

다 마신 찻잔을 만지작거리고 있는데 아사히나 선배가 재빨리 다가왔다.

"쿈, 이거… 뭘 하는 건가요? 전 별로, 저기, 기, 기계에는 둔한데요…."

당황한 표정으로 점점 늘어나고 있는 코드 종류에 시선을 떨어뜨렸다. 그렇게 곤란해할 거 없습니다.

"게임이니까 적당히 즐기면 돼요."

그렇게 위로했다. 실제로 그건 내 본심이기도 하다.

만약 정말 나가토와 아사히나 선배를 걸고 하는 시합이라면 나도 진짜 실력을 보여주는 것에 일말의 주저도 하지 않겠지만, 하루히가 갈취해온 컴퓨터를 돌려주기만 하면 끝나는 문제라면 얘기는 다르지. 컴퓨터 연구부가 내건 조건은 내게는 노 리스크, 하이 리턴이다. 그만한 약점과 자신감의 차이가 우리와 그들 사이에 있다는 소리이기도 하겠군.

"밑져야 본전, 이기면 만세인 세계예요. 이번만큼은 하루히도 아무 군말 못 하게 할 겁니다."

나는 단호하게 말하고는 아사히나 선배의 불안감을 떨쳐주려 미소를 지었다.

"하지만 스즈미야 씨가…, 무척 의욕이 넘치고 있는데요."

하루히는 손에 설명서로 보이는 복사 용지를 든 코이즈미를 옆에 둔 채, 컴퓨터 연구부 녀석들이 철수할 때까지 기다리지도 않고 벌써 단장 책상에 앉아 마우스를 쥐고 있었다.


만족스런 표정으로 부장 이하, 이웃 동아리 부원들이 의기양양하게 자리를 떴다. 실력 발휘를 했다 이건가보다.

그뒤 한동안 각자의 컴퓨터로 동작 확인 등을 하고 있었지만, 날도 저물어 이쯤에서 오늘은 동아리방을 나서기로 했다.

그 귀갓길, 다섯 명에서 집단 하교를 할 때 나와 코이즈미는 대화를 나누었다. 언덕길을 내려가는 여성 3인조와 몇 미터 거리를 두고 말을 건 것은 나였다.

"이쯤 해서 봉인을 해두는 게 좋지 않을까 하는 말이 있다."

"네, 뭔가요?"

"맞혀봐."

코이즈미는 쓸쓸한 미소를 지으며 잠깐 생각에 잠긴 척하더니,

"제가 당신의 입장이라 했을 때 남용을 피해주었으면 하는 말은 많이 있습니다만. 후보로는 아무 말도 없이 '……'을 한다거나 '적당히 좀 해' 등도 유력합니다만 역시 이게 아닐까요?"

내가 아무 말 않고 있자, 코이즈미는 끊일 줄 모르는 미소와 함께 해답을 제시했다.

"이런, 이런."

서비스를 하려는 건지 어깨를 들썩이며 두 손을 치켜드는 제스처까지 함께다. 코이즈미는 손을 흔들며 말했다.

"당신의 심정도 잘 이해합니다."

이해는 쥐뿔이.

"아니요. 가능한 한 권태로운 심정에 빠지는 건 피하고 싶다는 생각이신 거죠? 똑같은 반응만 해서는 남들은 어떨지 몰라도 당신 자신이 질리게 되죠. 계속해서 플레이를 해 온갖 맛을 다 본 게임을 다시 한번 할 생각은 들지 않는 것과 같습니다. 당신은 질리는 걸 두려워하고 있어요. 스즈미야 씨와 똑같이 말입니다. 다른 점은 그녀는 어떻게 해서든 자신의 행동을 주체로 생각하고 있습니다만, 당신은 그런 그녀의 행동을 보고서야 반응을 생각해야 한다는 점입니다. 자, 이건 대체 누구의 입장이 편한 걸까요?"

무슨 정신분석의 같은 소리를 지껄이고 있냐. 내 정신 상태를 엉터리 논리로 보완하려 들지 마라. 그런 걸로 치면 그런 말을 하는 너는 어떤데? 코이즈미도 하루히의 행동을 오직 수동적으로만 받아들이고 있잖아.

"우리는 나름대로 주체성을 갖고 여기에 이렇게 있는 겁니다. 잇

으셨나요? 저와 나가토 씨, 아사히나 씨는 주의나 주장은 다르지만 거의 동일한 목적으로 여기에 이렇게 있는 거예요. 말할 필요도 없이 스즈미야 씨의 감시라는 가장 중요한 과제를 갖고 말이죠."

그런 이유로 유일하게 아무 목적도 없이 SOS단에 끌려 들어온 나만이 앞뒤 파악도 못 한 채 우왕좌왕하는 꼴을 보여주고 있다. 정말 누구 생각인 거야.

"제가 알 리가 없잖아요."

코이즈미는 즐겁다는 듯 나와 눈을 마주쳤다.

"관찰대상이라는 신분에서 말하자면 스즈미야 씨뿐만 아니라 지금은 당신도 그러니까요. 앞으로 당신과 스즈미야 씨가 뭘 해줄지 전전긍긍하면서도 덕분에 전 풍요로운 마음을 키워가고 있습니다. 이건 감사히 여겨야겠죠. 아니, 농담이 아니라 정말 고맙게 생각하고 있습니다."

자기 일이 아니라 생각하면 보는 게 즐겁겠지.

문화제를 계기로 제정신을 차렸는지, 산에서 부는 바람도 슬슬 차가운 가을의 기미를 동반하고 있었다. 내가 좋아할 수 없는 계절이다. 앞으로 계속 추워지겠구나 생각하니 하루히의 폭거가 차라리 낫지 않을까 하는 생각마저 든다.

이미 어두워진 길 앞쪽에서 혼자 떠들고 있는 하루히와 가끔씩 맞장구를 치는 아사히나 선배, 등하교시에는 걷는 것 이외의 다른 기능이 없는 걸로 보이는 나가토가 한 덩어리를 이루고 있었다. 나가토의 가방이 두툼한 것은 자신에게 주어진 노트북이 들어 있기 때문이다. 그런 걸 가져가서 뭘 할 거냐는 내 질문에 나가토는 게임 CD를 가방 바닥으로 떨어뜨리며 "해석한다"고 대답해주었다. 그

그림자를 보고 있자니 해야 할 말이 떠올랐다.

"그런데 코이즈미, 제안이 한 가지 있는데 말야."

"별일이군요. 들어보도록 하죠."

혹시 모르니 목소리를 낮추었다.

"이번 컴퓨터 연구부와의 게임 시합 말인데, 일단 사기를 치지는 말자."

"사기라니 뭘 말하는 건가요?"

코이즈미도 작은 목소리로 물었다.

"야구 시합 때 나가토가 썼던 그런 거 말야."

잊었다는 말은 못할 거다.

"제일 먼저 너한테 말해두지. 만약 네가 시뮬레이션 게임을 우리에게 유리한 쪽으로 끌고 갈 수 있는 초능력을 갖고 있다고 해도 쓰지 마라. 초능력이 아니라도 좋아. 어떤 수단이든 규칙에 위배되는 속임수를 쓰는 건 내가 용서하지 않겠어."

코이즈미는 미소를 지으며 탐색하는 시선을 내게 던졌다.

"그건 대체 무슨 생각이 있어 그러시는 겁니까? 우리가 져도 좋다고 말씀하시는 건가요?"

"그래."

나는 인정했다.

"이번만큼은 우주적 혹은 미래적 혹은 초능력적인 사기는 봉인이다. 정정당당하게 싸우고 정당한 결말을 맞이하는 것, 그게 가장 좋은 수단이야."

"이유를 알고 싶은데요."

"져도 잃을 거라고는 훔쳐온 컴퓨터뿐이잖아. 그것도 원래 주인에게 돌아가는 것뿐이지. 우리는 하나도 곤란할 게 없어."

돌려주기 전에 아사히나 화상집을 어디로 옮겨놓을 필요는 있긴 하겠지만.

"제가 묻고 싶은 건 컴퓨터에 대한 게 아닙니다."

코이즈미는 재미있다는 말투로 말했다.

"당신도 아시다시피 스즈미야 씨는 뭔가에 지는 걸 좋아하지 않습니다. 도저히 안 되겠다, 이건 질 것 같다고 느끼면 폐쇄 공간을 만들어내 남몰래 난동을 부릴 정도로 말이죠. 그래도 좋다는 겁니까?"

"상관없어."

난 하루히의 뒷모습을 바라보았다.

"아무리 저 녀석이라 해도 이제는 교훈을 얻어도 될 때야. 그렇게 모든 게 자기 뜻대로 되게 내버려두는 건 말도 안 되지. 게다가 이번에는 하루히가 먼저 말을 꺼낸 게 아니니까 그렇게 열성적으로 덤비지는 않을 거야."

초능력 봉인 얘기를 당장 내일이라도 나가토에게 해야지. 아사히나 선배한테도 말해둘까. 자진해서 기계치라고 고백한 그녀에게 각별한 능력이나 아이템이 있을 거라고는 보기 힘들지만 혹시 모르는 일이다.

코이즈미가 작게 웃었다. 뭔 짓이냐, 기분 나쁘게.

"아뇨, 재미있어서 그런 게 아닙니다. 부러워서요."

내 어디에 선망을 느꼈다는 건데.

"당신과 스즈미야 씨 사이에 있는, 눈에 보이지 않는 신뢰 관계 가요."

무슨 소리인지 도통 모르겠다.

"시치미를 떼시는 겁니까? 아뇨, 당신도 모르고 있을 수도 있겠군요. 스즈미야 씨는 당신을 신뢰하고 있고, 당신도 그녀를 신뢰하고 있다는 말입니다."

멋대로 남의 신뢰의 대상을 정하지 마라.

"1주일 뒤에 있을 게임에서 졌다고 칩시다. 하지만 그 일로 스즈미야 씨가 폐쇄 공간을 만들지는 않을 거라고 당신은 생각하고 있어요. 그렇게 신뢰하고 있기 때문입니다. 그리고 스즈미야 씨는 당신이라면 게임을 승리로 이끌 거라고 믿고 있습니다. 이것도 신뢰예요. 그녀가 단원의 몸을 걸겠다는 말을 꺼낸 건 질 리가 없다고 확신하고 있기 때문입니다. 절대로 말로 표현하지는 않지만 당신들 두 사람은 이상형이라고 해도 될 정도의 신뢰감으로 맺어져 있는 겁니다."

난 침묵의 우물에 가라앉았다. 대답할 말이 좀처럼 나오지 않는 이유는 뭐냐. 코이즈미의 추측이 내 마음의 표적에 고득점 부분을 맞혔기 때문인가? 신뢰 운운하는 말은 전문가에게 맡기도록 하더라도, 분명히 나는 하루히가 정신세계에서 폭주를 할 거라고는 생각하지 않는다. 그건 요 반년을 돌이켜보면 알 수 있는 일이다.

SOS단 설립에서 영화 촬영까지 여러 일들이 있었고 다양한 일이 우리들의 눈앞을 지나갔다. 내 스스로도 나름대로 성장했다고 느끼고 있고, 거의 비슷한 경험을 하고 있는 하루히도 그럴 것이다. 그렇지 않다면 저 녀석은 절대로 당할 사람이 없는 진짜 바보다. 돌이킬 수 없을 정도로 말이다.

"시험해볼 가치는 있어."

난 겨우 입을 열었다.

"컴퓨터 연구부와 게임 대결을 벌여 졌다고 하루히가 기분 나쁜 회색 세계를 만들어낸다면 이번에야말로 너희들 사정 따윈 난 알 바 아니다. 하루히와 같이 세계를 마음대로 휘저으라고."

코이즈미는 여전히 미소만 짓고 있었다. 그리고 너무나 당연하다는 듯 이렇게 말했다.

"그게 신뢰감이라는 겁니다. 제가 부럽다고 느끼는 이유를 아시겠어요?"

난 아무 대답도 않고 걷기에만 열중했다. 코이즈미는 더욱 뭔가를 말하고 싶다는 표정을 지었지만 들을 생각이 없는 내 분위기를 파악했는지 결국 아무 말도 하지 않았다.

뭐, 좋아. 코이즈미가 의미심장한 표정을 짓는 데에는 익숙한걸. 아사히나 선배가 동아리방에서 메이드 복장을 하거나 하루히가 언제나 아무 근거도 없는 자신감에 차 있는 것과 비슷하게 평범한 일이다.

그리고 나가토가 있는지 없는지 알 수 없는 희박한 존재감만을 갖고 있는 것도 마찬가지…라고 표현하고 싶은 마음이다만….

1주일 뒤 컴퓨터 연구부와의 전쟁터에서 나는 생각지도 못한 광경을 보게 되었다.

이러저러해서 이튿날 방과 후부터 옆방 녀석들을 가상의 적으로 한 우리의 특훈이 시작되었다. 특훈이라고 해도 게임을 즐기는 게 다였지만, 그 컴퓨터 연구부가 제작한 오리지널 게임을 대충 개요만이라도 소개를 해야겠지.

「The Day of Sagittarius 3」

라는 게 게임의 타이틀이다. 그럴싸하게 폼을 잡으려 든 바람에 오히려 의미를 알 수 없게 만들어졌지만, 문제시해야 할 것은 내용이니 신경 끊도록 하겠다. 그런 걸로 따지자면 SOS단이라는 단체명 아래에 있는 우리가 설 자리가 없어지니까 말이야. 명칭과 활동 내용의 무의미성 및 무관계성에 있어서는 시점을 전 세계적으로 넓힌다 해도 이 단체보다 못 한 것이 그리 많지는 않을 것이다. 하지만 3이라는 소리는 1과 2도 있었단 거냐.

그건 그렇다 치고, 일단 「The Day of Sagittarius 3」라는 게임의 배경이 되는 세계관에서부터 설명을 하자면—.

때는 어느 시대인지 모르겠다. 터무니없는 미래라는 것은 분명한 것 같다. 인류는 머나먼 우주로 나가 적당히 판도를 넓히고 있다. 그런 우주적인 스케일에서 한 항성계에서의 영지 전쟁인 것 같았다. 그곳에는 두 개의 성간 국가가 수립되어 있는데, 서로 국경선의 위치에 관해 끝도 보이지 않는 투쟁을 벌이고 있었다. 편의적으로 한쪽을 〈쿈연 연합〉, 다른 한쪽을 〈SOS 제국〉이라 부르도록 하겠다. 각각의 국가는 전장이 우주공간이기 때문에 우주군 함대를 상비하고 있고, 위급한 사태가 되면 전력을 전선에 아낌없이 투입해 상대를 섬멸할 때까지 무익한 전쟁을 엔드타이틀까지 되풀이한다는 줄거리이다. 그곳에는 외교와 모략 같은 순수한 전투 행위를 방해하는 쓸데없는 커맨드란 존재하지 않는다. 단지 괴멸만이 있을 뿐이다. 하루히의 취향일지도 모르겠다.

스타트 시점에서 화면은 거의 암흑이었다. 모니터 하부에 파랗게 반짝이는 것이 우리가 조작하는 함대 유닛이다. 바닥이 좁은 이등변삼각형 모양을 하고 있으며, 그 삼각형이 총 다섯 개가 나란히 서 있었다. 이게 바로 하루히가 전 군을 통괄하는 〈SOS 제국〉군의 모든 전력이다. 1유닛당 우주함대가 1만5천 척쯤 거느리고 있으니 총 수 7만5천, 거기에 더해 각 함대에 소수로 붙어 있는 보급선 부대. 그런 전함을 조종해 같은 숫자의 적 〈컴연 연합〉의 함대를 격파하면 승리 조건 클리어인데, 이번 규칙에서는 상대방의 대장 함대, 우리로 치면 〈하루히☆각하☆전함〉의 기함, 상대방은 부장 함대의 기함을 격파시키면 전 군의 대미지와 격침 수와 상관없이 그 시점에서 지는 게 된다.

함대는 1인당 1개씩이 주어지고, 자신의 컴퓨터에서는 자신의 함대 유닛만 조작할 수 있다. 아무리 하루히가 독주를 하려 해도 내가 쓰고 있는 노트북에서는 어떻게 할 수 없다는 소리다.

무척 신경을 썼다고 느끼는 건 철저하게 탐색을 하지 않으면 적의 위치는커녕 이 주역에 어떤 장애물이 떠 있는지도 알 수 없다는 점이다. 함대 이동을 하려고 하면 그 방향에 뭐가 있고 어떤 물체가 굴러다니고 있는지 일단 탐색정을 파견해 조사를 해야만 하고, 나아가 그 탐색정이 돌아와야 비로소 그 범위의 상황을 알 수 있다는 복잡한 구조.

함대 자체의 시야는 반경 몇 센티미터(화면상의 거리로)밖에 안 되기 때문에 탐색 행동을 게을리 하며 식신을 하다간 생각지도 못한 각도에서 적의 공격을 받게 되고, 거기다가 그 적의 위치도 모른다는 달갑지 않은 결과가 나오는 것이다.

다만 아군의 함대끼리는 데이터 링크로 묶여 있기 때문에(라는 설정인 듯하다), 나가토의 함대의 시야와 탐색정이 가져온 정보는 그대로 우리 모두의 것으로 공유할 수 있다. 내가 아무것도 안 해도 캄캄한 화면 속에서 그 범위만은 밝게 표시되어, 행성과 아스테로이드 벨트, 탐색한 시점에서 적의 위치를 알 수 있다는 구조이다.

그래도 전체 맵은 무척 넓어서 재빠른 적의 위치 특정과 행동 예측이 승패를 좌우할 것 같다.

사용할 수 있는 무기는 빔과 미사일, 두 종류뿐이다. 적이 사정 거리 내에만 있으면 빔은 발사한 그 순간에 명중하고, 미사일은 느릿느릿 날아가는 대신 호밍 기능을 부여할 수가 있다. 날아오는 미사일을 유도 모드로 설정하면 피할 방법이 없어 일일이 격추를 시켜야 한다.

대충 이런 느낌의, 우주를 무대로 한 2D 함대 시뮬레이션 게임이다. 참고로 턴제가 아니라 실시간제로 이뤄지기 때문에 느긋하게 성계를 탐색하다보면 바로 적에게 포위되고 만다. 이 점도 참 묘하게 힘든 문제였다.


다가올 시합을 대비해 우리는 바로 게임 주간에 들어갔다. 하루히만 책상에서 데스크톱으로, 나머지 네 명은 긴 테이블에 나란히 앉아 노트북을 바라보며 마우스를 클릭하는 무척 애매한 광경이 한동안 SOS단의 활동 내용이 되었다. 연습은 대전모드가 아니라 CPU전이었는데, 난이도를 베리 이지로 해도 1승을 거둘 때까지 3일이나 걸렸으니, 이쪽의 게임 기술 랭크는 거의 맨틀층 아래를 수동 드릴로 기어가는 듯한 수준이다.

"앗! 또 당했다! 콘, 이거 좀 열 받는 게임이다."

CPU를 상대로 이 성적이라니. 하루히가 아니라도 열이 받겠지만, 그건 게임이 엉터리라서가 아니라 네 기함이 전방에 부주의한 채 돌진해 상대방의 집중포화를 일방적으로 받기 때문이라고.

"전술을 바꾸지 않으면 안 될 것 같은데."

나는 쓸쓸한 BGM과 함께 게임 오버를 알리고 있는 액정 화면에서 눈을 뗐다.

"함대의 파라미터를 손보는 게 좋겠어. 특히 네 기함 함대를 말야."

개개 함대 유닛의 전력 배분 파라미터는 세 개가 있다. '속도', '방어', '공격'이다. 플레이어가 처음에 포인트 100을 받으면 세 개의 파라미터에 배분하는 게 초기 설정 화면이다. '속도 30', '방어 40', '공격 30'이라는 식으로 말이다. 이걸 하루히는 '속도 50', '방어 0', '공격 50'으로 플레이를 하고 있으니 녀석의 함대 장갑은 종이 상자로 만든 거나 마찬가지다. 우주를 우습게 보지 말라고 말해주고 싶다. 그저 빠르게 움직여 적 함대를 쳐부술 생각밖에 없는지, 나와 코이즈미가 어떻게 하기도 전에 기함이 침몰해버리니 이래선 손을 써줄 여유도 없잖아.

"아윽! 귀찮아 죽겠네. 이런 걸 만드는 게 뭐가 재밌니. 난 더 알기 쉬운 게 좋은데."

불평을 늘어놓고 있지만 하루히는 그래도 질리지도 않고 리플레이를 시작했다. 내 노트북 화면에 「The Day of Sagittarius 3」의 로고가 다시 표시된다.

하루히는 재미있다는 듯 마우스를 클릭하며 말했다.

"RPG를 하면 좋았을 텐데. 그 녀석들이 마왕이나 사신이고 우리가 용자인 거야. 오프닝 직후에 라스트 보스 전이 시작되는 게 좋겠다. 늘 생각하는 건데 던전 안쪽에 멀뚱히 기다리고 있지 말고 처음부터 두목이 등장하면 좋잖아. 내가 마왕이라면 그렇게 하겠다. 그러면 용자들도 기나긴 미궁을 헤매지 않아도 되고 얘기도 간단하게 끝날 텐데."

말도 안 되는 소리를 하는 하루히를 무시한 채 난 옆에 있는 다른 멤버를 차례대로 돌아보았다. 하루히와 가장 가까운 위치에 앉아 있는 것이 코이즈미 막료총장, 다음이 나고, 그 옆이 아사히나 선배, 제일 구석에 나가토가 있다.

"이거 어렵군요. 제가 이런 게임에 익숙하지 않아서 그런지도 모르겠습니다만. 심플하긴 한데 마니악한 조작성이에요."

적당한 감상을 늘어놓는 코이즈미는 오셀로를 할 때와 비슷하게 환한 미소를 짓고 있었고, 그럴 필요도 없는데 메이드 복장을 입고 있는 아사히나 선배는,

"와앗, 하나도 마음대로 움직이질 않아요. 그런데 어째서 우주라는 설정인데 행동범위가 2차원이죠?"

기본적인 의문을 제시하며 익숙하지 않은 손놀림으로 마우스를 클릭하고 있었다.

이 둘은 없는 셈 치자. 남은 한 명이야말로 나의 최대 현안 항목이다.

"……."

고도의 수학적 난제에 맞서는 수리학자와 같은 눈으로 디스플레이를 바라보고 있는 나가토 유키. 가장 빨리 이 게임에 적응한 것은 이 녀석으로, 하루히의 저돌 맹진 일직선 전법에도 불구하고 유일

한 승리를 따낸 것은 그녀의 정확한 함대 운용 능력이 우연히 잘 맞아떨어졌기 때문이다.

물론 못을 박아놨다. 마술인지 정보조작 같은 대형 비기는 절대로 쓰지 말라고. 점심시간에 그렇게 말해놨다. 몇 초 동안 내 눈을 가만히 바라보고 있던 나가토는 말없이 고개를 끄덕여 동의를 표시하는 것으로 내 어깨의 짐을 조금이나마 덜어주었다. 덕분에 마음 편히 대전 게임에 도전하고 있다. 만약 이걸로 우리가 이겨 버린다 해도 그건 뭔가 잘못된 거고, 잘못된 거라면 어쩔 수 없는 일이다. 음, 책임 회피 변명도 준비 끝이군.

이젠 열심히 선전할 전술을 짜내고, 분전해도 허무히 패배한다는 연출을 생각하도록 하자. 아사히나 화상 폴더를 CD나 다른 데에 구워두는 것도 잊지 말고.


끝없는 가을 하늘에 걸맞은 1주일이 정신없이 지나가고, 마침내 개전일이 찾아왔다.

하루히의 인솔을 받은 우리들은 문예부실에서 정위치에 자리 잡았고, 컴퓨터 연구부는 녀석들의 방에서 화면상의 카운트다운을 바라보고 있는 상황이다. 플레이가 되기 전의 모니터가 표시하고 있는 것은 서로의 함대 소개 일람이다. 그렇지만 알 수 있는 것이라고는 명칭과 어느 함대에 기함이 배치되어 있는가 정도로, 파라미터와 함대 위치는 가려져 있다.

컴퓨터 연구부의 유닛은 기함 부대를 필두로 〈디에스 이라이〉(주18) 〈에퀴녹스〉(주19) 〈루퍼칼리아〉(주20) 〈블라인드니스〉(주21) 〈무스

주18) 디에스 이라이: 라틴어로 '분노의 날'이라는 뜻으로 레퀴엠(죽은 자를 위한 진혼 미사곡) 가운데 세퀘티아 (속창)를 이르는 말.
주19) 에퀴녹스: equinox. 똑같은 밤이라는 뜻으로 주야 평분시. 춘. 추분. 혹은 천문학에서 말하는 분점을 뜻한 다.

펠하임〉(주22)이라는 닉네임이 붙어 있었다.

참 시건방진 네이밍 센스였고, 뭘 그리 열심히 노력하는 건지는 모르겠지만 잘못된 노력을 하고 있는 걸로밖에 보이지 않는다. 그런 그들이 생각해낸 애칭의 유래를 그다지 알고 싶지 않아 하는 건 나뿐만이 아닌 듯했다.

"귀찮으니까 오른쪽부터 차례대로 적 A, B, C, D, E로 가자. 기함 부대가 A야."

하루히는 바로 적 함대의 코드네임을 변경했고, 그대로 녀석들의 독선적인 호칭은 잊혀지게 되었다. 이왕이면 내가 지휘하는 〈콘 함대〉도 잊어줬으면 좋겠는데.

"슬슬 시작이다. 다들 알겠지? 처음부터 승기를 잡는 거야. 이건 시작에 불과해. 적은 컴퓨터 연구부뿐만이 아니라고. 모든 방해꾼들을 물리치고 SOS단은 우주의 저편까지 그 이름을 날려야 한다. 나중에 교육위원회와 얘기해 모든 공립학교에 SOS단 지부를 만들 생각이야. 야망은 크게 가져야지."

하루히의 과대망상병 같은 격려를 어떻게 받아들였는지, 코이즈미는 엄지를 들어 미소를 그리고 있는 입술을 쳤고, 아사히나 선배는 메이드 의상의 옷자락을 잡아당겼고, 나는 심호흡을 하는 척하며 한숨을 쉬었고, 나가토는 살짝 눈썹을 움직였다.

"뭐, 우리가 질 리가 없긴 하지만. 이기는 게 당연하다고는 해도 방심은 절대로 금물! 미적지근하게 승리하는 건 상대에게 미안하잖아. 깨끗하게 쳐부수는 거야."

늘 생각하는 건데 이 자신감의 원 재료는 대체 뭘까. 2밀리그램

주20) 루퍼칼리아: Lupercalia. 고대 로마신화에 나오는 사랑의 여신 페브루아투아(Februata)를 기리는 축제. 매년 2월 15일에 열렸다. 현재 밸런타인데이의 시초라고 여겨지고 있다.
주21) 블라인드니스: blindness. 맹목, 무분별, 무지.
주22) 무스펠하임: Muspelheim, 무스펠헤임이라고도 하며 북유럽의 신화에 나오는, 세계의 남쪽 끝에 있다고 생각되는 폭염(暴炎)의 나라. 북쪽의 추운 나라 니플헤임에 대한 반대개념에서 나왔다.

이라도 좋으니까 나한테도 나눠줬으면 좋겠다.

"그래? 조금만 주입해줄까?"

무슨 생각을 하는 건지는 모르겠지만 하루히는 갑자기 날 노려보기 시작했다. 진지한 얼굴로 보지 마라. 내 얼굴을 그렇게 주목해봤자 대박 복권은 안 나온다고.

그대로 10초 정도가 경과하자 견딜 수 없어진 나는 시선을 피했고 그 순간,

"어때, 조금 효과가 있지?"

하루히는 의기양양한 미소를 지었다. 그 눈싸움에 무슨 효능이 있다는 거냐.

"에너지를 시선에 담아 보내줬잖아. 몸이 따뜻해진다거나 땀이 더 많이 난다거나, 그런 걸 너도 느꼈지? 그래, 다음부터 기운이 없는 사람을 볼 때마다 이렇게 해줄까?"

제발 부탁이니까 사람이 많은 곳에서 쨰리는 짓은 하지 마라. 하루히의 기운 에너지 주입 행위를 시비 거는 것으로 착각해 따라올 불량 군단에게서 도망칠 방법을 시뮬레이션하고 있는데,

"이제 곧 시작입니다."

코이즈미의 즐거워하는 목소리가 들려, 난 컴퓨터 화면으로 시선을 돌렸다. 혼자만 긴장하고 있는 아사히나 선배가 무척 불안한 듯한 목소리로 중얼거렸다.

"…어떡하지. 자신 없는데."

그렇게 진지하게 하지 않아도 게임에서 사상자는 안 나온답니다. 나온다 해도 그건 화풀이를 당한 화면 정도예요.

패배에 화가 난 하루히가 컴퓨터를 창 밖으로 던져버리지 않기를

같이 기도하도록 하죠.


16시 00분.

개전 팡파르가 울리고 컴퓨터의 소유권을 다투는 싸움이 막을 올렸다.


당초, 〈SOS 제국〉군이 세웠던 작전은 이랬다.

선봉에 〈유키 함대〉, 그뒤에 〈코이즈미 함대〉와 〈콘 함대〉를 배치하고, 그뒤에서 〈미쿠루 함대〉와 〈하루히☆각하☆함대〉가 따라온다.

—그 이상도 그 이하도 아니다.

탐색정의 파견을 "귀찮다"는 한 마디로 기각해버린 하루히는 적 함대를 파괴할 생각만 하고 있었기 때문에 실제로 적과 마주칠 때까지 아무런 도움도 되지 않을 것은 분명했다.

더 도움이 안 될 것 같은 아사히나 선배에겐 각 함대에서 빼낸 보급선을 맡겼으므로 〈미쿠루 함대〉를 나타내는 유닛은 다른 것보다 약간 큰 삼각형을 이루고 있었다. 그런 만큼 움직임도 둔해서, 내가 그녀에게 지시한 것은 "전투에 휘말릴 것 같으면 도망치세요" 라는 무척 논리 정연한 행동지침이었다. 당연하지.

참고로 하루히 함대의 파라미터는 '속도 20', '방어 60', '공격 20'으로 설정해두었다. 이 녀석의 부대가 괴멸하면 바로 패배하는 것이므로 방어력을 중시할 수밖에 없다는 결단에서였다. 전쟁을 하는 것은 '33', '33', '34'라는 평균적인 능력 배분을 한 나가토, 코이즈미, 나에게 맡기고 후방에서 가만히 있기만 하면 절호의 시간 벌기도 되고 좋을 거라는 생각이었는데, 조금만 눈을 떼면 앞으로 나가려 드는 건 맨 앞의 장면과 같다.

그리고 지금, 처음에 살짝 말했던 것처럼 컴퓨터 연구부와 SOS단의 시뮬레이션 게임 대결이 마침내 결전을 개시하려 하고 있는 것이다.

"할 수 없지. 그럼 난 잠시 물러나 있을 테니까 너희들끼리 적을 밟아버려. 미쿠루, 같이 구경이나 하자."

"아, 그…, 그렇죠."

내 오른쪽에서 아사히나 선배는 순종적으로 고개를 끄덕이고선, 작은 목소리에 달콤한 한숨을 섞어 속삭였다.

"힘내요, 쿈."

그건 뜻하지 않게 100종류쯤의 노력으로 응답했을 만큼의 성원이었다. 기함 부대가 〈미쿠루 함대〉였다면 기꺼이 총알받이를 맡았겠지만 아쉽게도 지켜야 할 대상은, 내가 만약 봉건시대의 실력파 제후였다면 첫 번째로 반란을 일으켰을 폭군이다. 그러나 안타깝게도 이 게임에 '반기를 든다'는 커맨드는 없는 것 같다. 없다면 할 수 없지. 일단 눈앞의 적을 어떻게든 해치우는 수밖에.


16시 15분.

나가토가 맹렬하게 키보드를 두드리고 있다. 눈에도 보이지 않는 속도라는 게 비유가 아니라 정말 그곳에 존재하고 있었다. 마우스 같은 간접적인 도구를 쓸 생각도 들지 않았나본데 그것이 다가 아니었다. 어느새 나가토는 「The Day of Sagittarius 3」를 조작하기 위해 독자적인 매크로를 짜 자유자재로 함대를 운용하는, 보다 직접적인 입력방법을 구축한 듯 보였다. 그 덕분에 〈유키 함대〉는 비잔틴 제국 유스티니아누스 제위 시대의 명장 벨리사리우스에 필적하지 않을까 싶을 만큼 눈이 휘둥그레질 정도로 맹렬하게 돌격했는데, 그래봤자 숫자적으로 차이가 났다.

우리 쪽에서 제대로 전투에 참가하고 있는 것은 〈유키 함대〉, 〈코이즈미 함대〉, 〈콘 함대〉의 세 개 함대였고, 적은 모습을 보일 생각이 없어 보이는 〈디에스 이라이〉(적A)를 제외한 네 개 함대다. 과거의 전쟁사를 통해 배울 수 있는 게 하나 있다. 기본적으로 전쟁은 숫자로 결정이 난다. 3대 4라면 그렇지 않아도 열세가 결정되어 있는 우리들에게 승리 후의 샴페인 세례식을 벌일 기회가 더 적어지는 건데, 그렇다고 하루히와 아사히나 선배를 끌어들이는 것도 여의치 않았다. 너무나도 쉽게 전군을 말살할 시간을 서비스할 게 뻔하니까.

"적은 학익진 형태로 우리를 유인할 생각인 것 같습니다."

코이즈미 막료총장이 내게 속삭였다.

"이대로 추격해가면 상대가 형성한 포위망에 뛰어드는 것과 같아요. 일단 일시 정지해서 수비 방어를 하는 게 좋을 것 같은데요."

그렇지만 말야. 나는 괜찮은데 하루히가 뭐라고 할지가 문제인 거지.

그리고 말이지.

나는 아사히나 선배의 머리 너머로 정보참모 나가토의 옆모습을 훔쳐보았다.

왠지는 모르겠다. 하지만 기묘하게도 나가토는 허를 찌르는 적극성을 보이고 있었다. 이제 막 시작된 이 게임에서도 보기에는 평소와 같은 무표정한 얼굴이었지만, 디스플레이 상의 〈유키 함대〉는 다른 어느 유닛보다도 능동적으로 돌아다니며 작전 행동에 종사하고 있었다. 대체 「The Day of Sagittarius 3」의 어디에 나가토의 심금을 울리는 면이 있었을까.

해석한다는 나가토의 말은 거짓이 아니었다. 평소에는 무감동을 의인화한 것 같은 우주 인조인간은 컴퓨터 연구부가 만든 오리지널 게임을 구석구석 숙지하고 있었다. 어쩌면 만든 녀석들보다 더 자세히 알고 있을지도 모르겠다. 이 녀석한테 걸리면 현대 지구문명권의 컴퓨터 따위는 산업혁명 이전의 공장 생산라인과 비슷한 고물 기계일 것이고, 누워서 떡 먹기보다 더 쉬울 게 분명하겠지.

그런데 나가토의 눈빛이 마치 무광 블랙에서 실버 메탈릭 처리를 한 것처럼 변한 것은 조금 걸리기는 하는데….

예전에는 볼 수 없었던 의욕을 보이며 나가토는 타이핑 게임 저리가라 싶은 속도로 키보드를 두드리고 있었다. 시선은 한순간도 고정되지 않았고, GUI의 은혜를 포기하고 화면 구석에 켜진 작은 윈도에 손가락이 걸리지 않을까 싶은 속도로 커맨드를 날리고 있다.

"……."

〈유키 함대〉는 민첩하게 위치를 바꿔가며 연신 탐색정을 보내 다가오는 적 함대의 포착에 전력을 기울이고 있었다. 그래도 현 시점에서 판명된 적의 거처는 우리 제국군의 전방에 있는 〈적B〉와 〈적C〉 두 개 함대뿐이다. 나가토는 그 두 함대와 호각으로 싸워가며 혼자서 전선을 지탱하고 있었다. 이거 나도 꾸물대고 있을 수는 없겠는데. 가세해야지.

그렇게 생각해 이동을 개시한 〈콘 함대〉의 측면으로 갑자기 빔의 폭풍우가 몰아쳤다.

"뭐야?"라고 말하는 나.

"이런, 이런" 하고 말하는 코이즈미.

보아하니 〈코이즈미 함대〉도 좌현 방향에서 포격을 당하고 있었다. 어디서 나타났는지 어느 틈엔가 접근한 〈적D〉와 〈적E〉가 각각 좌우에서 나와 코이즈미 유닛을 향해 측면 공격을 가해왔다. 순식간에 〈콘 함대〉의 보유 함수가 줄어든다.

"뭘 하는 거야!"

하루히가 노란색 메가폰을 통해 내게 소리쳤다.

"어서 반격해! 역습이다!"

말 안 해도 그렇게 할 거다. 이 녀석들, 나가토의 탐색망을 뚫고 여기까지 오다니 제법 실력이 되는 것 같다만 우리도 순순히 당하고만 있지는 않는다 이거야.

나는 〈콘 함대〉에 방향 전환을 명령하고, 전 함대의 방향을 우현으로 90도 회전시켰다. 그리고 사정범위 내에 적의 함을 포착, 전력으로 사격—을 하려는 순간 〈적E〉도 엄청난 속도로 U턴을 해서 심연의 어둠 속으로 사라지고 말았다. 화가 나 추격을 하려고 대충 찍은 방향으로 탐색정을 보내봤지만 그림자 하나도 잡지 못했다.

"젠장, 도망쳤네."

아무래도 '속도'에 특화를 한 함대의 치고 빠지기 작전인가보군. 〈코이즈미 함대〉의 좌현을 습격한 〈적D〉도 정확한 타이밍으로 사라졌다. 그래, 〈유키 함대〉와 티격태격하고 있는 〈B〉와 〈C〉가 미끼고, 〈D〉와 〈E〉가 주력이라 이건가. 그리고 기함 부대 〈적A〉는 참가하지 않고 어딘가에서 자리를 지키고 있겠다는 그런 계산인가 보다.

"히익, 무서워."

어색하게나마 아사히나 선배는 착실하게 자신의 함대를 점점 화면 구석으로 몰고 갔다. 너무 멀리 가면 우리 함대는 보급처를 잃고 곧 무장 제로 상태가 되겠지만 이대로 있다가는 에너지와 미사일 재고에 신경 쓸 시간도 없이 승패가 결정 날 것 같다. 주도권은 모두 〈컴연 연합〉 쪽에 있었다.

그뒤로도 측면 공격 부대인 〈적D〉와 〈적E〉는 한 번 먹이를 얻어먹으면 맛이 들어서 저녁식사 때면 반드시 나타나는 동네 들개처럼 스윽 나타나서는 〈콘 함대〉와 〈코이즈미 함대〉에 히트 앤 어웨이를 감행했고, 추격하려고 하면 호밍 미사일을 쏴대며 도망치는 매우 짜증나는 전법으로 우리를 괴롭혔다. 단숨에 결판을 내는 건 피하고 서서히 우리의 전력을 깎아낼 작정이로군. 하루히가 가장 싫어하는 패턴인데.

한편 고군분투하며 천천히 전진하고 있는 〈유키 함대〉는 어떻게든 머리를 잡으려 드는 〈적B〉와 〈적C〉의 파장 공격을 교묘히 피하며 효과적인 반격을 시도하기도 했다. 만약 이 녀석의 함대가 없었다면 우리는 지금쯤 우주공간을 헤엄치는 성간 물질의 파편이 되어 있을지도 모른다. 진다 해도 감투상 정도는 줘도 되지 않을까.

"……"

나가토는 숨도 쉬지 않는 것 같은 얼굴로 두 눈을 모니터에 고정시킨 채 휴식 시간도 주지 않고 키보드를 혹사시키고 있었다. 이 모습에는 컴퓨터 연구부 녀석들도 놀랐을 것이다. 나도 의외라고 생각하고 있으니까.

하루히의 지기 싫어하는 성격이 어느 사이엔가 나가토한테까지 전염된 게 아닌가 싶어서 말이다.

16시 30분.

전황은 마침내 교착 상태에 빠지고 말았다.

선두의 〈유키 함대〉가 무섭다는 사실을 깨달은 컴퓨터 연구부는 〈적B〉 부대를 대 나가토 전문으로 남겨두고선 아직까지 행방을 알 수 없는 기함 함대 〈적A〉를 제외한 세 함대가 교대로 우리의 좌우를 공격하는 시간차 파장 공격을 하기 시작했다. 정말 〈적C〉, 〈D〉, 〈E〉의 연계는 제대로 숙련된 실력을 보여주고 있었다. 〈C〉에 대처하려고 하면 재빨리 〈D〉가 반대편에서 공격을 가하고, 〈D〉를 쫓아가면 〈E〉가 다시 옆에서 빔을 쏘는 신출귀몰한 모습, 봐줄 줄 모르는 우수 게이머와 대전 게임을 하면 전혀 재미가 없다는 기분을 만끽할 수 있다. 조금은 봐주지 그러냐고 말하고 싶었지만 컴퓨터 몇 대가 걸려 있으니 그렇지도 못하겠지.

하지만 이건 매우 좋지 않은 상황이다. 질 생각이 9할을 차지하고 있었던 건 앞에 말한 대로이지만, 아무리 진다고 해도 좀더 화려한 전개를 예측하고 있었단 말이다. 화려하게 붙은 다음 호쾌하게 격침을 당한다거나, 지긴 했지만 재미있었으니까 됐어, 둘 다 열심히 했네―, 뭐 그런 걸 말이다.

그런데 뭐냐, 슬금슬금 체력을 갉아먹는 이 작전은.

"더는 못 참아."

예상했던 대로 마침내 하루히가 휘하의 기함 함대에게 단순명쾌한 지령을 전달했다.

"전 함대 전속 전진! 콘, 거기 방해되니까 비켜! 적의 두목을 찾아내서 두들겨 패줄 거야!"

〈콘 함대〉와 〈코이즈미 함대〉의 사이를 파고들려는 〈하루히☆각하☆함대〉를 나와 코이즈미는 작은 물고기 떼가 보여주는 것과 같은 순간적인 연계로 잡으려 했다.

"뭐 하는 거야! 코이즈미까지 나의 화려한 싸움을 방해할 작정이야? 어서 비켜. 막료총장에서 해임하겠어."

"그건 곤란한데요."

그렇게 말하면서도 코이즈미는 자신의 함대를 하루히 함대의 진로에서 이동시키려 들지 않았다.

"각하, 여긴 저희에게 맡겨주십시오. 불초 코이즈미, 이 목숨을 걸고 각하를 최후의 최후까지 지킬 것입니다. 제 진퇴에 관해서는 전투가 끝난 뒤에 마음대로 하십시오."

"그래."

나도 코이즈미 편을 들었다.

"조금이라도 승률을 올리고 싶으면 넌 가만히 물러나 있어. 우린 아직 적의 기함도 찾지 못했다고."

"그러니까 내가 찾아주겠다고. 아마 이쯤에—"라고 우리 쪽에서는 보이지 않는 모니터 구석을 가리키며 "—있을 테니까 거기까지 일직선으로 갈 거야. 그리고 높은 사람들끼리 맞장을 뜨는 거지!"

어디로 갈 작정인지는 모르겠지만 도착하기 전에 〈하루히☆각하☆함대〉는 동면 전의 곰의 습격을 받은 벌집 꼴이 나지 않을까.

하루히는 아래에서 서서히 함대를 밀고 나오며 마우스를 쥔 주먹을 치켜들었다.

"그러니까 가만히 있어봤자 똑같잖아. 아까부터 보고 있었더니 뭐야, 이 〈콘 함대〉는 적한테서 도망만 다니고 있잖아. 그리고 점점 전력도 줄어들고 있고. 역시 내가 나서지 않으면 안 돼."

"그러지 말라니까."

난 내 함대를 몰아 기함 함대의 진로를 막으려 했고, 코이즈미도 은근슬쩍 반대편에서 똑같은 움직임을 보였는데, 그런 건 자기 알 바 아니라는 듯 〈쿰연 연합〉의 세 함대는 치고 빠지기 작전을 계속해서 되풀이하고 있었고, 아사히나 선배의 〈미쿠루 함대〉는 이미 오래전에 우주공간의 미아가 된 상태였다.

"여긴 어딘가요? 아앙, 어디가 오른쪽인지도 모르겠어요."

오른편의 아사히나 선배는 내 노트북과 자신의 모니터를 연신 번갈아 보며 울먹이는 표정으로 말했다.

"여러분, 다들 어딜 간 건가요오?"

이거 정말 죄송합니다. 아사히나 선배께서는 어디든 마음에 드시는 곳을 좋으실 대로 떠돌고 계시는 수밖에 없을 것 같네요.

〈하루히☆각하☆함대〉가 서서히 〈콘 함대〉의 엉덩이를 파고든 덕분에 나까지 움직이지 못하게 되었다. 하루히의 방패가 되어버린 꼴이라 쉴 줄 모르는 적의 공격에 의해 내 유닛을 나타내는 삼각형은 점점 작아지고 있었다.

"비켜!"

비키고 싶어도 움직일 수가 없어. 매정한 〈코이즈미 함대〉는 하루히가 돌격을 하기 전에 잽싸게 도망을 치고선 자기는 모른다는 듯 〈적D〉와 격전을 벌이고 있었다. 하루히를 막는 임무를 나한테만 떠넘길 작정인 거냐.

"젠장."

나는 〈하루히☆각하☆함대〉와 합체 중인 자신의 전력을 어떻게든 자유롭게 만들기 위해 마우스의 왼쪽 단추를 눌러대며 포인터를 적당한 장소로 이동시켰다. 〈콘 함대〉의 상당히 축소된 삼각형은 달팽이가 산책하는 것 같은 속도로 천천히 방향을 전환했지만 그래 봤자 달팽이다. 그 사이에도 적에게 록 온 된 내 부대에게로 빔과 미사일이 정신없이 날아왔다.

이건 졌군.

내가 백기를 들고 싶어진 것도 당연하다고 이해해줬으면 한다. 우리 대장이 이래서는 만에 하나 승산이 우리 쪽에 내려오려 했다 해도 변심하고 도망칠 거다. 뭐든 다 그렇지만, 역시 위쪽이 냉정하지 못하면 조직은 원활하게 돌아가지 못한다. 잘은 모르겠지만 그런 거 아냐?

나와 하루히가 현실과 전뇌 공간 양쪽에서 모두 토닥거리고 있을 때, SOS단 내에서 대국적으로 광범위한 시야와 냉정함으로 게임을 진행시키고 있었던 것은 단 한 명뿐이었다.

—그런 줄 알았는데.

실은 그렇지도 않았다는 것을 내가 깨달은 것은 테이블 구석에 있는 단원의 손놀림이 더욱 빨라져 마침내 고감도 카메라로 촬영해 느린 화면으로 재생하지 않으면 보이지 않을 것 같은 차원까지 도달했기 때문이다.

짜증이 치솟다 못해 폭발하는 건 하루히의 역할이자 전매특허이다. 하지만 지금 이 자리에서 그 말은 반드시 정답이라고 할 수 없을 것 같다.

지금 이 자리에서 누구보다 격앙되어 있는 것으로 보이는 인물, 그것은 우리 SOS단이 자랑하는 만물 정보통 참모이자 독서 마니아인 문예부원—.

"……."

나가토 유키였다.


16시 35분.

"오잉?"

믿을 수 없는 광경이 모니터에 홀연히 등장해 나는 그만 바보 같은 소리를 내고 말았다.

"이게 뭐야?"

〈SOS 제국〉 전군의 탐색 종료 범위가 단숨에 세 배로 늘어났다. 출현과 소실을 반복하고 있던 〈적 C〉, 〈적 D〉, 〈적 E〉의 현재 위치도 다 나타났다. 하나는 좌익에서 코이즈미 부대를 향해 사선을 미조정 중이었고, 다른 하나는 이탈 직후의 반전을 막 끝내려 하고 있었으며, 또 하나는 토닥거리고 있는 〈콘 함대〉와 〈하루히☆각하☆함대〉를 향해 전진 중이었다. 그리고 어떻게 적의 움직임을 이렇게까지 파악할 수 있냐 하면….

〈유키 함대〉가 20개로 분열되어 있었다.

"이거, 이거."

감탄하는 코이즈미의 목소리가 내게는 공허하게 들렸다.

"역시 나가토 씨네요. 용케 이런 걸 할 마음이 드셨는데요. 저도 잠깐 생각은 해봤는데 너무 번잡해져서 입안 단계에서 포기했는데 말이에요."

"잠깐만, 코이즈미"라고 말하는 나. "이런 게 설명서에 씌어 있었냐?"

"있었어요. 마지막 쪽에 있기는 했습니다만. 방법을 가르쳐드릴까요? 일단 컨트롤키와 F4키를 동시에 누르며 숫자 키로 분산할 함대 수를 결정하고—."

"아니, 됐어. 난 할 생각 없다."

다시 한번 모니터를 들여다봤다.

조금 전까지 〈유키 함대〉였던 3각 유닛이 신기한 광선을 받은 듯 줄어들어 있었다. 그 대신인지 똑같은 것이 20개나 되었다. 시험삼아 그중 하나를 골라 마우스 포인터를 갖다 대자 〈유키 분함대 12〉라는 표시가 떴다.

분함대?

01에서 20까지 매겨진 그 작은 삼각형들은 어떤 것은 지금까지와 마찬가지로 〈적B〉를 상대로 포격전을 속행하고 있었고, 다른 것은 적 함대 틈을 빠져나가 아직 보지 못한 우주로 날아갔고, 또 다른 것은 좌우로 흩어졌고, 그리고 또 다른 것은 크게 방향을 틀어 고전하고 있는 〈콘 함대〉에 가세하고 있었다.

코이즈미, 설명해봐라.

"그러니까 말이죠, 간단하게 말하면 함대 유닛을 두 개 이상으로 나눠서 개별적으로 조작할 수가 있게 되어 있어요. 상한선은 아마 20개였을 겁니다. 설명서에 그렇게 나와 있었어요."

"무슨 장점이 있는데?"

"보시다시피 탐색 범위가 훨씬 넓어집니다. 그만큼 눈이 늘어나는 것과 같으니까요. 그것말고도 있어요. 만약에 함대를 둘로 나눴다 치면, 한 개를 미끼로 해 다른 하나를 적의 후방으로 돌릴 수도 있죠. 하지만 단점이 더 크기 때문에 컴퓨터 연구부 쪽도 작전에 도입하지는 않은 것 같습니다."

코이즈미는 얼굴을 가까이 대고 하루히에겐 들리지 않는 목소리로 말했다.

"함대 여러 대를 혼자서 조작해야 하는 거잖아요? 하나를 움직이는 동안에는 나머지를 못 움직이게 되니까 그냥 멍하니 있게 되죠. 게다가 20개의 분함대를 동시에 조작한다는 건 사람으로서는 불가능한 일이에요."

옆방에서 깜짝 놀라고 있을 녀석들의 표정을 상상하며 나는 옆으로 시선을 던졌다.

"어이, 나가—."

묵묵히 키보드를 두드리고 있는 나가토의 손가락이 만들어내는 스타카토는 아무리 귀를 기울여 들어도 탁탁탁…이 아니라 두두두두로밖에 들리지 않는다.

조심스럽게 아사히나 선배가 말을 걸어봤지만 나가토는 눈도 주지 않는다. 그 눈이 어디를 보고 있는가 따라가보니, 나가토의 컴퓨터에 비치고 있는 것은 게임 화면이 아니라 검은 배경에 하얀 숫자와 기호만 보이는, 먼 옛날의 컴퓨터 BIOS 설정 화면 비슷했다. 게다가 엄청난 속도로 스크롤이 올라가고 있었다.

"왜?"

나가토가 날 보지도 않고 물었다.

"…저기 말이지."

여보세요, 나가토 씨? 당신은 대체 뭘 하고 계시는 겁니까?

속으로 중얼거리는 나의 독백도 그만 공손해지고 말 정도로, 키를 치는 나가토의 모습에서는 엄청난 무게감이 느껴졌다.

문득 내 모니터를 확인하자, 20개로 분산된 〈유키 함대〉는 마치 생명을 불어넣은 차 줄기처럼 힘차게 돌아다니며 적을 혼란에 빠뜨리고 있었다. 완전히 화상의 유무 따위는 문제가 안 될 정도로…. 아니, 잠깐만. 나는 사기는 치지 말라고 해봤는데.

"안 했어."

라고 나가토는 중얼거렸다. 그제야 비로소 나를 돌아보지만 손은 여전한 상태로 말했다.

"특별한 정보 조작을 하고 있는 건 아니다. 주어진 규칙을 준수하고 있다."

나가토의 시선 상에서 벗어나려는 듯 아사히나 선배가 작은 몸을 뒤로 젖히고 있었다. 나가토는 나와 눈을 마주치며,

"난 이 시뮬레이션 프로그램에 포함되어 있지 않은 행동은 하지 않고 있다."

"그, 그러냐? 그거 미안하다."

무서운 오라가 쇼트 컷 머리 위에서 일고 있는 것 같았다.

하지만 나가토의 표정도 눈빛도 평소와 다를 바 없이 무기질적이었는데, 그럼에도 불구하고 평소 같았으면 "그래"라는 말로 다시 침묵에 잠겼을 녀석이 지금은 다음과 같은 말을 이었다.

그것은 고발의 말이었다.

"사기라 부를 만한 행동을 하고 있는 것은 내가 아니라 컴퓨터 연구부다."

때마침 하루히는 자신의 유닛을 〈콘 함대〉에서 떼어내는 데에 성공해,

"늦잖아! 왜 이렇게 느린 거야? 컴퓨터한테 영양제를 뿌려주면 좀 빨라지려나?"

라는 소리를 하며 신나서 열심히 전선으로 이동하는 것으로 보였다.

나는 아사히나 선배 앞으로 몸을 내밀어 나가토에게 작은 목소리로 질문했다.

"녀석들이 사기를 친다는 게 무슨 소리야?"

초고속 블라인드 터치를 잠시도 멈추지 않은 채 나가토는 무표정하게 대답했다.

"그들은 우리의 컴퓨터 안에 존재하지 않는 커맨드를 사용해 이모의 우주전투를 유리한 쪽으로 끌고 가고 있다."

"무슨 뜻이냐?"

나가토는 잠시 침묵하고선 생각을 정리하려는 듯 눈을 깜박인 뒤,

"적군 탐색 모드 오프."

라고 중얼거린 뒤 계속 조용한 목소리로 설명을 해주었다.

그 설명에 따르면 컴퓨터 연구부 쪽이 사용하고 있는 게임은 처음부터 그 '적군 탐색 모드 오프'인가 하는 상태로 설정되어 있다는 것이다. 그런 전환 스위치는 물론 우리 쪽에는 없었고, 그걸 떠나 온과 오프의 차이가 뭔지 그 자체를 이해할 수 없다. 그게 뭔데?

"온으로 하면 탐색 행동이 의무로 주어진다. 오프의 경우에는 안

해도 된다. 그들은 탐색 시스템을 형해(形骸)화했고, 또한 필요로 하지 않는다."

그러니까, 그게 대체 무슨 소리인 걸까나.

"적 탐색 모드를 오프로 하면 맵 모두가 라이트업되어 표시된다."

그러니까….

"처음부터 맵 전체의 모든 모습이 우리의 함대 위치를 포함해 모두 다 보인다."

나가토치고는 무척 알기 쉬운 설명이다.

"그것뿐만이 아니다."

웃을 줄 모르는 우주인제 인공 생명체는 담담히 말을 이었다.

그 말에 따르면 〈쿰연 연합〉 쪽 함대에는 워프 기능까지 달려 있다는 것이다. 어쩐지 너무 타이밍 좋게 사라진다 했다. 〈SOS 제국〉과는 기술 수준에서 500년쯤의 차이가 있는 것 같군. 전국 시대의 보병을 자위대의 기갑 부대가 습격한 것과 같다. 그래선 도저히 이길 수가 없잖아.

"그렇다."

나가토도 보장했다.

"우리에겐 패배 이외에 선택의 여지가 없었다."

없었다—라. 과거형이네. 그래서? 지금은 어떤데? 현재형으로 바꿔 말해줬으면 좋겠는데. 나가토의 검은 눈동자에서 처음 보는 감정의 파장을 느낀 나는 살짝 몸을 빼며 물었다.

"그런데 나가토, 역시 우주적인 파워는 안 썼으면 해. 녀석들이 치사한 짓을 한다는 건 잘 알았어. 하지만 그렇다고 해서 우리가 그보다 더 사기 짙은 마법을 부려 대항하면 결국은 녀석들과 똑같은 게 된다고. 아니, 그보다 더하지. 녀석들의 수법은 지구상의 법칙에 별로 위배되지 않고 있으니까 말야."

"네 지시에 위배되는 것은 없다."

나가토는 곧바로 대답했다.

"지구의 현대 기술 레벨에 근거해 프로그램에 수정을 하고 싶다. 기지 공간의 정보 통합 상태에는 손을 대지 않겠다고 약속하겠다. 인류 수준의 능력에 맞춰 컴퓨터 연구부에 대항할 조치를 취하겠다. 허가를."

나한테 말하는 거냐.

"내 정보 조작 능력에 족쇄를 채운 건 너다."

…….

이 녀석과 만난 지 반년이 넘는다. 그동안 나는 나가토의 무표정 안쪽에 숨겨진 미묘한 감정적인 변화—이 녀석에게 제대로 된 감정이 있을 때의 얘기지만—를 조금은 느낄 수 있게 되었다고 나름대로 자부심을 갖고 있었다. 이때 내가 나가토의 하얀 얼굴에서 피코(주23) 단위로 발견한 것은 틀림없는 결의의 감정이다.

아사히나 선배가 놀란 얼굴로 날 보고 있다. 코이즈미도 나를 보고 있었지만, 이 녀석은 반쯤 웃는 얼굴이다. 하루히만이 뭔가를 소리치며 빔과 미사일을 아낌없이 퍼부어 대고 있었는데, 조만간 탄환이 떨어져 적진 한가운데에서 멈춰 서게 되겠지. 결단을 내리기에 남겨진 시간은 별로 없었다.

뭐라고 대답하지…, 그렇게 고민한 것은 몇 초였다. 나가토는 의욕을 보이고 있다. 이런 나가토는 처음 봤다. 내가 보기에 이것은

---

주23) 피코: pico. (미터법의 단위 앞에 쓰여) '10−12배', 곧 1조분의 1을 나타내는 말. 기호는 P이다.

좋은 징조라는 생각이 들었다. 정보 통합 사념체로 제조된 인간과 똑같이 생긴 유기 안드로이드다. 의외로 이 녀석에게도 평범한 로봇에게서 흔히 볼 수 있는 인간이 되고 싶다는 욕구가 싹트고 있는지도 모른다.

그리고 그게 좋지 않은 일이란 생각은 전혀 들지 않았다.

"좋아, 나가토. 해버려."

나는 격려하듯 미소를 지으며 허락을 내렸다.

"이 세상의 인간이 할 수 있는 범위 내에서 뭐든 마음대로 해라. 컴퓨터 연구부한테 한 방 먹여주는 거야. 두 번 다시 우리에게 클레임을 걸지 못하도록, 하루히가 바라는 결과를 보여주라고."

나가토는 한참, 나의 주관으로는 너무나도 길게 느껴지는 시간 동안 나를 바라보고 있었다.

"그래."

보여준 반응은 너무나도 짧았다. 그런 다음 나가토는 실행키를 소리 내어 눌렀고, 단지 그것만으로도 형세는 갑자기 역전되었다.


16시 47분.

교활한 함정은 이미 준비되어 있었다.

너무나 갑작스러워 놀랄 정도였지만, 나의 경악 게이지는 아직 수행이 부족한 문앞의 꼬마 중 수준일 것이다. 대전 상대인 컴퓨터 연구부 녀석들은 지금쯤 대공황 이틀째의 월가 못지않은 패닉 상태에 빠져 있을길.

모든 것은 나가토가 조금 전부터 발휘하던 분신 기술 덕분이다. 정말 우리 편이라 다행이야. 내 지갑을 털어서 제물이라도 한두 개

사서 바쳐도 될 것 같다는 생각이 든다. 다음에 재미있어 보이는 책을 사서 선물해주지. 그러고 보니 이 녀석 생일은 언제로 되어 있을까.

뭐, 그건 나중에 생각하기로 하고, 상황 설명으로 돌아가도록 하겠다.

적 함대는 플레이어의 망연자실한 상태를 나타내듯 움직임을 멈추고 있었다.

나가토는 아마 자신의 노트북에서 컴퓨터 연구부의 컴퓨터 다섯 대에 침입을 해서는 가동하고 있는 「The Day of Sagittarius 3」의 프로그램에 직접 손을 댔나보다. 어떻게 하면 그럴 수 있는지는 묻지 마라. 내가 알 리가 없잖아. 없긴 하지만 그 목적은 단 하나, 상대편의 탐색 모드를 모두 온으로 하기 위해서이다. 이로 인해 〈컴연 연합〉의 가시 범위는 크게 줄어들었다. 아마 화면의 암흑 부분이 늘어났을 것이다. 녀석들은 탐색정을 날릴 필요도 없었고, 또한 실제로 한 대도 날리지 않았다는 정보참모의 보고가 있었다.

나가토는 더 나아가 상대편의 '탐색 모드'를 온 상태로 고정시켜 두도록 녀석들의 소스를 바꿔버림과 동시에, 자기말고는 누구도 고칠 수 없도록 잠가버렸다. 단, 워프 기능은 삭제하지 않고 살짝 변경만 한 채 그대로 놔두었다. 나가토의 생각에 따르면 약간의 모략인 거지.

이것들을 모두 게임 중인 20개의 분함대를 교묘히 움직이면서 예의 우주인적 능력 없이 해치웠다고 하니, 평범한 인간이라는 제한을 두었다 해도 이 녀석은 역시 보통이 아니란 소리란 말이야.

"자, 드디어 기회가 찾아왔습니다."

코이즈미가 유쾌한 미소를 지으며 화면상의 상황을 설명해주었다.

"보세요. 〈적C〉와 〈적D〉는 수많은 〈유키 함대〉의 방해로 우리의 위치를 놓쳤습니다. 〈적E〉는 저와 교전 중이고, 〈적B〉는 이대로 두면 곧 〈하루히☆각하☆함대〉의 사정권 안에 들 겁니다."

"적 발견!"

하루히의 기쁨에 넘치는 목소리가 코이즈미의 말을 증명했다.

"쏴라, 쏴, 쏴, 쏴!"

모니터에 이마를 박을 듯한 기세로 하루히는 고함을 질러대고 있었다.

쇠사슬에서 풀려난 〈하루히☆각하☆함대〉는 빔과 미사일을 사방으로 쏴대면서 적 함대로 돌진했다. 기습을 당한 〈적B〉는 황급히 선회해 도망치려고 했지만 그 앞에는 나의 〈콘 함대〉가 기다리고 있다.

"어딜."

나는 검지를 살짝 움직여 가지고 있는 빔 모두를 〈적B〉의 코끝을 향해 퍼부었다.

"야, 콘, 그건 내 먹이야! 이리 내놔!"

협공을 당한 〈적B〉는 순식간에 형태가 무너졌다. 부들부들 몸을 떨고 있던 〈적B〉 유닛은 마침내 작은 전자음과 함께 폭발했다. 한 대 해결.

다른 먹이를 찾아 하루히는 이번에는 이농식 불꽃 상치로 화한 함대를 〈적E〉의 옆구리로 전진시켰다. 코이즈미와 치고 박고 있던 〈적E〉도 두 함대가 정면 작전을 벌인 결과로 함대 수가 격감했다.

고전을 하고 있던 〈적E〉는 결국 다른 방법은 없다고 각오를 했는지 그때까지 〈SOS 제국군〉 앞에서는 절대로 쓰지 않았던 비밀 커맨드를 강행했다.

"앗, 사라졌다! 어, 왜 이렇지?"

하루히가 소리치자 난 마침내 때가 왔음을 깨달았다. 그때까지 십자포화 한가운데에 있던 〈적E〉가 소멸했다.

워프란 거다. 조금 더 멋진 이름을 붙이지 그랬어. 요즘 세상에 워프가 뭐냐.

하지만 이것이야말로 나가토가 파놓은 교활한 함정의 진수였다.

"어? 뭔가 다른 게 나타났는데."

하루히의 목소리를 들으며 나는 이미 손길을 멈추고 있었다.

"꺅?"

아사히나 선배도 귀엽게 놀라고는 연신 눈을 깜박이며 모니터를 바라보았다.

"쿈, 제가 움직이던 게 어디로 가버렸는데요…."

워프를 한 건 〈적E〉뿐만이 아니었다. 〈하루히☆각하☆함대〉만 그대로 두고 적과 아군의 함대가 모두 공간 이동을 한 것이다.

나가토가 변경한 프로그램, 그것은 『컴퓨터 연구부의 어느 함대가 워프 기능을 작동시키면 적과 아군의 구분 없이 〈하루히☆각하☆함대〉를 제외한 모든 함대도 동시에 강제적으로 워프를 한다. 각 함대의 워프 후의 출현 좌표는 지정한 코드에 따른다』는 것이다.

눈에는 눈, 사기에는 사기를. 단 그 사기가 너무 지나치지 않도록. 옆방의 경악 레벨은 탐색 모드 때와는 비교도 되지 않을 것이다. 난 처음 보는 컴퓨터 연구부 기함 함대 〈적A〉(디에스 어쩌고 하는)를 화면상에서 발견해 그 출현 위치를 확인하고선 어깨를 치켜올렸다.

"인과응보란 거지."

부장의 〈적A〉는 〈하루히☆각하☆함대〉의 바로 앞에 등장했다.

그 바로 뒤에는 아무 흠집도 안 난 채 마찬가지로 워프로 날아온 〈미쿠루 함대〉가 거의 닿을 듯한 거리에 있었고, 쇼트 워프를 한 〈코이즈미 함대〉가 그 우현을 노리고 있었으며, 반대편의 좌현 공격을 담당하는 것은 다시 합체를 한 〈유키 함대〉였고, 사선 쪽으로는 부록처럼 작아진 〈콘 함대〉가 대기하고 있었다. 컴퓨터 연구부의 다른 녀석들이 어디에 있는가 찾아보니, 넓은 맵의 저 먼 구석에 네 함대가 모두 순간 이동을 한 상태였다. 거기까지 갔으면 도지히 제 시간에 못 돌아오지.

〈SOS 제국군〉 전 함대의 포위망 속에 〈적A〉 기함만이 자리하고 있었다.

"잘은 모르겠지만."

하루히가 입맛을 다시기라도 할 듯한 발랄한 표정을 지으며 크게 한쪽 손을 휘저었다.

"전함 전력 사격! 적의 대장을 지옥불로 불태워버려라!"

그 신호와 함께 하루히, 코이즈미, 나, 나가토의 함대가 일제히 모든 무장을 총방출했다. 당황하고 있던 아사히나 선배도 나가토의 "쏴"라는 차가운 목소리에 움찔거리며 그날 최초의 공격을 사면초가의 〈석A〉에게 한껏 퍼부었다.

"죄송해요…"라고 말하는 아사히나 선배.

뭐가 뭔지 파악을 못 하고 있는 건 컴퓨터 연구부 부장이겠지. 안쪽에서 고고히 구경이나 하고 있었는데 갑자기 사기 탐색이 해제되고, 아무것도 하지 않았는데 갑자기 워프를 한데다가 적진의 한가운데에 나타났으니 말이다.

"이….."

런, 이런이라며 이어질 뻔한 한숨을 삼켰다. 코이즈미가 씨익 웃고 있다. 무시하자, 무시.

화면으로 주의를 돌리자 부장의 〈적A〉 함대는 전후좌우의 지근거리에서 가하는 빔 샤워와 미사일 비를 맞고 발라당 뒤집힌 거북이처럼 당황하고 있었다. 으음, 자업자득이라고는 해도 이번에는 괜찮지 않을까. 공정치 못한 계획을 세운 건 그쪽이 먼저니까. 하지만 존재하는 단계에서 이미 공정치 않은 나가토 유키를 갖고 있던 우리도 그렇게 잘난 척하기는 힘들지.

나가토의 속사포와 같은 키 타이핑이 마침내 끝까지 쉬지도 않고 몰아쳤다. 〈적A〉 함대는 벌컨포의 남은 탄환 수를 나타내는 카운터처럼 순식간에 숫자가 줄어들어 마지막에 남은 한 척은 〈유키 함대〉의 도트 단위로 정밀 조준된 빔의 저격을 받았고, 그것이 적 기함의 마지막이 되었다.

우스꽝스런 팡파르가 울리고 다섯 대의 모니터에 눈부신 글자가 표시되며 게임은 끝났다.

『You Win!』


17시 11분.

결판이 난 지 약 10분 뒤 동아리방 문을 노크하는 자가 있었다.

비틀거리며 들어온 것은 컴퓨터 연구부 녀석들이었고, 그중에서도 부장은 자포자기한 듯한 말투로,

"졌다. 완벽한 우리의 패배야. 깨끗이 인정하마. 미안하다, 사과할게. 용서해다오. 너희를 우습게 봤다. 잘못했어. 완패야, 완패."

고개를 숙이는 부장의 앞에서 하루히는 해시계처럼 거만하게 서 있었다. 내려다보는 하루히 각하의 시선을 받고, 컴퓨터 연구부 부원들은 몸이 안 좋아 보이는 안색으로 신음했다.

"그렇게 완벽하게 모든 것을 꿰뚫어보다니…. 우리가 유치한 방법을 썼다는 건 더 말할 필요도 없는 사실이야. 하지만 설마… 플레이를 하는 도중에 게임의 내용을 바꿔버리다니…. 믿을 수 없지만 … 이것도 사실이겠지…."

허구의 다른 세계로 가버린 듯한 눈으로 방 안을 돌아보는 부장에게 하루히는 한쪽 눈썹을 치켜올리며,

"뭘 구시렁대는 거야? 패배에 대한 변명 따윈 듣고 싶지 않아. 그럼 약속은 기억하고 있겠지?"

신이 난 듯 손가락을 까딱거리고 있다. 이겼다는 기쁨에 젖다 못해 엄청나게 부자연스럽게 승리했다는 것에 대한 의문은 머릿속 어디를 찾아도 보이지 않을 것 같았다. 이 녀석한테 이긴 건 그냥 이긴 거다.

"이제 더는 군말 없겠지? 이 컴퓨터는 내 거고 노트북도 우리들 거야. 잊었다고는 못 할 거다. 만약 그랬다간 혼날 줄 알아. 그래, 제일 먼저 '녹색 난쟁이가 쫓아온다'고 외치며 알몸으로 교정을 열 바퀴 도는 벌에 처하겠어."

이 억지에 컴퓨터 연구부 부원들은 더욱 고개를 떨구었다. 가엾

게 생각한 건지, 어색하게 느꼈는지.

"아…, 맞다. 차라도 드실래요?"

마음을 쓰며 아사히나 선배가 자리에서 일어나 포트 앞으로 갔고, 쓴웃음을 짓고 있던 코이즈미가 잡동사니가 든 상자 안에서 종이컵 뭉치를 꺼냈다. 나가토는 철제 의자에 앉은 채로 하루히의 앞에 정렬해 고개를 숙이고 있는 남학생들을 농담이 통할 것 같지 않은 눈으로 바라보고 있었다.

하루히는 더욱 신이 나서 연설을 하고 있었지만, 그 부원들 가운데 부장이 천천히 자리를 이탈해 내게 다가왔다.

"야"라고 그는 가는 목소리로 말을 걸었다. "그거 한 거 대체 누구냐? 세계에서도 통할 법한 엄청난 수준의 해커 말이야. …아니, 대충 상상은 간다만."

나가토가 천천히 나를 올려다보았고 부장은 나가토를 보고 있다.

뭐, 아무래도 제3자가 봐도 이렇게 똑똑해 보이는 짓을 할 만한 건 나가토가 가장 유력한 후보인가보다.

"모든 건 이야기해보기 나름이라는데."

부장이 나가토에게,

"네가 한가할 때만이라도 가끔 컴퓨터 연구부 활동에 참가해보지 않을래? 아니, 해주지 않겠어?"

권유를 하기 시작했다. 조금 전까지만 해도 땡볕 아래 3일간 방치된 냉동 고등어 같던 눈빛이 활기를 띠고 있다. 인간이란 정말 바닥에 떨어지면 자포자기하는 길 외에는 다른 선택의 여지가 없는 건가.

나가토는 모터가 내장된 것 같은 동작으로 고개를 부장에게 돌렸다가 다시 그 동작을 거꾸로 하듯 나를 쳐다봤다. 아무 말도 없이, 유리알 같은 눈동자가 뭔가를 말하고 싶다는 빛만을 띠고 가만히 날 쳐다보고 있다.

"……."

뭐지. 염파라도 보내는 건가. 아니면 판단을 나한테 맡긴다는 의사 표현인가. 그런 표정을 해도(그래봤자 무표정이지만) 곤란한데. 너한테 묻는 거잖아. 그런 건 스스로 판단해야지. 아니, 그렇게 해야 한다고.

내가 나가토를 흉내 내 침묵의 광선을 대답으로 보내고 있는데,

"거기, 거기, 뭐 하는 거야?"

하루히가 우리 사이로 끼어들었다.

"멋대로 유키를 대여해주면 안 돼. 그런 얘기는 먼저 날 통해서 하라고."

역시 악마의 귀, 얘기가 들렸나보다. 하루히는 허리에 두 손을 올리고선 칭찬이라도 해주고 싶을 만큼 거만한 포즈로,

"알겠니? 이 아이는 SOS단에 필수불가결한 침묵 캐릭터야. 내가 제일 먼저 찍었으니까 뒤늦게 와봤자 소용없다. 아무 데도 안 줄 거니까!"

네가 찍은 건 동아리방이지 나가토가 아니었을 텐데.

"괜찮아! 유키를 포함해서 이 방을 얻었으니까. 나는 이 방에 있는 건 탄산 빠진 콜라라 해도 아무한테도 안 줄 거야."

그건 내 거니까 하며 거리낌 없이 세일러복에 싸인 가슴을 힘차게 뒤로 젖히는 하루히였다.

"아, 잠깐만 기다려봐."

나는 말했다. 그리고 생각했다.

이래봬도 나는 나가토의 표정을 읽는 것에 있어서는 누구보다도 자신이 있다고 생각한다. 3년 전의 나가토 유키와 만난 적이 있는 남자이니까 말이다. 감정의 안면 표현을 거의 완벽하게 억제하고 있는 나가토였지만, 전혀 무표정은 아니라는 것을 나는 느끼고 있었다. 루프 모드의 여름방학 사건 때에도 그랬고, 이번 게임 대결에서도 알 수 있었다. 그래, 언제였더라, 시립 도서관에 데리고 갔을 때에도 느꼈다.

나가토에게도 흥미가 동하는 게 조금이나마 있는 것이다.

컴퓨터 연구부와의 「Thd Day of Sagittarius 3」 대전에서 누구보다도 열을 올렸던 것은 하루히가 아니라 나가토였다. 독서 이상 가는 열의를 보인 키 펀치. 그게 사기 트릭의 봉인을 요청한 내 말에서 유래한 건지는 모르겠다. 하지만 내게는 키보드를 두드리는 그 모습이 즐거워하는 것처럼 보였다. 어려운 책을 읽는 것 이외의 새로운 취미가 이 녀석에게 싹텄다면 부정할 필요는 없지 않나? 이 SOS단 아지트에서 동아리방의 부속품이 되어 있기보다 다른 사람들과 접촉해 학교생활에 조금이나마 융화되는 편이 이 녀석에게도 좋지 않을까.

언제까지나 스즈미야 하루히의 감시만 하고 있어선 나가토도 지칠 것이다. 우주인제 유기 휴머노이드 인터페이스에게도 가끔은 기분 전환이 필요하다.

"너 좋을 대로 해."

오늘은 부장의 편을 들어주기로 했다.

"컴퓨터 만지는 거 재미있었어? 그럼 네 마음이 내킬 때 옆방에 가서 컴퓨터를 만지도록 해. 직접 만든 게임의 버그라도 잡아주면 고마워할걸. 아마 이것보다 더 성능 좋은 장난감도 있을 테고 말야."

나가토는 말없이, 하지만 미세하게 표정을 바꾸며 날 보고 있었다. 그래도 되냐고 묻는 것 같기도 하고 어떻게 해야 좋을지를 묻는 것 같기도 했다. 흔들리는 그림자와 같은 것이 나가토의 흑사탕 같은 눈동자를 스치고 지난 것 같았다.

한참 시간이 흐른 것 같았지만, 실제로는 세 번 정도 눈을 깜박이는 시간이 흘렀을 것이다.

"…그래."

뭐가 그러냐고 묻기 전에 나가토는 고개를 끄덕이고선 부장을 올려다보며 변함없는 목소리로 이렇게 말했다.

"가끔이라면."


당연히 하루히는 투덜댔다.

"이긴 건 우리들인데 왜 소중한 단원을 빌려줘야 하는 건데. 대여료는 비싸다고. 그래, 1분에 천 엔이 하한선이야!"

분당 천 엔이라면 내가 나가고 싶다.

"스즈미야 각하."

차를 마시고 있던 코이즈미가 장기인 미소를 흩뿌리며 다가왔다.

"각하란 때로는 패자의 건투를 칭찬해줄 필요가 있다고 봅니다. 강하기만 한 것이 아니라 넓은 도량을 보여주는 것도 위에 선 자의 조건 중 하나랍니다."

"어, 그래?"

하루히는 입을 오리 부리처럼 쭉 내밀고선,

"뭐, 유키가 좋다면야 상관없지만…. 하지만! 노트북은 안 돌려 준다. 아, 그리고 말야."

말하다가 뭔가 좋은 생각이 떠올랐는지, 하루히는 부장을 노려보며 능글맞게 미소를 지었다. 안면 근육이 참 부지런하기도 하지.

"알겠어? 너희는 패잔병, 승자의 말은 뭐든지 고분고분 들어야 해. 그게 전쟁이란 거지."

조신하게 쟁반을 들고 온 아사히나 선배에게서 차(카리가네였나?)를 빼앗아 벌컥벌컥 들이켠 뒤 말했다.

"너희 모두는 앞으로 내게 절대적인 충성을 맹세하도록. 음, 나쁘게는 안 할게. 난 실력주의거든. 노력 여하에 따라서는 정식 단원으로 받아줄 수도 있어. 예를 들어…, 그래, 학생회와 전면전을 할 때는 내 손발이 되어 움직이는 거야. 그때까지는 준단원이다."

이런 식으로 전교생의 SOS단 단원화를 꾀하고 있는 건 아니겠지, 그런 나의 의구심도 모른 채 하루히는 의기양양하게 외쳤다.

"코이즈미, 당장 조인서를 만들도록."

"알겠습니다, 각하."

어린 황제를 마음대로 다루는 외척 재상과 같은 미소를 지으며 대담한 코이즈미는 이제 막 자신의 것이 된 노트북에 뭔가를 쳐 넣기 시작했다.


이튿날 이후로도 동아리방의 풍경에서 특별히 변한 것은 없었다. 돼지 목에 진주 목걸이 상태의 노트북이 쓸데없이 늘어난 것이 전부였다. 아사히나 선배는 메이드 차림으로 여기저기에 총채를 휘두른 뒤, 주전자를 가스버너 위에 올렸고, 코이즈미는 혼자 백개먼(주24)을 하고 있었으며, 나가토는 테이블 구석에서 묵묵히 독서 삼매경에 빠져, 하루히가 뭔가 말을 꺼낼 때까지 잠깐 동안의 평온을 즐기고 있었다.

그런 변함없는 SOS단의 방과 후 풍경에서 아주 가끔 독서광 우주인의 모습이 사라질 때가 있다. 없다고 느낀 몇 분 뒤에는 다시스르륵 나타나 독서를 개시하기 때문에 내가 인식하는 한에서 나가토는 역시 이 방의 진정한 주인인 것이다.

"……."

해외 추리 소설을 원서로 읽고 있는 나가토의 모습은 언뜻 봐서는 하나도 변한 데가 없었다. 그 내용이 변하고 있는지는…, 글쎄다. 나도 알 길이 없지.

나가토는 여전히 여기에 이렇게 존재하고 있다. 그리고 변덕스러운 미풍처럼 옆방에도 얼굴을 보이고 있는 것 같다. 그걸로 충분해.

"쿈, 들어요. 이번에는 중국차에 도전해봤답니다. 후훗… , 어때요?"

조심스럽게 미소를 짓고 있는 아사히나 선배에게서 찻잔을 받아들고선 천천히 음미하며 마셔보았지만 지금까지 마신 찻잎과 어떻게 다른지 모르는 내 혀는 별로 감격을 하지 않았다. 당신이 주시는 거라면 잡초 주스도 맛있을 게 분명하다니까요.

나는 감상을 기다리고 있는 얼굴의 아사히나 선배에게 뭐라고 대답할까 단어장을 뒤적이며 당분간은 사건에 휘말릴 일은 없을 거라는 생각을 했다.

주24) 백개먼: backgammon. 주사위를 굴려 나온 수만큼 말을 이동시켜 상대편보다 먼저 골인을 하면 이기는 게임.

그 예감이 큰 착각이었다고 판명이 난 것은 그로부터 한 달 후, 겨울방학과 크리스마스가 있는 12월 중반의 일이었다.

스즈미야 하루히의 존재를 잃었을 때 나는 그 사실을 깨닫게 되었다.

## 서장 겨울

스즈미야 하루히에 관해 많은 의견이 있는 건 당연하겠지만, 내가 단적으로 이 녀석을 표현한다면 그건 이런 캐치프레이즈가 될 것이다.

일본에서 절대로 핵미사일 발사 단추를 맡겨서는 안 되는 여자, 여기에 엄연히 존재하다.

일반론적으로 봤을 때, 평범한 여고생이 그런 걸 가질 일이야 만에 하나라도 없겠지만, 이 녀석이라면 만 분의 일의 확률이 억이 되든, 마이너스의 거듭제곱이 끝없이 이어지든 아무 상관이 없다. 오로지 갖느냐 안 갖느냐 둘 중 하나인 것이다. 카운트다운 타이머가 없는데 작동을 개시한 시한폭탄보다 더 나쁘고, 멜트다운이 분명한 원자로보다 민폐인 물건인데, 그 녀석을 작동 정지까지는 아니더라도 매너 모드로 만들기란 사방에 폐를 끼친 뒤에야 어쩌면 가능할지도 모른다는 사실을 깨달았다.

그건 이 녀석의 무료함을 어떻게든 달래서 핵미사일의 존재 따위는 잠시라도 생각하지 못하게 하는 것이다. 잠깐이라도 달리 열중

할 일이 생기면, 우리 얼룩 고양이 샤미센이 페트병 뚜껑을 던져주면 3분쯤 깔짝거리는 것과 같은 논리로 그 뭔가를 깔짝거리게 될 테니까—.

그것이 예전에 말한 코이즈미의 주장의 요지이고, 녀석은 현재도 그 의견을 바꾸지 않고 있는 것 같다.

그래서 우리는 또다시 눈치 없는 상황과 조우했었다.

조우했었다? 아니, 정말이다. 만난 것도, 합쳐진 것도, 마주친 것도 아니다. 지금만큼 이 말이 딱 떨어지는 상황도 흔치 않을 거다.

왜냐하면 현재 우리는 진짜 완벽하고도 퍼펙트하게 조난을 당했기 때문이다.

## 설산증후군(雪山症候群)

"큰일이네."

내 앞에서 걸어가고 있는 하루히가 본심을 토로하듯 말했다.

"앞이 하나도 안 보여."

여긴 어디냐고 묻는 건가? 여름방학에는 고도(孤島)에 갔었다. 그럼 겨울방학에는 어디를 갈지 하루히의 머리가 되어 생각해봐라.

"이상하네요."

코이즈미의 목소리는 맨 뒤에서 들려온다.

"거리 감각에 따르면 벌써 산기슭에 도착했어야 하는데 말입니다."

힌트는 차갑고 하얀 곳이다.

"추워요오…."

불어오는 바람 때문에 아사히나 선배의 목소리가 끊겨 들린다. 나는 돌아서서 흰빰검둥오리처럼 휘청휘청 걸어오고 있는 스키복을 확인했다. 격려하듯 고개를 끄덕인 뒤 시선을 앞으로 돌렸다.

"……."

우리를 이끌고 있는 나가토의 발걸음도 어딘지 모르게 무거워 보인다. 짓밟히는 하얀 결정이 끈적거리는 물체처럼 스키에 달라붙어

한 걸음 옮길 때마다 몸무게를 늘려주는 것 같다. 그런 느낌이 드는 장소라고 하면 어디가 있을까?

귀찮군. 정답을 말하겠다.

눈에 보이는 모든 곳이 하얀 색이고, 가도 가도 차가운 눈밖에 시야에 들어오지 않는다.

그래, 여기는 바로 설산(雪山)이다.

그것도 눈보라가 옵션으로 붙은 녀석이다.

눈보라가 치는 산장에 온데다가 그 겨울 산에서 절찬리 조난 중— . 그것이 현재 우리들이 처한 한없이 정확한 상황이다.

자, 그럼 이건 누가 정한 줄거리인 걸까. 이때만큼은 결말이 있는 시나리오의 존재를 믿고 싶다. 그렇지 않으면 우리는 여기서 다섯 명이 나란히 동사한다는 괴로운 경험을 해야 하고, 봄이 되어 녹은 눈 아래에서 냉동 상태로 발견될지도 모른다.

코이즈미, 어떻게 좀 해봐.

"저한테 그렇게 말씀하셔도요."

나침반을 내려다본 코이즈미는 이렇게 말했다.

"방향은 맞습니다. 나가토 씨의 내비게이션도 완벽했어요. 그럼에도 우리는 벌써 몇 시간이나 산을 내려가지 못하고 있습니다. 평범하게 생각해봤을 때 이건 평범한 상황이 아니죠."

그럼 어떻게 된 거냐. 우리는 영원히 이 스키장에서 못 나가는 거냐?

"이상하다는 건 확실한 것 같습니다. 완전히 예측을 못 했어요. 나가토 씨도 원인을 모른다고 하니까, 뭔가 예측할 수 없는 사태가 발생했다는 것만이 제가 아는 전부입니다."

그런 건 나도 안다. 선두에서 걸어가고 있는 나가토가 길을 못 찾고 있으니 이건 상당히 이상한 일이다.

또냐. 또 하루히가 뭐 시답잖은 생각을 해냈기 때문인 거냐.

"딱히 그렇다고는 할 수 없는데요. 이건 제 감각이 가르쳐주는 감입니다만, 스즈미야 씨는 절대로 이런 현상을 바라지는 않았을 겁니다."

어떻게 확신할 수 있는 건데.

"왜냐면 스즈미야 씨는 숙소인 산장에서 발생할 수수께끼의 밀실 살인극을 기대하고 있었을 테니까요. 그걸 위해 저도 많이 고민을 했고요."

여름에 이어 겨울 합숙지에서도 머더 게임이 예정되어 있었다. 지난번에는 실패한 몰래 카메라 수준이었지만, 이번에는 처음부터 연극임을 밝히고 여는 추리 대회이다. 사실은 등장인물도 똑같아서, 섬에서 우리를 기다리고 있던 아라카와 집사에 모리 소노 메이드, 타마루 형제가 다시 똑같은 이름과 역할로 연기를 해주기로 되어 있었다.

"하긴…."

실제로 하루히는 범인 색출에 이르는 트릭을 풀기를 고대하고 있었으니 설마 오늘 밤에 사건이 일어날 걸 알고 있는 산장에 도착하는 것을 무의식중에라도 거부하거나 하진 않을 것이다.

덧붙여 말하자면, 그곳에는 임시 엑스트라로 츠루야 선배와 내동생, 그리고 샤미센까지 우리가 돌아오길 기다리고 있었다.

사실 우리가 숙소로 삼은 산장은 츠루야 선배네 집안이 소유하고 있는 별장이었다. 그 밝고 성격 좋은 분은 자기도 따라갈 것을 조건으로 합숙소 제공을 흔쾌히 허락했고, 샤미센은 코이즈미가 고안한 트릭의 소도구로 사용하기 위해서, 동생은 멋대로 내 짐에 따라 붙어 왔다. 그 두 사람과 한 마리는 조난 동료에는 들어 있지 않다. 샤미센은 산장의 벽난로 앞에서 웅크린 채 쉬고 있을 것이고, 츠루야 선배는 스키를 못 타는 내 동생과 함께 눈사람을 만들며 놀고 있었다. 그게 내가 기억하고 있는 마지막 광경이었다.

세 사람 모두 하루히에게는 거의 SOS단의 준단원이었고 재회를 거부할 이유는 누구에게도, 특히 하루히에게는 있을 턱이 없다.

그렇다면 왜냐? 왜 우리는 난방이 잘 된 SOS단 겨울 합숙 장소로 귀환할 수 없는 거냐.

나가토의 힘으로도 길을 못 찾는다니 이건 대체 어떻게 된 거지?

"여름 겨울 연속으로 폭풍이라니…."

학교가 장기 휴가에 들어갈 때마다 우리는 인간의 지력을 뛰어넘은 현상을 겪어야만 한다는 법칙이라도 생긴 거냐?

의문과 불안의 혼합물을 환각 속에서 음미하며 나는 과거의 기억을 불러냈다.

"왜 이렇게 되어버린 거지?"

그럼 회상 모드 스타트.

……….

…….

….

겨울방학에 합숙을 하는 것은 거의 결정된 미래와 같아, 그런 미래를 미리 꿰뚫어 보고 있었다면 실제로 그런 일이 벌어진다 해도 놀랄 게 없다.

여름방학 첫날에 출발한 살인 고도 투어(태풍 첨가)가 끝났나 싶더니, 이미 그 귀갓길 페리 선상에서 소리 높여 선언된 것인데, 누가 선언했냐 하면 하루히말고 누가 또 있겠는가. 그 결의 표명을 어쩌다가 그대로 받아들인 것은 하루히를 제외한 우리들이었고, 투어 책임자로 임명된 것은 코이즈미였다.

겨울이 되면 다른 일에 흥미를 갖게 될 거라 조금은 기대하고 있었는데, 우리 단장은 이런 일만큼은 무지하게 기억력이 좋은지,

"신년 카운트다운 in 블리저드."

우리에게 스테이플러로 묶은 원고용지가 전달되었다. 배포를 마친 하루히는 유괴범이 아이한테 보여주는 듯한 미소를 지으며 말했다.

"예정대로 올 겨울에는 눈 내리는 산장에 갈 거야. 미스터리어스 투어 제2탄!"

장소는 동아리방, 시간은 종업식이 막 끝난 24일의 일이었다. 긴 테이블 위에는 가스버너 위의 전골 그릇이 부글거리는 소리를 내고 있었고, 우리는 잡다한 재료가 적당히 끓고 있는 그 전골을 둘러싸고 앉아 점심을 대신하고 있었다.

하루히가 고기와 생선, 채소를 적당히 투입하면 머릿수건을 쓴 메이드 버전의 아사히나 선배가 긴 젓가락으로 음식을 나누기도 하고 열심히 거품을 걷기도 하는 옆에서 그저 먹기만 하고 있는 나와 나가토, 코이즈미라는 SOS단원 5인조에 더해 오늘은 스페셜 게스트를 초대했다.

"우왓, 진짜 맛있다. 이거 뭐니? 냠냠…, 혹시 하루히는 천재 요리사야? 아구아구…, 우와, 국물이 죽이는데, 국물이. 쩝쩝."

츠루야 선배다. 이 기운찬 목소리의 주인은 묵묵히 식사를 하고 있는 나가토와 시합이라도 하듯 일일이 소리를 질러가며 젓가락을 고속으로 움직여 전골의 내용물을 자기 접시로 옮기고 있었다.

"역시 겨울에는 전골이지! 아까 이 보여준 사슴 쇼도 진짜 웃겼고, 오늘은 정말 재미있다."

재미있게 본 건 당신뿐입니다, 츠루야 선배. 하루히와 코이즈미는 시종 기분 나쁘게 웃고 있었고, 아사히나 선배는 중간에 얼굴을 가리고선 어깨를 부들부들 떨었고, 나가토는 어디가 재미있는 건지 논리적으로 생각하고 있는 듯한 표정이어서, 정말 찜찜한 기분을 최대한도로 실감하며 나는 폭포수처럼 식은땀을 흘렸다. 내게는 남을 웃기는 재능이 없다는 사실을 확실하게 깨달았다. 개그맨의 길만큼은 절대로 가지 않을 거라 결심했는데, 뭐 그건 좋아.

츠루야 선배는 단순히 전골 멤버이자 아사히나 선배의 친구로 이자리에 있는 게 아니었다. 그래서 스페셜 게스트인 것이다. 그럼 대체 어떤 스페셜인가 하면….

"그 눈보라치는 산장 말인데."

하루히가 산장의 수식어를 눈에서 눈보라로 업그레이드했다.

"기뻐해, 쿈. 무려! 츠루야의 별장을 무료로 이용하게 되었다고. 굉장한 곳이래. 벌써부터 기대된다! 자, 마음껏 먹어."

하루히는 돼지고기 덩어리를 츠루야 선배의 접시에 투하했고, 자기 접시에도 잘 익은 아귀 살점을 확보해두었다.

"항상 가족들이 가는 곳인데."

츠루야 선배는 입에 던져 넣은 돼지고기를 꿀꺽 삼켰다.

"올해는 아버지가 유럽 출장을 가셔서 안 계시거든. 이왕 이렇게 된 거 설 연휴가 끝나면 가족 모두가 스위스에 가서 스키를 타자고 얘기가 됐지. 그러니까 별장엔 너희들이랑 갈 거야! 재미있을 것 같잖아."

아사히나 선배가 흘린 합숙 얘기를 들은 츠루야 선배가 자진해서 말을 꺼냈다고 한다. 코이즈미도 맞장구를 치듯 찬성했고, 겨울 합숙 여행서를 하루히의 앞에서 발표한 결과, 하루히는 생선을 가득 선물받은 고양이처럼 크게 기뻐하며,

"츠루야한테는 이걸 주겠어!"

책상 안에서 꺼낸 완장에 '명예 고문'이라고 써서 던져주었다—고 한다.

그 코이즈미는 연신 웃는 얼굴로 하루히와 나가토와 츠루야 선배의 많이 먹기 선수권 대회 같은 모습을 지켜보고 있다가, 내 표정을 알아차렸는지 이렇게 말했다.

"안심하세요. 이번엔 몰래 카메라가 아닙니다. 미리 말해두고 시작하는 추리게임이에요. 사실은 멤버도 지난번과 같답니다."

아라카와 집사와 모리 메이드, 타마루 형제 총 4인이 이번에도 연극을 연기해줄 예정이라고 했다. 그건 좋은데, 그 네 명은 평소에는 대체 뭘 하는 사람들이냐? '기관'인가 하는 곳의 사무원이나 뭐 그런 거냐.

"모두 제가 아는 사람들로 작은 극단의 배우… 라고 해두죠."

하루히가 이해를 한다면 그래도 좋아.

"스즈미야 씨는 재미있으면 아무것도 신경 쓰지 않아요. 그게 최

대의 문제이기도 합니다만…. 시나리오에 만족해주실지 벌써부터 위가 쓰리네요."

코이즈미는 배 위쪽을 누르는 시늉을 했지만, 여전한 미소를 띤 소년의 얼굴로는 서툰 연극으로밖에 보이지 않는다.

난 하루히보다 그나마 사람이 좀 된 편이라고 생각하기 때문에 태평하게 즐기며 뒷일은 생각도 않는 낙천적인 기분은 들 것 같지도 않았다. 안심할 재료가 어디 없나 둘러보다 제일 먼저 시선이 머문 곳은 나가토의 무표정한 얼굴이다. 평소와 똑같은 나가토였다. 내가 지금까지 알고 있던 평소와 같은 나가토 유키는 마치 아무 일도 없었다는 듯 전골을 열심히 먹고 있다.

"……."

나는 생각했다.

어쨌든 이번만이라도 나가토에게 부담이 가는 사태가 벌어지지 않도록 하자. 아니, 그래야 한다. 차례로 따지면 이번에는 괜찮은 차례다. 여름 합숙에서는 나가토가 묘한 활약을 하는 장면이 없었다. 겨울 합숙에서도 그렇게 되어줬으면 한다. 고생을 하는 건 코이즈미와 그 동료들만으로도 충분하다.

나는 그렇게 생각하며 손에 든 용지로 시선을 내렸다.

이 종잇조각에 나온 스케줄에 따르면 출발은 12월 30일. 그믐날 전날이다. 설산이라고는 해도 그리 먼 곳이 아니라 몇 시간만 기차를 타고 가면 그날 안에 도착한다.

일단 도착한 그날은 스키를 즐기고 밤에는 다 같이 파티(알코올 금지), 요리는 여름 섬에 이어 아라카와 집사(가짜 집사지만 진짜 이상으로 집사다웠기 때문에 달리 표현할 말이 없다)와 모리 소노 씨(가짜 메이드이지만 이하동문)가 해주기로 되어 있었다. 타마루 형제는 이튿날 아침에 뒤늦게 등장, 거기서부터 추리게임의 전조가 시작된다.

그렇게 섣달 그믐날을 사건 발생과 트릭의 해명에 투자하고, 오전 0시 전에 전원이 집합, 각자가 한 추리를 「독 초콜릿 사건」에서처럼 차례로 발표, 최종 추리자로 내정된 코이즈미가 가볍게 해답을 털어놓는다. 그리고 답답한 가슴이 시원스레 해소된 순간, 끝나가는 한 해에 작별을 고하며 다가오는 새해에 인사를 한다. 웰컴!

이런 계획이었다.

고개를 들자 하루히의 의기양양한 얼굴이 날 향하고 있었다. 아무것도 한 것도 없는데 벌써부터 뭐가 그렇게 의기양양한지 참 신기하다.

"새해를 성대하게 축하해주는 거야."

하루히는 파를 젓가락으로 집으며 말했다.

"그러면 새해도 고맙게 생각해서 굉장히 좋은 해로 만들어줄 거야. 난 그렇게 확신하고 있어. 내년은 SOS단의 전환점이 되는 해가될 것 같아."

세월을 멋대로 의인화하는 건 좋은데, 너한테 좋은 해가 우리 모두에게도 좋은 해가 될 것 같지는 않거든.

"그래? 나는 올해가 굉장히 재미있었고 내년에도 그랬으면 좋겠다고 생각하는데 넌 아냐? 아, 미쿠루, 전골 국물이 졸았으니까 물부어줘."

"아, 네, 네."

아사히나 선배는 달려가,

"영차."

무겁게 들어올린 주전자를 전골 위로 가져가 조심조심 기울였다.

그 화려한 모습을 바라보며 난 올 한 해 동안 겪은 다양한 일들을 떠올리며 감정이 살짝 동요하는 것을 느꼈다. 하루히는 굉장히 재미있었다고 했다. 그럼 나는 재미있었는가 묻는다면 당연하다. 어릴 때 뭐 신기한 일 없을까, 있으면 좋겠다는 생각을 했던 게 나의 초심이었다. 그야말로 우주인이든 뭐든 그런 비슷한 게 나타나 뭔가를 해주는 얘기에 가담을 하고 싶어했으니까 말이다. 상상이 현실이 되었으니 기뻐하지 않는다면 이상한 거겠지. 하지만 아무리 그래도 이렇게 연속으로 가담하게 될 줄은 상상도 못 했다고.

그렇지만 속으로는 그런 생각을 하면서도 본심은 이렇다.

그래, 즐거웠어.

지금이라면 소리 내어 말할 수 있다. 이 경지에 이르기까지 참 많은 시간이 걸렸다. 단, 다른 하나의 본심을 말하자면 조금만 더 평온해도 되지 않나 싶다. 개인적으로는 평범하게 동아리방에서 노는 미지근한 막간이 조금 더 필요했다.

"이상한 소릴 하는구나."

하루히는 아귀 간을 씹으며 말했다.

"계속 놀고만 있잖아. 혹시 너 아직도 부족하다는 거니? 그럼 올해가 끝나기 전에 막판 스퍼트를 올려볼까?"

"필요 없는 짓은 하지 마라."

이 녀석은 모른다. 지금까지 내가 어떤 사태에 처해 어떻게 헤쳐나왔는지를. 야구 시합에 이기고, 여름방학을 끝나게 하고, 영화에서 요상하게 꼬이던 현실을 회복시키고, 과거에 갔다가 돌아왔다

다시 가고, 거기에 더해 다시 한번 더 가기로 결정되어 있다고. 내가 결정한 거니 아무도 원망하지는 않겠지만, 장래 교직에 설 예정도 없는데 이 시기의 나는 무척 바빴다.

뭐, 그런 소리도 하루히한테는 할 수 없지만.

"스퍼트는 그 산장에 가서 올려도 늦지 않을 거야."

나는 하루히가 뻗은 젓가락을 밀치며 전골에서 양배추를 건져 올렸다. 모처럼 하루히가 만든 특제 전골이다. 식욕이 왕성한 여성진(아사히나 선배 제외)에게 거덜이 나기 전에 배를 채우자. 다음에 또 언제 먹을지 알 수 없으니까.

"하긴."

하루히는 기분 좋게 곱창을 자기 접시로 가져갔다.

"스퍼트를 내는 김에 스파크도 할 거야. 알겠지? 섣달그믐은 정말 1년에 한 번밖에 없잖아? 생각해보라고. 그해의 그날은 평생 한 번밖에 없는 거야. 오늘도 그래. 오늘이란 날은 지나가면 다시 오지 않아. 그러니까 후회 없이 보내지 않으면 오늘한테 미안한 거지. 난 평생 기억에 남을 하루를 보내고 싶어."

하루히의 꿈꾸는 듯한 목소리에, 옆에서 반쯤 익은 닭고기를 깨물고 있던 츠루야 선배가 말했다.

"우와, 하루히. 365일 동안 있었던 일 모두를 기억하는 거야? 굉장하다. 아, 미쿠루, 차 줘."

"아, 네, 네."

찻주전자를 손에 든 아사히나 선배는 츠루야 선배가 치켜든 손님용 찻잔에 조심스레 차를 따랐다. 완전히 시녀 취급을 받고 있지만, 그렇게 하고 있는 아사히나 선배는 즐거워 보였다. 하루히는 대범한 전골 잔치를 즐기고 있었고, 코이즈미는 김을 내뿜고 있는 전골을 배경으로 우아한 인상을 주는 미소를 머금고 있었으며, 나가토는 묵묵히 음식 씹는 소리만을 내며 입을 놀리고 있었다. 명예 고문이 된 츠루야 선배가 임시 준단원으로 참가하고 있긴 하지만, 대체로 평소의 SOS단과 같은 분위기였다.

지금의 나는 잘 알고 있다. 이런 시간이 가장 중요한 것이다. 이쪽을 선택한 이상, 앞으로도 하루히를 중심으로 미묘하고도 기묘한 사건이 계속 발생할 확률은 매우 높다. 모든 것이 안정을 찾는 그날까지 앞으로 한두 번쯤은 무슨 일이 벌어질 거다.

일단 이세계인이 아직 안 왔다는 것도 있고 말이다.

"오려면 오라지."

나도 모르게 소리 내어 중얼거리고 말았지만, 하루히와 츠루야 선배가 송이 역시 다툼을 벌이는 환성에 섞여 누구의 귀에도 들어가지 않은 듯했다.

다만 나가토만이 희미하게 눈썹을 움직인 것 같았다.

문득 창이 눈에 들어왔다. 하늘이 보여주기 아깝다는 듯 쪼잔하게 눈발을 떨어뜨리고 있었다. 내 시선을 읽은 코이즈미가 말했다.

"여행지인 산에 가면 지긋지긋할 만큼 눈 놀이를 할 수 있을 겁니다. 그런데 스키와 스노보드 중에 뭐가 좋으세요? 도구를 수배하는 것도 제가 할 일이라서요."

"스노보드는 타본 적 없는데."

건성으로 대답을 하면서 겨울 하늘에서 눈을 뗐다. 코이즈미는 무난한 미소를 짓고 있었지만 눈치 빠르게 보고 있었는지 이렇게 말한다.

"당신이 보고 있었던 건 어느 유키일까요. 하늘에서 내리는 건가요, 아니면."(주25)

그 이상 코이즈미와 눈싸움을 해봤자 별 이득도 없다. 난 어깨를 한 번 치켜올린 뒤 송이버섯 쟁탈전에 참가하기로 했다.


운 좋게 선생님한테도, 선생님한테 고자질할 사람들한테도 들키지 않고—어쩌면 알아차렸으면서도 무시해준 건지도 모르지만—배를 채운 우리는 전골 그릇과 식기, 쓰레기 등등을 정리하고 동아리방을 나왔고, 학교를 나설 때쯤 해서는 눈발도 그쳐 있었다.

집에서 열리는 파티에 꼭 참석해야 한다는 츠루야 선배와 헤어져 SOS단 멤버들은 케이크 가게로 향했다. 하루히가 예약해둔 특대 크리스마스 케이크를 찾은 뒤에 향한 곳은 나가토의 집이었다.

혼자 외로이 성탄절을 보내는 나가토를 걱정해서가 아니라, 혼자 사는 나가토의 집이라면 케이크를 먹으며 시끌벅적하게 놀 수 있다는 좋은 조건 때문이었다. 트위스터 게임을 짊어진 코이즈미와 케이크 상자를 든 나, 두 사람 중 누가 행복한지는 알 수 없었지만, 선두에서 뛸 듯이 걸어가는 하루히는 충분히 해피해 보였고, 때때로 하루히에게 두 손을 잡혀 휘둘리고 있는 아사히나 선배와 말없이 터벅터벅 걷고 있는 나가토 역시 전염된 것처럼 보였다.

이대로 간다면 눈 대신 산타 무리가 내려올 일은 없어 보인다. 하루히는 평범한 인간 수준의 크리스마스이브를 만끽했고 그것만으로도 배가 부른 듯 보였다. 내 동생과 비슷한 정신 구조로군. 오늘만 그런 건지는 모르지만.

이유를 군이 말할 필요도 없을 것 같지만, 이 시기의 내게는 관

주25) 일본어로 눈은 나가토 유키의 이름과 똑같은 유키이다.

대한 기분이 지속되고 있었다. 하루히가 산타 사냥에 가자는 말을 꺼내 밤길을 배회하게 된다 해도 나는 쓴웃음을 지으며 따라갔을지도 모른다.

방음처리가 잘된 나가토의 집에서 코이즈미가 준비한 각종 게임을 즐기는 동안, 우리 모두가 즐거워 보였다는 건 사실이다. 노트북 두 대를 연결해 플레이한 「The Day of Sagittarius 3」 토너먼트는 나가토의 독무대였고, 트위스터 게임에서는 하루히와 막상막하의 승부를 펼치게 되었는데, 길거리를 걸어가는 커플을 끌고 와 너희도 참가하라고 강요하고 싶을 만큼 요란한 밤—.


우리의 크리스마스이브는 그랬다.



그 크리스마스이브에서 그믐 전날까지는 마치 하루히가 시간의 등을 떠미는 게 아닐까 싶을 정도로 순식간에 지나갔다. 그동안에 방 대청소를 하고, 중학교 친구한테서 머리를 의심할 만한 전화가 걸려오기도 하고, 그로 인해 미식축구 시합을 보러 가기도 했긴 하지만, 총체적으로 순조로이 세밑이 다가오고 있었다.

새해라. 정말 어떻게 될까. 개인적인 얘기를 하자면 슬슬 성적을 어떻게 하지 않으면 위험하겠는데.

어머니는 학원에 집어넣고 싶어 근질거리시는 것 같았고, 건전한 운동부에서 열심히 활약하거나 건전하지 않다고 해도 정체를 모를 동아리 활동에 참가하고 있는 거라면 그나마 변명거리라도 되겠지만, 건전하지도 않을뿐더러 정체도 없는 미공인 단체에서 빈둥거리고 있는—것처럼 주위에는 보이겠지—성격 부진의 진학 희망자가 있다면 나도 조금은 고등학교에서 배울 게 있지 않냐고 말하고 싶다.

무슨 논리인지 하루히는 말도 안 될 정도로 학업 성적 우수, 코이즈미도 요전의 기말 고사 결과만 봤을 때는 수재의 범주에 들었으며, 고고학적인 취미 덕분인지는 몰라도 아사히나 선배는 의외로 열심히 수업을 듣고 있는 것 같았고, 나가토의 성적이란 군이 말할 필요도 없겠지.

"일단 뒤로 미뤄둘까."

우선은 겨울 합숙을 성공리에 마쳐야지. 지금 생각해야 할 것은 그거다. 공부라면 새해 들어서라도 할 수 있다. 새해 카운트다운 합숙은 올해 안에 시작해야 한다.

그런 연유로—.

"출발!"

하고 하루히가 외쳤고,

"얏호—."

라고 츠루야 선배가 동조하고,

"현장은 스키 타기에 딱 좋은 날씨라고 합니다. 현재까지는요."

코이즈미가 날씨 정보를 말해줬으며,

"스키라. 눈 위를 미끄러지는 스키인 거죠?"

아사히나 선배가 머플러에 둘둘 감긴 턱을 들었고,

나가토는 한 손에 작은 가방을 든 채 꿈쩍도 안 하고 있었으며,

"와아."

라고 외치며 내 동생이 깡총거렸다.

이른 아침의 역 앞이다. 이제부터 기차를 타고, 계속해서 갈아타고 갈아타고 해서 목적지인 설산에 도착할 예정 시각은 오후로 잡혀 있다. 그건 좋은데 왜 여기에 예정 외의 인원으로 내 동생이 있는가 하면….

"뭐, 어때. 따라온 걸 어쩌겠어. 같이 데리고 가면 다 해결될 거야. 방해는 안 하겠지?"

하루히는 앞으로 몸을 숙여 동생에게 미소를 지었다.

"시시한 녀석이라면 쫓아내겠지만 너랑은 달리 순수한 동생이라면 전혀 문제없어. 영화에도 출연해줬고 말이야. 샤미센의 놀이 상대로 딱 좋잖아."

그렇다. 이 여행에는 우리 집의 얼룩 고양이까지 부속으로 딸려 있다. 이것에 관해서는 SOS단 합숙 계획 담당자의 말을 들어보도록 하자.

"추리극의 트릭에 고양이가 필요했어요."

고양이는 알고 있다, 뭐 그런 거야.

"아무 고양이나 상관없었는데 영화에서 제법 연기 실력을 보여줬잖아요. 그 명연기를 다시 한번 부탁하자 이거죠."

지금의 샤미센은 말 못 하는 평범한 집고양이라고. 연기는 기대하지 않는 게 좋을 거다. 난 동생과 코를 맞대고 있는 하루히를 바라보며 말했다.

"덕분에 나오다 들켰잖아."

아침도 이른 시간이었고 어머니에겐 단단히 입막음을 해놨기 때문에 안심하고 있었다. 동생도 내가 사람들과 여행을 간다는 건 전혀 눈치도 못 챘을 것이다. 하지만 의외의 함정은 마지막에 입을 열었다. 내가 아직 꿈나라에서 헤매던 샤미센을 고양이용 캐리어백에 넣고 있는데 동생이 방에 들어온 것이다. 화장실에 가려고 깨서 나갔다가 잠결에 방을 잘못 찾았나보다.

그뒤의 전개는 일직선이다. 갑자기 동생은 눈을 번쩍 뜨고선,

"샤미를 데리고 어딜 가는 거야? 그 복장은? 짐은?"

어찌나 시끄럽던지. 그리고 초등학교 5학년 열한 살인 내 여동생은 여름보다 업그레이드된 난동을 실컷 부린 뒤, 두 손 두 발로 내 다리에 매달려 바위틈에 달라붙은 요상한 색깔의 조개처럼 떨어지지 않았다.

"한 사람 늘어나는 것 정도는 괜찮아요" 라며 코이즈미는 웃었다. "게다가 어린이 요금 정도로는 예산에 크게 차질이 안 생기죠. 저도 스즈미야 씨와 같은 의견입니다. 여기까지 왔는데 쫓아내는 건 가엾잖아요."

하루히와 장난을 마친 동생은 이번엔 아사히나 선배에게 달려들어 풍만한 가슴에 얼굴을 묻은 뒤, 가만히 서 있는 나가토의 무릎을 안아 흔든 다음, 최종적으로 큰 소리를 내어 웃고 있는 츠루야 선배에게 잡혀 빙빙 돌며 꺅꺅대고 있었다.

여동생이라 다행이야. 저게 남동생이었다면 바로 뒷골목으로 끌고 갔을 거다.


설산행 특급에서도 동생의 기세는 가라앉을 줄 몰라, 우리들 사이를 뛰어다니며 힘을 낭비하고 있었다. 벌써부터 이렇게 날아다니다간 종반에 쓰러질 게 뻔하고, 그렇게 되면 내가 잠들어버린 동생

을 업고 걷게 될지도 모르지만 주의를 줘도 전혀 소용이 없었다. 하루히와 츠루야 선배도 동생과 동등할 정도로 상당한 에너지를 유지하고 있었고, 조용한 성격의 아사히나 선배도 살짝 흥분된 듯 보였다. 나가토마저도 읽으려고 펼쳤던 문고본을 포기한 듯 가방에 넣고 동생에게 정숙한 시선을 보내고 있었다.

나는 창가에 턱을 괴고 앉아 고속으로 흘러가는 풍경을 멍하니 바라보고 있었다. 옆의 통로석에 코이즈미가 앉아 있었고, 하루히를 포함한 여성 그룹은 우리들 앞 자리였다. 마주 보는 형태로 좌석 방향을 바꿔 지금은 다섯 명이 우노를 하고 있다. 너무 소란 떨지 마라. 다른 승객들한테 폐가 되니까.

소외당한 나와 코이즈미는 열차가 출발한 뒤 10분 정도 도둑잡기를 했지만 허무해져서 바로 그만뒀다. 뭐가 안 돼서 남자 둘이 조커 떠넘기기를 해야 한단 말인가.

그보다는 차라리 앞으로 내 눈을 향락의 연회로 초대해줄, 아직 한 번도 보지 못한 아사히나 선배의 스키복 모습을 상상하는 게 그나마 건설적이지. 그렇게 생각한 내가 둘만의 스키장에서 사이좋게 미끄러져 내리는 상황으로 어떻게 끌고 갈까 생각하고 있는데.

"냐옹."

발치에 놓아둔 캐리어백이 바스락거리는 소리를 내며 그 틈으로 수염이 나타났다.

예의 영화 소동이 끝난 뒤로 샤미센은 원래 들고양이였다는 사실이 믿어지지 않을 만큼 얌전하고 손이 가지 않는 고양이로 바뀌었다. 먹이 시간이 될 때까지 가만히 기다리고 쓸데없이 놀아달라 하지도 않는다. 아무래도 이 녀석의 욕구 가운데 우선순위를 자랑하는 건 수면인가보다. 오늘 아침에 캐리어백에 넣은 뒤로 계속 잠만 자고 있었는데, 아무리 게으른 고양이라도 질리기도 하나보다. 따분한 듯 뚜껑 주위를 긁고 있다. 물론 차 안에서 꺼낼 수는 없는 노릇이다.

"조금만 더 참아."

나는 발치에 대고 말했다.

"도착하면 새 긁개를 사줄게."

"야옹."

그것만으로도 알았다는 듯 샤미센은 다시 얌전해졌다. 코이즈미가 감탄한 듯 말했다.

"처음에 말했을 때는 어떻게 되나 싶었는데 그 고양이는 정말 잘 골랐어요. 아니, 수컷 얼룩 고양이라는 행운뿐만 아니라, 이해력이 뛰어난 좋은 고양이입니다."

무리지어 있던 들고양이 중에서 무작위로 이 녀석을 고른 것은 하루히였다. 그놈이 수만 분의 일의 확률로만 발생하는 염색체 이상 고양이였으니, 하루히한테 복권이라도 사보라고 하는 건 어떨까. 조금은 활동비에 도움이 될지도 모르는데. 언제까지나 문예부의 예산을 횡령하는 건 좀 그렇다고 보거든.

"복권요? 그러면 스즈미야 씨 성격에 일을 복잡하게 만들 것 같은데요. 만약 그녀가 억 단위의 돈을 손에 넣으면 뭘 할 것 같습니까?"

별로 생각하고 싶지는 않지만, 미군에서 흘러나온 중고 전투기라도 사지 않을까 싶다. 단좌기라면 그나마 다행이지, 만약 그게 복좌기라면 뒷좌석에 앉게 될 사람이 누구인지는 생각할 필요도 없다.

어쩌면 통 크게 선전비에 쓸지도 모르겠다. 골든타임의 버라이어 티 프로를 보고 있는데 갑자기 『이 프로는 SOS단의 제공으로만 방 송되고 있습니다』라는 자막이 나오고 우리가 출연하는 광고가 전 국의 거실로 전해지는 광경을 상상하고 등골이 오싹해졌다. 하루히 에게 프로듀서라는 위치를 주면 변변한 일을 하지 않으리라는 건 유치원 꼬마에게 주식의 운용을 맡겼다 실패할 확률보다 더 뻔히 눈에 보인다.

"어쩌면 인류에게 크게 도움이 될 일을 생각해낼지도 모르죠. 발 명자금에 쓴다거나 연구소를 짓는다거나 해서요."

코이즈미는 희망적 관측구를 던졌지만 서투른 도박은 하지 않는 게 좋다. 우리가 걸어야 하는 게 너무 크잖아. 위험 부담을 계산할 수 있는 녀석이라면 누구나 주저할 거다. 그야말로 웬만한 일이 없 는 한 말이다.

"편의점에서 당첨이 나오는 하드를 사게 하자. 그걸로 충분해."

나는 다시 풍경을 즐기기 시작했고, 코이즈미는 등받이에 깊숙이 몸을 기대고 눈을 감았다. 저쪽에 도착하면 무척 바빠질 테니 이참 에 체력 보존을 꾀하는 건 올바른 선택이다.

열차의 바깥 풍경은 점점 시골 레벨을 높여 갔고, 터널을 빠져나 올 때마다 설경의 색감도 레벨업했다. 그 광경을 바라보는 사이, 나 도 기분 좋은 잠에 빠져들었다.


그렇게 기차 여행을 마치고 짐을 들고 역에서 기어나온 우리들 을 맞이한 것은, 푸른 하늘과 수북이 쌓인 하얀 눈의 투 톤 컬러, 그리고 언젠가 본 적이 있는 두 사람의 지나치게 정중한 인사였다.

"어서 오십시오. 기다리고 있었습니다."

깊이 허리를 숙이는 더 베스트 오브 집사역과,

"오랜 여행에 피곤하시죠. 잘 오셨습니다."

나이를 알 수 없는 수상한 미인 메이드이다.

"수고가 많으십니다."

넉살 좋게 나온 코이즈미도 두 사람에게 정중히 인사를 했다.

"츠루야 씨는 처음이시죠? 이쪽이 저와 조금 아는 사이로, 여행 중 저희를 돌봐달라고 부탁드린 아라카와 씨와 모리 소노 씨입니다."

여름의 섬과 하나도 달라진 게 없다. 스리피스를 단정히 차려입은 로맨스그레이 아라카와 씨와 소박하지만 메이드 이외의 그 무엇도 아닌 에이프런 드레스가 잘 어울리는 모리 씨는,

"아라카와입니다."

"모리입니다."

완벽한 타이밍으로 고개를 숙였다.

살갗을 파고드는 이 추위 속에서 코트도 안 걸치고 있는 건 연출의 일환인가, 아니면 연기라고는 해도 배역에 충실한 직업 정신에서 온 건가.

츠루야 선배는 무거워 보이는 가방을 가볍게 휘두르며 인사했다.

"아! 안녕하세요. 코이즈미의 추천이라면 의심할 거 없겠죠. 저야말로 잘 부탁해요. 별장도 마음대로 쓰셔도 돼요!"

"황송합니다."

아라카와 씨는 다시 공손하게 인사를 한 뒤에야 고개를 들고 우

리에게 멋진 미소를 보였다.

"여러분도 건강해 보여서 기쁩니다."

"여름에는 실례가 많았습니다."

모리 씨가 온화한 미소를 지으며 말하더니 내 동생을 보고선 더욱 부드럽게 미소를 지었다.

"어머. 귀여운 손님이시네요."

초대받지 않은 손님인 내 동생은 뜨거운 물에 담근 건조 미역보다 빠르게 본래 본성을 되찾고선 "와아" 라고 외치며 모리 씨의 치마폭으로 뛰어들었다.

하루히는 연신 만면에 미소를 지으며 한 걸음 나아가 눈을 밟고선,

"오랜만이야. 이 겨울 합숙도 기대하고 있어. 여름에는 태풍 덕분에 조금 부족했었지만 그 부족한 몫은 겨울에 채울 생각이거든."

그렇게 말한 뒤 우리를 돌아보며 비차(주26)가 적진에서 용왕이 된 것 같은 기운으로 말했다.

"자, 다들 이제부터 기합 팍팍 넣고 전속력으로 노는 거다! 올해의 때를 전부 씻어내고 새해를 맞이할 때엔 깨끗해지겠다는 각오로 가는 거야. 일말의 후회도 내년으로 가져가면 안 돼. 알았지!"

우리는 각각의 스타일로 대답을 했다. 츠루야 선배는 "네엣!" 이라며 한 손을 치켜들었고, 아사히나 선배는 살짝 몸을 빼며 조심스럽게 고개를 끄덕였고, 코이즈미는 연신 싱글싱글, 나가토는 그대로 침묵, 동생은 아직도 모리 씨에게 달라붙어 있다.

그리고 나는 계속 쳐다보다간 눈이 다치지 않을까 싶을 만큼 눈부시게 빛나는 하루히의 미소에서 눈을 돌려 저 먼 곳으로 시선을

주26) 비차(飛車)는 일본 장기에서 쓰이는 말로 우리 장기의 차와 같으며, 용왕은 궁의 자격까지 같이 갖게 된 비차를 말한다.

보냈다.

폭풍이 올 거라고는 예상도 할 수 없을 만큼 구름 한 점 없는 파란 하늘이다.

이때까지는 말이다.


츠루야 선배네 별장에는 4륜 자동차 두 대를 나눠 타고 갔다. 운전사는 아라카와 씨와 모리 씨였는데, 그렇다는 건 모리 씨는 적어도 4륜차 면허를 따기에 충분한 연령이라는 것을 추리할 수 있다. 아니, 별로 깊은 의미는 없어. 부지런한 메이드라면 아사히나 선배한 명으로 충분하니까, 모리 씨에게 각별한 마음이 생기거나 한 건아니다. 이거 중요하다고.

어딜 봐도 새하얀 풍경 속에서 자동차 여행은 그리 오래 가지 않았다. 15분쯤 달렸을까, 우리가 탄 투박한 차량은 펜션풍 건물 앞에 멈춰 섰다.

"분위기 좋은데."

제일 먼저 뛰어내린 하루히가 눈을 짓밟으며 만족스럽다는 듯 감상을 말했다.

"우리 별장 중에서는 제일 작은 거야"라고 말하는 츠루야 선배. "하지만 마음에 들어. 이 정도가 제일 편안하거든."

역에서 그렇게 멀리 떨어져 있지도 않고, 가까운 스키장에는 걸어서 갈 수 있는 거리라는 입지 조건이니 제법 가격이 나갈 것 같은데다, 츠루야 선배는 작다는 단어를 진심으로 쓰고 있는 것 같지만, 그녀의 집인 일본식 가옥과 비교해 작다는 것이지 일반적인 감성을 대표해 말하자면 여름에 찾아갔던 섬의 별장과 비교해 손색이 없는 크기였다. 대체 츠루야 선배네 집은 무슨 나쁜 짓을 해서 이렇게 위세 좋은 건물을 세울 수 있었던 걸까.

"들어가시지요, 여러분."

사람들을 안내한 것은 아라카와 집사였다. 그와 모리 씨 두 사람은 츠루야 선배에게서 열쇠를 받아 우리들보다 하루 먼저 이곳에 도착해 준비를 해줬다고 했다. 코이즈미의 주도면밀한 사전 교섭 덕이 컸고, 자잘한 데에는 신경 쓰지 않는 츠루야 선배와 츠루야 집안 사람들의 너그러운 성격을 엿볼 수 있었다.

전체가 목조건물이라 진짜 펜션으로 영업하면 매 시즌 만원사례가 될 것 같은 츠루야 집안 겨울 별장에 감사한 마음으로 들어서며, 나는 약간 예감을 하고 있었다.

뭔지는 잘 모르겠다. 하지만 그 막연한 예감은 분명히 내 머릿속을 스치고 지나갔다.

"응…?"

별장 내부에 감탄하며 나는 주위를 둘러보았다.

하루히는 츠루야 선배를 칭찬하는 말을 입에 올리며 웃어대고 있었고, 츠루야 선배도 밝게 웃으며 대답하고 있었다. 코이즈미는 아라카와 씨와 모리 씨 셋이서 뭔가 얘기를 하고 있었다. 내 동생은 재빨리 샤미센을 캐리어백에서 꺼내 품에 안았고, 아사히나 선배는 들고 있던 짐을 바닥에 내려놓고 안도한 듯 숨을 내쉬고 있었으며, 나가토는 어디를 보고 있는지 알기 힘든 시선을 공중에 고정시키고 있었다.

어디에도 묘한 구석은 없었다.

우리는 앞으로 합숙이라는 이름뿐인, 단순한 여흥에 며칠을 소비하고선 다시 원래 위치로 돌아가 일상을 즐길…,

예정이었다.

미리 정해져 있는 살인사건은 말 그대로 연극으로 진지한 것이 아니었고, 미리 알고 있는 사실이니 그걸 가지고 하루히의 감정이 흔들릴 일은 없다. 나가토와 아사히나 선배가 나설 자리도 없을 것이다. 코이즈미가 이상한 능력을 발휘할 장소도 생겨나지 않을 것이다─.

이건 표현하기 나름인데, 앞으로 일어날 일은 짜고 치는 고스톱이다. 앞이 보이지 않는 수상한 살인사건이 아니다. 방을 억지로 열고 들어갔더니 꼽등이가 나오거나 하는 예상을 초월한 사태가 되지는 않을 거다.

그런데 뭐지. 위화감이라는 말 이외엔 달리 표현할 수 없는 무언가가 정해진 규례의 요정처럼 스치고 지나간 것 같은 감각이다. 그래, 여름방학 후반이 끝없이 무한 반복되었던 사실을 깨닫지 못한 채, 하지만 묘한 느낌을 품었던 그 분위기와 비슷하다. 단, 데자뷔가 아니라….

"안 되겠다."

점액질에 감싸인 물고기를 잡은 것처럼 그 감각은 손 안에서 사라졌다.

"기분 탓인가."

나는 고개를 젓고선 가방을 들고 별장 계단을 오르기 시작했다. 내게 할당된 방으로 가기 위해서이다. 호화롭다고 할 정도까지는 아니어도, 그건 내게 물건을 보는 눈이 없기 때문이겠지. 심플하게 보이지만 그 계단 손잡이에도 알고 보면 깜짝 놀랄만한 재료비와 인건비가 들었을 게 분명하다.

침실이 있는 2층 복도에서,

"쿈."

츠루야 선배가 미소를 지으며 다가왔다.

"동생이랑 같은 방을 써도 될까? 사실 준비한 방이 다 찼거든. 내가 어릴 때 쓰던 다락방을 줘도 되기는 하는데 그럼 외롭잖아?"

"내 방에서 재워도 돼."

하루히가 참견을 했다.

"방금 보고 왔는데 침대가 넓던걸. 셋이서 누워 자도 충분할 정도였어. 역시 여자끼리 방을 쓰는 게 건전하잖아?"

건전이고 뭐고, 동생이랑 같은 방을 쓴다 해도 나는 아무 상관없는데. 아사히나 선배와 같은 방을 쓴다면 상당히 정신적인 급경사가 발생하겠지만, 동생과 샤미센의 차이란 내겐 전혀 없는 거나 마찬가지다.

"어때?"

하루히의 질문은 샤미센을 어깨에 올리고 있는 동생을 향한 것이었다. 동생은 낄낄거리며 완전히 분위기를 무시한 발언을 했다.

"미쿠루 방이 좋아."


그리하여 동생은 아사히나 선배의 방으로 파고들었고 내 방에는 샤미센이 남겨지게 되었다. 이왕 이렇게 된 바에 이 고양이도 누군가에게 기부하고 싶었지만,

"사양하겠습니다. 당신과 달리 저는 고양이가 말을 하는 데에 내성이 없어서요."

코이즈미는 부드럽게 거부했고, 나가토는 30초 정도 얼룩 고양이의 미간을 바라보다가,

"됐다."

는 짧은 말을 남기고 등을 돌렸다.

뭐, 알아서 이 별장 안에서 돌아다니라고 놔두면 되겠지. 낯선 집에 끌고 왔는데도 샤미센은 우리 집에서와 똑같은 얼굴로 침대로 뛰어올라 기차 안에서 실컷 잤는데도 불구하고 다시 졸기 시작했다. 나도 그 옆에 눕고 싶었지만 그런 휴식 시간은 스케줄에 포함되어 있지 않아, 하루히의 호령에 맞춰 우리는 도착하자마자 계단 아래에 집합하게 되었다.

"자, 스키 타러 가자!"

너무 이른 게 아닌가 하는 생각도 들긴 하지만, 하루히의 라스트 스퍼트 겸 스파크를 위해서는 낭비할 시간은 1초도 없다. 게다가 원래부터 기운이 넘치는 건 츠루야 선배도 마찬가지라, 어쩌면 하루히 이상으로 쾌활 발랄한 그녀와의 상승효과로 행동력까지 배가 된 게 아닌가 하는 생각마저 든다.

스키복과 스키는 코이즈미가 어디선가 대여를 해왔다. 언제 우리 치수를 쟀는지가 신기할 노릇이다. 갑자기 참가가 정해진 동생 몫까지 있었고, 그 또한 잘 맞았다. '기관'인가의 에이전트(검은 옷에 검은 선글라스를 상상)가 키타고와 여동생이 다니는 초등학교에 잠입해 보건실 책장에서 신체 정보를 뒤지는 광경을 상상해본다. 으음, 나중에 아사히나 선배의 스리 사이즈를 물어봐야지. 안다고 뭘

어떻게 할 수 있는 정보는 아니지만, 이것도 지적 호기심이란 거다.

"스키도 오랜만이다. 초등학교 때 어린이 모임에서 간 게 다였을 거야. 우리 동네에는 눈이 안 내리잖아. 역시 겨울에는 눈이지."

그건 눈이 오지 않는 지방에 사는 사람 특유의 변명이다. 눈 따위 안 내리면 좋겠다는 생각을 하는 사람들도 개중에는 있을 거라고. 특히 전국시대의 우에스기 켄신은 정말 그랬을 거라고 나는 분석하고 있다.

스키를 지고 걷기 힘든 부츠 차림으로 행군을 한 우리들은 마침내 멋진 스키장에 도착했다. 하루히와 마찬가지로 나도 스키는 오랜만이었다. 중학교 이후로 처음일 거다. 동생은 처음일 테고, 아사히나 선배도 그런 것 같다. 나가토도 미경험자일 게 분명하지만 프로 스키어 이상의 실력을 보여줄 것을 나는 반쯤 신앙처럼 믿고 있었다.

리프트를 타고 올라가는 색색가지 스키복이 드문드문 눈에 들어온다. 생각했던 것보다 사람이 적다는 생각을 하고 있는데 츠루야 해설가가 설명을 해주었다.

"잘 알려지지 않은 장소라서 그래. 아는 사람만 아는 조용한 스키장이지. 여긴 10년 전에는 우리 집의 개인 스키장이었거든."

지금은 개방을 했지만, 이렇게 보충 설명을 하는 츠루야 선배의 말에는 전혀 얄미운 구석이 없었다. 세상에는 이런 사람도 실제로 존재하는 것이다. 외모도 좋고 성격도 돈도 집안도 좋은, 무엇 하나 아쉬울 것 없는 사람이 말이다.

리프트 승강장 부근에서 스키를 신은 하루히가 말했다.

"어떡할래, 쿈? 난 이대로 상급자 코스로 갈 건데 다들 잘 탈 수 있지? 너는?"

"조금만 연습할 시간을 줘라."

스키를 신발에 장착한 것까지는 잘 했는데 30센티미터마다 넘어지고 있는 동생과 아사히나 선배를 보며 대답했다.

"일단 기본을 가르쳐주지 않으면 최상급자 코스는커녕 리프트에 타는 것도 힘들 거야."

벌써부터 눈 범벅이 된 아사히나 선배는 마치 스키복을 입기 위해 태어난 것처럼 잘 어울렸다. 대체 이 사람이 입어서 위화감이 느껴지는 옷이 이 세상에 존재하기는 할까 하는 생각이 가끔 든다.

"그럼 내가 미쿠루를 훈련시킬 테니까 하루히한테는 동생을 부탁할게! 나머지는 대충 놀고 있어."

바라지도 않던 츠루야 선배의 제안이다. 나도 스키 감각을 되찾으려면 조금 시간이 걸릴 것 같다. 문득 옆을 보니,

"……."

무표정하게 폴을 쥔 나가토가 매끄럽게 미끄러지고 있었다.


결국 동생은 전혀 발전이 없었다. 하루히의 교육 방법에 문제가 있는 거 아냐?

"다리를 모으고 있는 힘껏 폴을 콱 하면 피융 하고 가니까 그대로 부릉하는 기합으로 가서 멈출 때도 기합으로 멈추는 거야. 아자. 이제 잘 될 거야."

되기는 뭐가 되냐. 기합으로 어떻게 된다면 최고의 자연친화주의 자동차가 개발됐겠지만, 안타깝게도 동생 수준의 기합으로는 넘어

지는 간격이 30센티미터에서 3미터가 됐을 뿐이었다. 그래도 동생은 무척 즐거운 듯 깍깍거리며 넘어지고 눈을 먹어대고 있었으니, 결과는 어떻든 오락으로는 맞는 건지도 모르겠다. 배탈 나니까 그만해라.

한편 아사히나 선배는 원래 재능이 있었는지, 아니면 츠루야 선배가 강사로서의 능력이 뛰어난 건지 30분 만에 스키 스킬을 터득했다.

"왓, 왓, 재밌다. 와아, 굉장해."

새하얀 배경 속에서 미소를 지으며 미끄러지고 있는 아사히나 선배의 모습은 너무 길어지니 중략하겠지만 짧게 정리하자면, 하이컬러한 설녀의 후예가 벌벌 떨면서 현세에 나타난 것 같은 화면발의 예술성을 띠고 있었다. 이것만으로도 바로 U턴해 집으로 돌아간다 해도 오케이지. 그전에 사진을 찍어둘 필요가 있긴 하다만.

스키 개인 연습을 하는 나와 코이즈미의 옆에서, 하루히는 아무리 해도 실력이 늘지 않는 동생을 생각에 잠긴 표정으로 바라보고 있었다. 자기는 한시라도 빨리 산 위에 가서 직활강을 시도하고 싶은데 이 초등학교 5학년을 데리고 갈 수는 없는 노릇이다, 뭐 그런 표정이다.

아마 츠루야 선배도 같은 생각을 했는지,

"너희는 리프트 타러 가!"

넘어진 채 신이 나서 버둥거리고 있는 동생을 일으켜주며 말했다.

"얘는 내가 돌봐줄게! 뭐하면 여기서 눈사람이라도 만들며 놀아도 되고. 썰매를 탈까? 이 근처에서 빌릴 수 있을 거야."

"그래도 돼?"

하루히는 동생과 츠루야 선배를 보며 말했다.

"고마워. 미안해."

"괜찮아, 괜찮아! 자, 동생. 스키 교실과 눈사람과 썰매 중 뭐가 좋니?"

"눈사람!"

동생은 큰 목소리로 대답했고 츠루야 선배는 웃으며 스키를 벗었다.

"그럼 눈사람이다. 아주 커다란 걸 만들자꾸나."

바로 눈덩이를 만들기 시작한 두 사람에게 아사히나 선배도 어울리고 싶어하는 표정으로 말했다.

"눈사람이라. 아아, 저도 저쪽이 좋을 것 같은데…."

"안 돼."

바로 하루히가 아사히나 선배의 팔을 걸고 방긋 웃으며 말했다.

"우리는 정상까지 갈 거야. 다 같이 경쟁하는 거다. 제일 먼저 아래로 내려온 사람한테 동장군 지위를 주겠어. 열심히 하자고."

아마 자기가 이길 때까지 절대로 그만두지 않을 거다. 그건 상관없는데 바로 정상행이라니, 나도 조금 겁이 나는걸. 단계적으로 올라가자고.

하루히는 콧방귀를 뀌고선,

"한심하기는. 이런 건 무조건 시작하고 보는 게 제일 재미있는 거야."

라고 말은 하면서도 웬일로 내 제안을 채택했다. 일단 중급 코스부터 갔다가 메인이벤트인 최상급 최고난이도는 마지막 한판으로 남겨놓기로 했다.

"리프트 타자. 유키, 가자! 어서 돌아와아."

주위를 빙글빙글 돌 듯 호를 그리고 있던 나가토는 그 목소리를 신호로 돌아서더니 눈을 깎으며 내 옆에 정확하게 멈춰 섰다.

"경쟁이야, 경쟁. 리프트는 사람 수만큼 프리패스를 받았으니까 해가 질 때까지… 아냐! 날이 져도 얼마든지 탈 수 있어. 자, 다들 따라와."

말 안 해도 그렇게 할 거다. 내가 눈사람 제작반에 참가 희망을 표명한다 해도 허가해주지 않을 것 같고, 코이즈미는 몰라도 나가토와 아사히나 선배를 하루히의 손 안에 넘긴 채 내버려두는 날에는 블리저드를 넘어 빙하기가 덮쳐올지도 모른다. 확실한 객관성을 가진 인격자가 따라가지 않으면 안 되지. 내게 자랑할 정도로 대단한 객관성이 있는가는 뭐, 알 수 없는 일이고 코이즈미가 즉시 갖가지 이론으로 반론을 펼 것 같지만 나는 신경쓰기를 포기했다. 왜냐하면 그런 건 이미 먼 옛날에 아무래도 좋은 일이 되어 있었기 때문이다.

멤버 전원이 기운찬 모습으로 여기에 존재하고 있고 눈은 더할 나위 없는 파우더 스노에 맑은 하늘은 한없이 푸르다. 그 하늘과 비슷할 만큼 환한 얼굴로 우리들의 단장이 손을 뻗었다.

"이 리프트는 2인승이잖아. 공평하게 가위바위보로 정하자."


자아.

그후의 전개에서 특필할 만한 사항은 별로 없다. 별도로 행동하는 츠루야 선배와 동생을 남긴 채 SOS단 정규 멤버는 리프트에 올라타 완만한 경사면을 올라갔고 아주 평범하게 스키를 즐겼다. 아래로 미끄러져 내려올 때마다 눈사람은 점점 그 형태를 이루어갔고, 츠루야 선배와 동생은 마치 또래 친구인 것처럼 밝게 웃으며 눈사람에 양동이를 씌우기도 하고 눈이나 코를 달기도 하며 즐기고 있었다. 벌써 두 개째의 눈사람을 만들려 준비하고 있던 것이 내가 본 두 사람의 최신 기억이다.

그리고 마지막 기억이 될지도 몰랐다.

몇 번째의 스키 대회전 경쟁이었을까.

순조로이 미끄러져 내려오던 우리는 어느 사이엔가…, 이게 정말 어느 사이였는지 전혀 파악이 가지 않는다. 어느 사이엔가 갑자기, 엉뚱하게도 눈보라 한가운데에 위치해 있었다. 시야는 모두 화이트아웃, 1미터 앞에 뭐가 있는지도 확인이 되지 않는다.

세차게 불어대는 강풍이 눈발을 싣고 몸을 때려댄다. 추위보다 통증이 먼저 느껴질 정도다. 훤히 드러난 얼굴이 순식간에 얼어붙었고, 숨을 쉬는 것도, 밑을 내려다보는 것도 힘들 정도로 엄청나게 강한 블리저드였다.

아무런 징조도 없었다.

선두에서 내려가던 하루히가 스키를 멈추고, 앞뒤를 다투어 나아가던 나가토도 갑자기 멈춰서고, 아사히나 선배와 같이 천천히 내려오고 있던 나와 마지막으로 내려오던 코이즈미가 모두를 따라잡

앉을 때—.

이미 눈보라는 그곳에 존재하고 있었다.

마치 누군가가 불러오기라도 한 것마냥.



···.

······.

·········.

이상으로 회상을 마치겠다. 이걸로 우리가 설산을 터벅터벅 걸어가고 있는 이유를 아셨겠지.

시야가 새하얗기 때문에 몇 미터 앞에 천 길 낭떠러지가 있다 해도 알지도 못한 채 떨어질 위험이 있다. 그런 절벽은 분명히 없었지만, 지도를 무시하고 갑자기 나타난다 해도 별로 신기할 일도 아니었고, 점프대도 아닌데 커다란 구릉에 도전하고 싶지도 않다. 절벽은 좀 과장된 말이지만, 눈으로 하얀 옷을 입은 나무에 정면으로 충돌했다간 잘못하면 코뼈가 부러질 수는 있을 거다.

"우리는 지금 어디를 걷고 있는 거지?"

이럴 때에 믿을 만한 건 나가토였다. 별로 원하던 바는 아니지만 생명보다 우선적인 것은 없다. 그렇게 나가토의 가장 정확한 내비게이션을 따라 산을 내려가고 있는데 벌써 그 상태로 몇 시간이나 경과한 상태라는 것은 처음에 말한 대로이다.

"이상하네."

중얼거리는 하루히의 목소리에도 수상쩍은 냄새가 풍기기 시작하고 있다.

"어떻게 된 거야? 이렇게까지 사람이 안 보이다니 이상하잖아. 대체 얼마나 걸었는지 알기나 하는 거야?"

그 시선이 선두에 선 나가토를 향하고 있었다. 나가토가 내려가는 방향을 잘못 짚은 게 아닌가 의심하는 표정이었다. 그렇게밖에 생각할 수 없는 상황이다. 여기는 비경도 뭐도 아닌 평범한 스키장이다. 대충 찍어서 경사면을 내려가 저절로 산기슭에 도착하지 않으면 이상한 곳이다.

"할 수 없으니 눈 집을 만들어서 비바크(주27)라도 할래? 눈이 좀 그칠 때까지 말이야."

"잠깐만."

난 하루히를 불러 세운 뒤 눈을 헤치고 나가 나가토의 옆에 섰다.

"어떻게 된 거야?"

짧은 머리가 추위에 꽁꽁 언 무표정 소녀는 날 천천히 올려다보며,

"해석 불가능한 현상."

작은 목소리로 그렇게 말했다. 커다란 검은 눈동자는 진지할 정도로 똑바로 날 응시하고 있었다.

"내가 인식할 수 있는 공간 좌표가 올바르다면, 우리의 현재 위치는 출발 지점을 벌써 지나간 장소다."

그게 무슨 소리야? 그럼 벌써 마을에 도착해야 하는 거잖아. 이렇게 걸었는데 리프트 케이블도 산장도 아무것도 안 보이는데.

"내 공간 파악 능력을 초월한 사태가 발생하고 있다."

나가토의 냉정한 목소리를 들으며 나는 크게 숨을 들이마셨다. 혀끝에 닿은 눈 결정이 증발하듯 녹았고 입에서 나오는 단어도 똑

주27) 비바크: Biwak. 독일어. 등산에서, 천막을 치지 않고 바위 밑이나 나무 그늘, 눈구덩이 따위를 이용한 간단한 야영을 이르는 말.

같이 흩어져 사라져버렸다.

나가토의 능력을 초월하는 사태?

묘한 예감은 이거였나.

"이번엔 누구 짓이야?"

"……."

나가토는 생각에 잠기듯 침묵했고, 휘몰아치는 눈의 난무를 눈도 깜박이지 않고 바라보았다.

우리 모두 스키장에 손목시계도 휴대전화도 가져오지 않았기 때문에 현재 시각도 알 수 없었다. 츠루야 선배네 별장을 출발한 것은 오후 3시경이었던가? 그로부터 몇 시간이 지났을 게 분명한데 구름이 자욱한 하늘은 여전히 흐릿하니 밝았다. 하지만 두꺼운 구름과 눈보라 때문에 태양의 위치가 전혀 파악되지 않는다. 반짝이끼에 덮인 동굴 속에 있는 것만 같은 불가사의한 빛으로, 나는 사랑니 깊숙한 안쪽이 금속 맛이 나는 통증을 호소하기 시작하는 것을 느꼈다.

가도가도 눈의 벽이 막아선 상황에 하늘은 회색 일색.

어디선가 체험했던 것 같은 광경과 조금 비슷하다는 느낌이 강하게 드는 것이다.

설마—.

"앗!"

바로 옆에서 하루히가 소리를 질러 난 심장이 늑골을 꿰뚫고 나오는 게 아닌가 싶을 만큼 놀랐다.

"야, 놀라게 하지 좀 마. 왜 그리 큰 소리를 내고 그래."

"쿈, 저기 봐."

하루히가 바람에도 굴하지 않고 일직선으로 가리킨 곳—.

그곳에 작은 불빛이 반짝이고 있었다.

"뭐지?"

눈을 부릅떴다. 눈발이 섞인 바람 때문에 깜박이고 있는 것처럼 보이지만 광원 자체는 이동하지 않고 있었다. 교미를 끝낸 반딧불이처럼 희미한 불빛이다.

"창에서 새어나오는 빛이야."

하루히의 목소리에 희색이 감돌았다.

"저기에 건물이 있는 거야. 잠깐 쉬게 해달라 그러자. 이대로는 동사하겠어."

그 예언은 이대로 가면 사실이 되겠지. 하지만 건물이라고? 이런 곳에 말이야?

"이쪽이야! 미쿠루, 코이즈미. 잘 따라와야 해."

인간 제설차가 된 하루히가 힘차게 길을 만들며 앞서 나갔다. 코이즈미는 추위와 불안감과 피로 때문인지 몸을 덜덜 떨고 있는 아사히나 선배를 감싸듯 잡아주며 하루히의 뒤를 따랐다. 스쳐지나가며 속삭인 말이 내 마음을 더욱 춥게 만들었다.

"분명히 인공 불빛이네요. 하지만 조금 전까지 저런 곳에 불빛은 없었는데요. 이래봬도 주위에 계속 눈길을 주고 있었으니 틀림없습니다."

"……"

나가토와 나는 묵묵히 스키로 눈을 치우며 길을 만들고 있는 하루히의 등을 바라보았다.

"어서, 어서! 쿈, 유키! 뒤처지면 안 돼!"

달리 길은 없었다. 얼음 절임이 되어 백년 후에 뉴스 기사에 나는 것보다는 조금이라도 생존 가능성이 있는 쪽에 거는 편이 낫다. 그게 누군가가 만든 함정으로 들어서는 입구라 하더라도 달리 길이 없다면 그곳을 택하는 게 유일하게 선택할 수 있는 방향이다.

나는 나가토의 등을 밀며 하루히가 만들어낸 눈길을 걷기 시작했다.


가까이 다가가자 빛의 정체가 선명해졌다. 하루히의 인간 같지도 않은 시력을 칭찬해줘도 되겠군. 틀림없이 창에서 새어나오는 실내등의 불빛이었다.

"집이야. 무지하게 큰…."

하루히는 일단 멈춰 서서 고개를 수직으로 들어 감상을 말한 뒤 다시 걷기 시작했다.

나도 거대한 건물을 올려다보며 더욱 암담한 심정을 느꼈다. 하얀 눈과 회색빛 하늘 속에서 그 저택은 그림자로 만든 그림처럼 우뚝 서 있었다. 어딘지 모르게 흉흉하게 느껴진 것은 익숙하지 않은 외관 때문만은 아닌 것 같다. 저택이라기보다 성에 가까운 위용을 자랑하는 그것의 지붕 위에는 용도가 불확실한 첨탑이 여러 개 솟아 있었고 빛의 장난 때문인지 외장이 무척 검어 보였다. 그런 건물이 설산 한가운데에 서 있는 것이다. 이게 수상하지 않다면 전국의 사전에서 수상하다는 단어의 항목을 모두 바꿀 필요가 있다.

눈보라치는 설산. 조난 중인 우리들. 방향을 잃고 걸어가고 있던 중 발견한 작은 불빛. 그리고 도착한 곳은 기묘한 서양식 저택—.

바로 이런 조건이 갖춰져 있다. 다음에 나타날 건 이번에야말로 수상한 저택의 주인이든가 기이하게 생긴 괴물? 그럼 그 이후의 스토리는 미스터리나 호러, 둘 중 하나로 나뉘는 건가?

"실례합니다!"

하루히는 재빨리 현관문을 향해 소리쳤다. 인터폰도 노커도 없었다. 투박한 문이 하루히의 주먹을 얻어맞았다.

"누구 없어요?!"

구타를 반복하는 하루히의 뒤에 서서 나는 다시 한번 저택을 올려다보았다.

그런데 참 너무나도 준비된 듯한 느낌이 감도는 상황 설정과 무대 장치. 이게 코이즈미가 만든 장치가 아니라는 것은 알고 있다. 여기서 저택 문을 열었더니 아라카와 씨와 모리 씨가 공손히 인사를 하며 나온다면 더 바랄 게 없을 텐데…. 나가토가 스스로 자신의 능력을 초월했다고 증언한 점에서 봐도 그렇게 될 리가 없다는 건 명확하다. 코이즈미 일행이 나가토보다 뛰어날 거라고는 생각할 수 없었고, 만약 나가토를 끌어들여 몰래 카메라의 일부에 가담을 시켰다 해도 나가토는 나에게만은 거짓말을 하지 않는다.

하루히는 맹렬한 눈보라에 뒤질세라 고함을 지르고 있었다.

"길을 잃었거든요! 잠깐이라도 좋으니 좀 쉴 수 없을까요? 눈 속에서 헤매느라 무척 힘들어요!"

나는 돌아서서 사람들이 다 있는 것을 확인했다. 나가토는 평소와 같이 비스크 돌과 같은 표정으로 하루히의 등을 바라보고 있었다. 아사히나 선배는 움찔거리는 표정으로 자신의 몸을 꼭 껴안고선 귀엽게 재채기를 한 뒤 빨개진 코끝을 문질렀다. 코이즈미의 안면에서도 능글거리는 웃음은 사라지고 없었다. 팔짱을 끼고 갸웃 거리고 있는 목, 씁쓰름한 뭔가를 깨물기라도 한 듯한 표정을 짓고 생각에 잠긴 코이즈미는 문이 열리는 게 좋을지 계속 닫혀 있는 게 좋을지 고민하는 햄릿 같은 분위기를 띠고 있었다.

하루히가 내는 소음은 이것이 우리 집 근처였다면 벌써 고성방가 수준에 달할 정도였다. 그럼에도 문 안쪽에서는 아무런 대답이 없 었다.

"집을 비웠나?"

장갑을 벗고 주먹에 숨을 불어넣으며 하루히는 원망스러운 듯 말 했다.

"불이 켜져 있으니까 사람이 있을 줄 알았는데…. 어떡하지, 콘?"

나한테 물어봤자 바로 대답하기 힘든 문제인데. 트랩 냄새가 나 는 장소에 힘차게 뛰어든 건 자기 마음먹은 대로 행동에 옮기고 보 는 열혈 히어로의 역할이다.

"눈과 바람이라도 막을 수 있는 장소가 있으면 좋을 텐데…. 근 처에 창고나 뭐 그런 거 없어?"

하지만 하루히는 별채를 찾으러 주위를 둘러보지 않았다. 나는 다시 장갑을 낀 손이 눈과 얼음이 달라붙어 있는 손잡이를 쥐는 것 을 보았다. 기도하는 듯한 옆모습이 숨을 토해낸다. 진지한 표정으 로 하루히는 천천히 손잡이를 비틀었다.

막아야 했을지도 모른다. 최소한 나가토의 충고를 들은 뒤에 판 단했어야 한다는 생각도 들었다. 하지만 모든 것은 너무 늦어—.

마치 저택 자체가 입을 벌리기라도 한 것처럼.

문이 열렸다.

인공 불빛이 우리들의 얼굴을 환하게 비추었다.

"문이 안 잠겼었구나. 누가 있으면 나와줘도 됐잖아."

하루히는 스키와 폴을 건물 벽에 세워두고는 앞장서서 안으로 들어갔다.

"누구 없어요! 실례하겠습니다!"

할 수 없지. 우리도 단장의 행동을 모방하기로 했다. 제일 마지막에 들어온 코이즈미가 문을 닫자 몇 시간 만에 냉기며 추위며 귀에 거슬리는 소리와 일차적으로 작별을 고할 수가 있었다. 역시 안심을 했는지,

"후에에."

아사히나 선배가 털썩 주저앉았다.

"야, 아무도 없는 거야!"

하루히가 지르는 고함을 들으며, 밝고 따뜻한 기운이 뼛속까지 스며드는 것을 느꼈다. 마치 한겨울에 밖에서 돌아온 직후에 뜨거운 물에 몸을 담근 것 같은 느낌이다. 머리와 스키복에 쌓여 있던 눈이 순식간에 녹아 바닥에 웅덩이를 만든다. 난방이 켜져 있었다.

하지만 인기척은 없다. 슬슬 누군가가 나타나 성가시다는 표정을 숨기지도 않은 채 하루히를 내쫓아도 될 법한 전개인데 외침에 응하는 등장인물은 아무도 없었다.

"유령의 저택은 아니겠지."

나는 그렇게 중얼거리며 그 저택의 내부를 둘러보았다. 문을 열자마자 바로 연회장이 나오는 구조였다. 고급 호텔 로비라고 하면

좀더 이해하기 편하려나. 뻥 뚫린 천장은 무척 높은 곳에 있었는데, 여기에 거대한 샹들리에가 훤하게 불을 밝히고 있었다. 바닥에 깔린 건 짙은 주홍빛 융단이다. 외장은 기괴한 성 같아도 그 안은 제법 현대적으로 한가운데에는 제법 폭이 넓은 계단이 있어 2층 통로로 이어지고 있었다. 여기에 클로크(주28)라도 있었다면 정말 호텔에 온 거라고 착각을 했을 것이다.

"찾아보고 올게."

기다려도 나타나지 않는 저택의 주인에게 짜증이 난 것은 하루히였다. 축축하게 젖은 스키복에서 탈피를 하듯 기어나오더니 발로 차서 스키 부츠까지 벗어 던졌다.

"비상사태니까 어쩔 수 없지만 허락도 없이 들어왔다 나중에 무슨 소릴 듣는 건 싫잖아. 누가 없는지 보고 올 테니까 다들 기다리고 있어."

역시 단장이라 이건가, 마치 대표자처럼 말하고선 하루히는 양말 바람으로 달려가려 했다.

"잠깐만."

멈춰 세운 것은 나였다.

"나도 간다. 너 혼자서는 어떤 실례를 저지를지 불안해."

서둘러 옷과 부츠를 벗었다. 갑자기 몸이 가벼워졌다. 눈보라치는 산 속을 걸어 다니느라 쌓였던 피로를 모조리 의복에 실어 벗어 던진 것만 같은 기분이다. 나는 거치적거리는 옷을 건네며 말했다.

"코이즈미, 아사히나 선배와 나가토를 부탁한다."

설산 탈출에는 전혀 도움이 되지 않은 초능력 소년은 입술을 틀 듯 웃음을 지으며 인사로 대답했다. 나를 올려다보는 아사히나 선

주28) 클로크: cloak room의 약칭. 호텔이나 극장 등에서 외투나 소지품 등을 맡기는 곳.

배의 걱정에 찬 얼굴과 묵묵히 서 있는 나가토를 흘낏 쳐다보고선 말했다.

"가자. 이렇게 넓으니까 안까지 목소리가 안 들렸는지도 몰라."

"왜 네가 나서고 그래? 이럴 때는 말이지, 리더십을 발휘하는 건 한 명이 맡는 게 좋아! 내 말대로 해."

지기 싫다는 듯 말하면서 하루히는 슬쩍 내 손목을 잡고는 대기하고 있는 단원 셋에게 말했다.

"금방 돌아올게. 코이즈미, 두 사람을 부탁해."

"알겠습니다."

코이즈미는 평범한 미소로 돌아와 하루히에게 대답했고, 내게도 고개를 끄덕였다.

아마 이 녀석은 나와 같은 생각을 하고 있을 거다.

이 저택을 구석구석 수색해봐도 사람의 그림자를 찾을 수는 없을 거다.

왜인지 몰라도 나는 그런 예감이 들었다.


하루히는 제일 먼저 위층을 수색하기로 했다. 연회장의 커다란 계단을 오르자 좌우로 갈라진 통로가 길게 뻗어 있었고 통로 좌우 양쪽에 세어볼 마음이 살짝 사라질 정도로 많은 목제 문이 줄지어 있었다. 시험삼아 하나 열어보았다. 순순히 열린 문 안쪽은 산뜻한 분위기의 서양식 침실이었다.

복도 양쪽으로 다시 계단이 나 있어서 나와 하루히는 다시 한 층 더 위로 올라가기로 했다. 어디로 갈지는 하루히에게 달려 있었다.

"저쪽. 다음에는 이쪽."

하루히는 한 손으로 방향을 확인하며 다른 한 손으로는 내 손목을 잡아끌고 있었다. 새로운 층에 도착할 때마다 "누구 없습니까!"라고 가까운 거리에서 고함치는 큰 목소리에 귀를 막고 싶어졌지만 그조차도 불가능했다. 나는 하루히가 가리키는 대로 그저 따라가기만 하고 있었다.

수가 너무 많아 무작위로 문을 열어 그 모두가 비슷하게 생긴 침실이라는 것을 확인하며 우리는 4층까지 올라갔다. 저택의 통로는 밤이면 자동으로 불이 켜지는지 어느 층이나 불이 환하게 밝혀져 있었다.

이번에는 어느 문을 열까 눈으로 고르고 있는데.

"이렇고 있으니까 여름이 생각난다. 배를 찾으러 밖에 나갔을 때 말이야."

…아아, 그런 일도 있었지. 나는 지금처럼 하루히에게 끌려 폭우 속을 걸어다녔던 적이 있었다.

내가 세피아색의 기억 속 필름을 되감고 있는데 갑자기 하루히가 멈춰 섰고 손목을 잡혀 있던 나도 멈춰 섰다.

"나 말이야."

하루히는 낮게 깔린 목소리로 이야기를 시작했다.

"언제부터인지는 잊었지만 언젠가부터…, 가능한 한 남들과는 다른 길을 걷기로 했어. 아, 이 길은 평범한 도로가 아니라 방향성이나 지향성을 말하는 거야. 살아가는 길 같은 거 말이야."

"흐음" 하고 맞장구를 쳤다. 그래서 뭔가?

"그러니까 다른 사람들이 선택할 것 같은 길은 미리 피하고 늘 다른 쪽으로 가려고 했던 거지. 사람들하고 똑같은 곳으로 가봤자 대개 재미없는 일들뿐이었거든. 왜 이렇게 하나도 재미없는 걸 선택하려 드는지 이해가 안 갔어. 그리고 깨달은 거야. 그럼 처음부터 다른 사람들과는 다른 쪽을 선택하면, 어쩌면 재미있는 일이 기다리고 있지 않을까 하고 말이지."

근본적으로 꼬인 인간은 메이저라는 이유만으로 그 메이저에게 등을 돌리곤 한다. 이해득실을 떠나 자진해서 마이너리티의 길을 선택하는 것이다. 내게도 다소 그런 경향이 있기 때문에 하루히가 무슨 말을 하는지 이해하지 못하는 건 아니었다. 다만, 넌 너무 극단으로 달리다 못해 메이저니 마이너와는 완전히 다른 차원으로 가는 것 같거든.

하루히는 미묘한 웃음을 지었다.

"뭐, 그런 건 아무래도 좋은데."

뭐냐? 내 대답을 들을 필요도 없는 거라면 처음부터 묻지를 마라. 이 상황을 어떻게 생각하고 있는 거야. 느긋하게 농담이나 하고 있을 때가 아니잖아.

"그보다 신경이 쓰이는 게 있어."

"이번에는 뭔데?"

지긋지긋하다는 느낌을 담아 대답한 내게.

"유키랑 무슨 일 있었어?"

……

하루히는 나를 보지 않고 똑바로 앞의 복도 끝을 바라보고 있었다.

내 대답은 한 박자가 훨씬 넘게 뒤처져 나왔다.

"…무슨 소리야? 일이 있기는 뭐가."

"거짓말. 크리스마스이브 때부터 계속 너는 유키에게만 신경 쓰고 있잖아. 항상 유키를 보고 있고 말이야."

하루히는 여전히 복도 끝을 투시하려 노력하고 있었다.

"머리를 얻어맞아서 그런 건 아니지? 아니면 뭐야. 유키한테 묘한 흑심을 품었거나 그런 건 아니겠지?"

나가토만 바라보고 있다는 자각은 내 심정상 전혀 없다. 기껏해야 아사히나 선배랑 해서 6대 4의 비율로…, 이런 소릴 하고 있을 때가 아니잖아.

"아니…."

말꼬리를 흐리는 수밖에 없었다. 예의 소실 건 이후 지금까지 내가 나가토를 나름대로 신경 쓰고 있다는 것을 하루히가 알아차렸고, 말뿐이긴 해도 부정어를 쓰기에는 내 자신이 꺼려진다. 하지만 설마 이 녀석한테 들켰을 줄은 생각도 못 했기 때문에 모범 답안도 준비하지 못한데다 사실을 그대로 말할 수도 없는 노릇이었다.

"말해."

하루히는 과장되게 시원시원히 말했다.

"유키도 조금 이상해. 보기에는 전과 달라진 게 없지만 나는 알수 있다 이거야. 너 유키한테 뭔가 했지?"

불과 두세 마디의 말로 흑심에서 기정사실로 옮겨가려 하고 있다. 이대로 내버려뒀다간 다른 사람들에게 돌아갈 때까지 나와 유키는 정말로 '뭔가 있었다'고 되어버릴 우려가 있다. 실제로 무슨 일이 있었던 건 맞는 말이니 완전히 부정하기도 어렵다.

"아, 저기 말이지…."

"속여넘기려 해도 안 통해. 음흉하기는."

"아니야. 나랑 나가토 사이에는 그런 일 없어. 음…, 실은…."

어느 사이엔가 하루히는 내게 양궁의 표적을 노려보는 듯한 눈길을 보내고 있었다.

"실은?"

도전하는 듯한 눈빛의 하루히에게 나는 겨우 말을 꺼냈다.

"나가토는 고민을 갖고 있어. 그래. 그래. 얼마 전에 나한테 그 일에 대해 상담을 했었거든."

생각하는 것과 말하는 것을 동시 진행으로 해나가는 건 힘든 일이네. 그게 되는 대로 튀어나오는 소리라면 더더욱 그렇다.

"솔직히 말해서 그건 아직 해결이 안 됐어. 뭐랄까…, 그러니까…, 간단하게 말해서 나가토가 스스로 해결해야 하는 일이거든. 내가 할 수 있는 건 얘기를 들어주고 나가토가 어떻게 하고 싶은지 스스로 결정하게 해주는 것 정도야. 나가토는 아직 해답을 보류 중이라 상담을 해주는 입장인 나도 신경이 쓰이는 거지. 그게 눈으로 나타났던 모양이야."

"무슨 고민인데? 왜 너 같은 거한테 상담하는 거야? 나도 있는데."

의혹이 풀리지 않았다는 말투다.

"유키가 나나 코이즈미보다 너를 더 의지할 것 같지는 않은데."

"너만 아니면 아무라도 상관없었겠지."

매섭게 눈썹을 위로 치뜬 하루히를 나는 자유로운 손으로 막았다. 겨우 머리가 돌아가기 시작하는군.

"그러니까 이런 거야. 나가토가 왜 혼자 사는지 아냐?"

"집안 사정 때문 아냐? 캐묻는 건 좀 그렇다 싶어서 자세한 사정은 모르지만."

"그 가정 사정이 조금 전개를 보이고 있거든. 결과 여하에 따라 나가토는 이제 혼자 살지 않아도 될지도 몰라."

"무슨 소리야?"

"간단하게 말해 이사지. 그 맨션을 떠나 멀리… 친척집에 갈 가능성이 있어. 당연히 학교도 바뀌겠지. 쉽게 말해 전학이야. 내년 봄 2학년에 올라갈 때에 맞춰서 다른 학교로…."

"정말?"

하루히의 눈썹이 천천히 내려간다. 이렇게 되면 내 손에 들어온 거나 마찬가지다.

"그래. 하지만 나가토는 가정 사정이 어떻든 전학은 가기 싫대. 졸업할 때까지 키타고에 있고 싶다더라."

"그래서 고민하고 있었구나."

하루히는 잠시 고개를 숙였지만 다시 들었을 때엔 화가 난 얼굴을 하고 있었다.

"그런 일이야말로 나한테 말했어야 하잖아. 유키는 소중한 단원이라고. 멋대로 다른 데로 가는 건 용서하지 않을 거야."

그 말을 들은 것만으로도 나는 만족이다.

"너한테 상담을 하면 괜히 얘기가 꼬일 거라 생각했겠지. 네 성격에 나가토의 친척한테 쳐들어가서 전학은 죽어도 반대한다고 데모를 할지도 모르는 거잖아."

"하긴."

"나가토는 스스로 결판을 내기로 결심을 했어. 조금 고민하고는 있지만 마음은 그 동아리방에 있는 거지. 하지만 계속 혼자서 생각해봤자 마음에 부담만 가니까 누군가에게 이야기하고 싶었나봐. 마침 내가 입원해 있을 때 나가토가 혼자 문병을 와줬고, 그때 들은 거야. 우연히 거기에 다른 사람은 아무도 없고 나만 있었던 거고. 그게 다야."

"그래…."

하루히는 가볍게 숨을 내쉬었다.

"저 유키가… 그런 일로 고민을 하고 있었던 거야? 즐거워 보였는데. 방학하기 전에 복도에서 우연히 마주친 컴퓨터 연구부 부하 부원들이 공손히 인사를 하더라. 기분 나쁘지는 않다는 표정이었는데…."

나는 기분 나쁘지는 않다는 표정을 짓는 나가토를 머릿속에 그려보았지만, 도저히 상상이 가지 않아 고개를 흔들었다. 하루히는 고개를 들고선 말했다.

"하지만, 음, 뭐, 그래. 유키답다고 하면 유키답네."

믿어주는 것 같아서 나도 안도의 한숨을 쉬었다. 이 거짓말의 어디에 나가토다운 구석이 있는지 내가 생각해도 신기하지만, 하루히에겐 나가토가 그런 느낌의 소녀로 보이고 있나보다. 나는 이야기를 마무리로 끌고 갔다.

"여기서 말한 건 비밀이다. 실수로라도 나가토한테는 말하지 마. 걱정 마라. 녀석이라면 새 학년이 되어도 동아리방에서 얌전히 책을 읽고 있을 거야."

"물론, 그렇지 않으면 안 되지."

"하지만 말이야."

나는 하루히에게 잡힌 손목의 열기를 느끼며 덧붙였다.

"만약에 만에 하나 말이야. 나가토가 결국 전학을 간다고 하거나 누가 억지로 끌고 가려고 하면 마음대로 난동을 부려라. 그때는 나도 네게 가담할 테니까."

하루히는 눈을 두 번 정도 깜박인 뒤 나를 멍한 얼굴로 올려다보았다. 그리고 최고의 미소를 지어 보이며 대답했다.

"물론이지!"


나와 하루히가 1층 입구 로비로 돌아오자 스키복을 벗고 기다리고 있던 세 사람이 각자 다른 반응을 보이며 맞이해주었다.

무슨 이유에선지 아사히나 선배는 보자마자 울먹이는 얼굴을 지었다.

"콘, 스즈미야 씨…. 다행이다아, 돌아와줘서어…."

"미쿠루, 왜 울고 그래? 금방 돌아오겠다고 했잖아."

하루히는 기분 좋게 말하며 아사히나 선배의 머리를 쓰다듬었지만, 내 눈에는 코이즈미의 표정이 눈에 거슬렸다. 뭐냐, 그 아이 콘택트는. 그런 의미 불명의 신호를 보내도 내 가슴에는 전달되지 않는다.

다른 한 명인 나가토는 멍하니 선 채 검은 눈을 하루히에게 향하고 있었다. 평소보다 더 멍해 보이는데, 우주인제 유기생명체에게도 제설차와 같은 눈 속 행군은 부담이었나보다는 해석으로 나는 그 모습을 이해했다. 나가토가 무감정한 존재가 아니라는 건 이미 알고 있는 상황이다. 지금의 나는 그걸 알고 있는 입장이다.

"잠깐 좀 보실래요?"

코이즈미가 은근슬쩍 다가와 내게 귓속말을 했다.

"스즈미야 씨에게는 비밀로 해두고 싶은 게 있습니다."

그렇게 말하니 묵묵히 귀를 기울이는 수밖에 없겠군.

"당신의 체감으로 상관없습니다. 당신과 스즈미야 씨가 이 자리를 떠났다 돌아오기까지 시간이 얼마나 걸렸다고 생각하십니까?"

"30분도 안 지났을걸."

도중에 하루히의 얘기를 듣고 거짓말을 늘어놓기도 하긴 했지만 느낌상으로는 그 정도다.

"그렇게 말씀하실 줄 알았습니다."

코이즈미는 만족한 건지 난처한 건지 알 수 없는 표정을 지었다.

"남겨진 우리들에게는요, 당신과 스즈미야 씨가 탐색을 나갔다 여기로 귀환하기까지 3시간 이상이 경과했거든요."


코이즈미는 그 측정을 해준 사람은 나가토였다고 말했다.

"당신들이 너무 늦어서요."

완전히 마른 앞머리를 튕기며, 이 녀석은 니힐하게 미소를 지었다.

"생각난 걸 시험해보기로 했어요. 나가토 씨에게 내 눈에 보이지 않는 멀리 떨어진 곳에 갔다와달라고 의뢰를 했죠. 초를 정확하게 세기로 약속한 뒤, 10분 후에 돌아오기로 약속을 하고서요."

나가토는 순순히 그 말에 따랐다고 했다. 이 입구에서 옆으로 나 있는 통로로 걸어가 모퉁이를 돌아 사라졌고ㅡ.

"그런데 나가토 씨는 제가 200을 채 세기도 전에 돌아왔습니다. 제 감각으로는 3분도 지나지 않았다는 건 의심할 여지도 없죠. 하지만 나가토 씨는 틀림없이 10분을 쟀다고 말했어요."

당연히 나가토가 맞을 거다. 네가 도중에 졸았거나 숫자를 잘못 셌거나 했겠지.

"아사히나 씨도 저와 거의 비슷한 숫자를 작은 목소리로 가르쳐 주었는데요."

그럼… 역시 나가토가 맞을 것 같은데.

"저도 나가토 씨의 카운트를 의문시하지는 않습니다. 그녀가 이런 수학적 단순 작업에서 실수를 범할 리는 없으니까요."

그럼 대체 뭐냐? 라는 세계로군.

"이 저택은 장소에 따라 시간이 흐르는 속도가 달라지거나…, 혹은 존재하는 개개의 인간에 따라 주관 시간과 객관 시간에 차이가 발생하거나, 그 둘 중 하나 아니면 양쪽 다일 수도 있겠죠."

코이즈미는 시원스런 얼굴로 아사히나 선배를 거칠게 위로하는 하루히를 바라보았다가 다시 내게로 고개를 돌렸다.

"가능한 한 모두 같이 모여 있는 게 좋을 것 같네요. 안 그랬다간 점점 시간의 오차가 생깁니다. 그것뿐이라면 다행이죠. 이 건물 내부에만 시간적으로 문제가 있는 거라면 대처 방법이 없는 것도 아닙니다. 하지만 우리가 이끌리듯 이곳에 온 그 이전부터 오차가 시작되었다면 어떨까요? 갑작스런 눈보라와 걸어도 목적지에 도착할 수 없는 산길에 대해 당신은 어떤 상상을 했습니까? 우리가 그 시점에서 이미 다른 시공간에 휘말려든 거라면…."

하루히의 손에 머리가 마구 헝클어지고 있는 아사히나 선배를 본 뒤 나가토를 보았다. 눈보라로 엉망이 되었던 머리 모양은 깨끗이 말라 원래 모양으로 돌아와 있었다. 눈보다는 온기가 느껴지는 하얀 피부다.

나도 코이즈미에게 속삭였다.

"네 성격에 나가토와 아사히나 선배와는 이미 얘기를 했겠지. 무슨 얘기를 했냐?"

"아사히나 선배는 전혀 짐작 가는 바가 없다고 합니다."

그건 저 모습을 보면 알 수 있다. 중요한 건 다른 한 명이다.

코이즈미는 더욱 목소리를 낮추었다.

"그게, 아무 대답도 없었어요. 제가 조금 전에 의뢰를 했을 때도 한 마디도 없이 걸어갔다가 돌아온 뒤로도 아무 말이 없었습니다. 정말로 10분이 지났냐고 물었더니 고개를 끄덕이기는 했는데 그 외에는 어떤 의사 표시도 없어요."

나가토는 빨간 융단의 표면을 가만히 주시하고 있었다.

내가 나가토에게 신경을 쓰려고 하는데,

"쿈, 뭐 하는 거야? 사람들한테 보고를 해야 하잖아."

하루히가 낚아올린 월척을 자랑하는 것 같은 목소리로 부르며 사람들을 쳐다보았다.

"방금 둘러보았는데 2층 위로는 전부 침실이었어. 전화가 없을까 했는데…."

"응, 없었다"고 나도 부가 정보를 말했다. "참고로 TV도 라디오도 없었어. 모듈러 잭과 무전기로 보이는 기계도 없었고."

"그렇군요."

코이즈미는 손끝으로 턱을 쓰다듬었다.

"그러니까 어디에 연락을 취하거나 외부에서 정보를 얻을 수단은 아무것도 없다는 말이로군요."

"적어도 2층 위로는 그래."

하루히는 불안이라고는 찾아볼 수 없는 미소를 지었다.

"1층 어디에 있으면 좋겠는데. 있지 않을까? 이렇게 커다란 저택이니, 통신전용 방이 있을지도 몰라."

그럼 찾으러 가자고 하루히는 깃발 대신 손을 흔들며, 암담한 표정의 아사히나 선배를 잡아당겼다.

나와 코이즈미, 조금 늦게 나가토도 걸음을 옮겼다.

잠시 뒤 우리는 식당에 자리를 잡았다. 고풍스러운 내장이 되어 있는 이 공간은 들어가본 적이 없어 잘은 모르겠지만 별 세 개짜리 레스토랑 같은 널찍한 공간과 화려함을 겸비하고 있었다. 하얀 테이블보가 깔린 테이블에는 황금색으로 빛나는 초까지 세워져 있었고 천장을 올려다보니 그곳에도 화려한 샹들리에가 달려 SOS단을 차갑게 내려다보고 있었다.

"정말 아무도 없었네."

하루히는 따뜻한 김이 나는 찻잔을 입가로 가져가며 말했다.

"여기 사는 사람들은 대체 어떻게 된 걸까? 불도 난방도 다 켜놓고선 말이야. 전기세가 아깝다. 통신실도 없고 말이지. 어떻게 된 거지?"

하루히가 후루룩거리고 있는 핫 밀크티는 레스토랑 같은 이 식당 안쪽 주방에서 잔과 주전자를 무단으로 빌려 끓인 것이다. 아사히나 선배가 물을 끓이는 동안에 하루히와 살펴보았는데, 그 안에는 깨끗이 씻어 잘 말린 것으로 보이는 반짝이는 식기가 있었고, 특대 냉장고에는 음식이 가득 갖춰져 있었다. 도저히 오랫동안 사람이 안 사는 저택으로 방치되어 있었다고 보기는 힘들었다. 마치 우리들이 도착함과 동시에 사람들이 짐을 싸서 나가버린 게 아닌가 싶은 분위기다. 아니, 그것도 의심스럽군. 그렇다면 조금이라도 인기척이 남아 있을 텐데 말이야.

"마치 마리 셀레스트 호(주29) 같다."

하루히의 말은 나름 농담이겠지만 별로 안 웃긴다.

1층의 탐험은 다섯 명이 같이 했다. 줄지어 걸어가던 우리는 문을 발견할 때마다 차례로 열어보았고 그때마다 쓸 만한 물건들을 발견했다. 거대한 건조기가 놓인 세탁실을 발견하고, 최신 기재를 갖춘 노래방을 찾고, 목욕탕처럼 넓은 욕실을 찾고, 당구와 탁구대와 전자동 마작판이 설치된 오락실을 찾고….

원하는 게 있으면 바라는 그대로의 방이 생겨나는 게 아닐까 생각이 들 정도다.

"가능성으로는."

코이즈미가 잔을 받침에 내려놓고선 금색 촛대를 가지고 놀 듯 손에 들었다. 그대로 슬쩍할 생각일까 했는데 세공을 꼼꼼히 감정하는 눈빛으로 살펴보고는 바로 내려놓았다.

"이 저택에 있던 사람들은 눈보라가 치기 전에 다 같이 멀리 나갔다가 이 악천후로 인해 돌아오지 못하고 있다고도 생각해볼 수 있겠습니다."

옅은 미소를 여봐란 듯 하루히에게 지으며 말했다.

주29) 마리 셀레스트 호: 1861년 노바스코샤의 스펜서 섬에서 건조되어 아마존 호로 명명되었다가 1867년 마리 셀레스트 호로 이름을 바꾼 선박. 승무원과 선장, 선장의 식구가 모두 감쪽같이 사라진 사건으로 유명한 배이다.

"그렇다면 눈보라가 그치는 대로 돌아오겠죠. 허락 없이 들어온 무례함을 용서해주면 좋겠습니다만."

"용서해줄 거야. 달리 다른 방법이 없었잖아. 아, 어쩌면 이 저택은 우리들처럼 길을 잃은 스키장 손님들의 피난처가 아닐까? 그렇다면 사람이 없는 것도 이해가 안 되는 건 아닌데."

"전화도 무전기도 없는 피난처가 어디 있냐."

내 목소리는 지쳐 있었다. 다섯 명이 1층을 돌아다닌 끝에 알아낸 것은 그게 전부였다. 통신 수단과 뉴스를 접할 매체뿐만 아니라, 이 건물에는 시계도 없었다.

그 이전에 이 저택은 건축 기준법과 소방법을 확실하게 무시하고 있는 것 같다는 생각을 하며 말했다.

"대체 어느 누가 이런 크기만 하고 불편하기 그지없는 피난처를 만드는데?"

"국가나 지자체 아냐? 세금으로 운영되는 데는 아닐까. 그렇게 생각하면 이 홍차도 마음 편히 마실 수 있잖아. 세금이라면 나도 내고 있으니까 사용할 권리가 있지. …그래, 배도 고픈데 뭐 좀 만들어 먹자. 도와줘, 미쿠루."

한번 마음을 먹으면 다른 사람의 의견에 좌우되지 않는 하루히이다. 재빨리 아사히나 선배의 손을 잡고선,

"네? 아, 예, 예."

걱정스런 눈동자를 우리에게 보내는 그녀를 주방으로 연행해 데려갔다. 아사히나 선배에게는 죄송한 마음뿐이었고 코이즈미가 말하는 시간의 흐름도 신경이 쓰였지만, 하루히가 사라진 것은 고마운 일이었다.

"나가토."

나는 텅 빈 도자기를 바라보고 있는 쇼트커트의 옆얼굴에게 말했다.

"이 저택은 뭐야? 여기는 어디냐?"

나가토는 딱딱하게 굳은 채 움직이지 않았다. 그리고 30초 정도 지난 뒤 대답했다.

"이 공간은 내게 부하를 준다."

그렇게 툭하니 말을 하셔도요.

모르겠습니다. 대체 무슨 소리야? 나가토의 크리에이터인지 후원자인지한테 연락을 취해 손을 써달라고 할 수는 없는 거냐? 이상 사태란 말이야. 가끔은 도와줄 수도 있잖아?

겨우 내 쪽을 돌아본 얼굴에는 아무런 표정도 없었다.

"정보 통합 사념체와의 연결이 차단되어 있다. 원인 해석 불능."

너무나도 담담한 대답에 이해하기까지 조금 시간이 걸렸다. 마음을 다잡고 나는 질문을 했다.

"…언제부터?"

"내 주관 시간으로 6시간 30분부터다."

감각이 사라졌으니 숫자로 말을 해도 이해하기 힘들다는 생각을 하고 있는데,

"눈보라에 휘말린 순간부터."

커다란 검은 눈동자가 담긴 눈이 평소와 마찬가지로 자분한 색을 띠고 있다. 하지만 내 마음은 안타깝게도 차분함을 유지해주지 못했다.

"왜 그때 말을 안 한 거야?"

책망하는 건 아냐. 나가토가 침묵하는 버릇이야 통상적인 이 녀석이라는 증거 같은 것이니 별수 없는 거라기보다는 그렇지 않으면 안 되는 거니까 말이다.

"그렇다면 여기는 현실에 존재하는 장소가 아닌 거냐? 이 저택뿐만 아니라… 우리가 계속 걸어온 설산부터 모두 다 누군가가 만든 이공간이나 뭐 그런 거냐?"

나가토는 다시 침묵했다 잠시 뒤,

"모르겠다."

어딘지 모르게 쓸쓸한 분위기를 풍기며 고개를 숙였다. 그 모습이 언젠가 봤던 나가토를 상기시켜 초조한 기분이 들었다. 그런데 말야, 이 녀석한테도 모른다는 그런 기가 막힌 현상이 하루히와 관련된 일 이외에 있었을 줄은 몰랐다.

나는 위를 올려다보며 또 다른 SOS단 단원에게 말했다.

"너는 어떠냐? 뭐 할 말 없어?"

"나가토 씨를 차치하고 제가 이해할 수 있는 현상도 그렇게 많지는 않습니다만."

흥미가 동한다는 듯한 눈길을 나가토에게 던지고 있던 부단장님께서는 살짝 자세를 고쳤다.

"제가 아는 거라고는 이곳이 예의 폐쇄 공간은 아니라는 것 정도입니다. 스즈미야 씨의 의식이 구축한 공간은 아니에요."

단언할 수 있냐.

"네. 이래봬도 스즈미야 씨의 정신 활동에 관해서는 스페셜리스트니까요. 저는 그녀가 현실을 변용시키는 일이 발생하면 알 수 있습니다. 이번의 스즈미야 씨는 아무것도 안 했어요. 이런 상황을 바란 건 아닙니다. 아무 관계가 없다고 단언할 수 있습니다. 뭐든지 걸어보세요. 바로 더블 업을 선언할 테니까요."

"그럼 누구냐?"

난 희미한 오한을 느꼈다. 눈보라 때문에 그렇게 보이는 것뿐인지, 식당 창으로 보이는 풍경은 오로지 회색 일색이다. 저 창백한 '신인'이 불쑥 고개를 내밀어도 별로 이상하게 느껴지지 않을 배경이었다.

코이즈미는 나가토를 흉내 내듯 침묵한 채 어깨를 치켜올렸다. 긴박감이 느껴지지 않는 동작이었지만 그것은 연기였는지도 모른다. 심각한 표정을 보이고 싶지 않았던 걸까.

"오래 기다렸지!"

마침 하루히와 아사히나 선배가 샌드위치를 가득 담은 커다란 접시를 들고 돌아왔으니까 말이다.

내 체내 시계가 감으로 가르쳐준 바에 따르면 그렇게 오래 기다리지는 않았다. 하루히와 아사히나 선배가 주방으로 사라진 뒤 실질적으로 5분도 지나지 않았을 것이다. 하지만 은근슬쩍 하루히에게 물어서 알게 된 소요 시간은 최소 30분은 걸렸다 했고 요리를 봐서는 그 말이 맞는 것 같았다. 샌드위치용으로 얇게 자른 빵은 한 장 한 장 모두 구워져 있었고, 햄과 양상추에도 간이 되어 있었던 데다 계란을 삶아 으깨 마요네즈에 무치는 데에도 5분 갖고는 어림도 없을 과정이다. 수북하게 쌓인 믹스 핫 샌드위치의 양은 두 사람이 아무리 건성으로 한다 해도 그에 상응하는 시간이 걸릴 분량에 정성이 들어가 있었고, 여담이 된다는 걸 알면서도 말을 하자면 상당히 맛있었다. 하루히의 요리 실력은 크리스마스에 맛본 전골을 통해 잘 알고 있었지만 대체 이 녀석이 못하는 과목은 뭘까. 초등학교 때 만났다면 도덕 성적만은 내가 좋았겠지….

나는 내 머리에 꿀밤을 먹었다.

이런 생각을 하고 있을 때가 아니야. 걱정해야 할 것은 지금 우리가 처한 상황만이 아니라고.

아사히나 선배는 자신이 만든 요리의 행방이 신경이 쓰이는지 내가 새 샌드위치에 손을 뻗을 때마다 숨을 죽이고 지켜보다 안도한 표정을 짓기도 하고 긴장을 하기도 했다. 전자의 경우는 하루히가 만든 것이겠고, 후자가 아사히나 선배가 만든 거겠지. 다 보인다, 보여.

그녀는 아직 모른다. 코이즈미에게도 말을 하지 않았다. 하루히에게는 말을 할 수도 없는 일이다.

나가토와 나만이 알고 있으며 아직 실행에 옮기지 않은 일이 있다.

그렇다―.

나는 아직 세계를 구하러 과거로 돌아가지 않았다.

서둘러 갈 필요도 없다는 생각을 하며 새해쯤에 가면 되겠지 생각했었다. 아사히나 선배에게 뭐라고 말을 할까 문안을 짜고 있었던 것도 있어 느긋하게 연말 기분을 맛보고 있었던 게 문제였을까? 이대로 이 저택에서 나가지 못하게 된다면….

"아니, 잠깐만."

그래서는 일이 이상해지잖아. 나와 나가토와 아사히나 선배는 반드시 12월 중반으로 시간 역행을 할 예정이다. 안 그러면 그 시간에 내가 본 그 세 사람은 뭐였냐 하는 것이 되니까. 그렇다는 소리는 우리는 통상 공간으로 무사히 탈출할 수 있다는 건가. 그렇다면야 안심할 수 있겠는데.

"자아, 많이들 먹어."

하루히는 입에 음식을 꾸역꾸역 넣으며 홍차를 들이켜고 있었다.

"아직 많이 있어. 뭐하면 더 만들어줄게. 식량 창고에 다 먹지도 못할 만큼 엄청난 재료들이 있더라."

코이즈미는 희미하게 쓴웃음을 지으며 햄 커틀릿 샌드위치를 먹었다.

"맛있습니다. 대단히요. 마치 레스토랑에서 먹는 것 같은데요."

아첨꾼 같은 감상을 하루히에게 말하고 있지만, 내가 신경이 쓰이는 건 이 녀석이 아니다. 재료를 무단으로 사용한 게 걱정되어 제대로 먹지 못하고 있는 아사히나 선배도 아니다.

"……."

나가토다.

깨작거리며 먹는 건 본래의 이 녀석이 아니다.

우주인제 유기 안드로이드는 마치 평소의 왕성한 식욕을 어딘가에 놓고 오기라도 한 것마냥 손과 입의 움직임이 반감되어 있었다.


하루히와 식욕이 동한 내가 거의 대부분의 음식을 해치운 뒤,

"목욕하자."

태평하게 하루히는 이런 제안을 했고 아무도 반대하지 않았다.

반대 의견이 없는 건 모두가 긍정하고 있기 때문이라고 생각하는 것도 이 녀석의 특성이다.

"큰 욕실이 있었잖아. 남녀가 나뉘어 있지는 않았으니까 물론 순번으로 가는 거야. 단장으로서 미풍양속을 어기는 행동과 풍기 문란은 허용할 수 없지. 레이디 퍼스트로 가도 괜찮겠지?"

달리 할 일이 생각나지 않는 것도 있었지만, 이럴 때엔 일단 하루히처럼 계속 앞으로 끌고 가주는 녀석이 있는 게 차라리 고맙게 느껴진다.

그만큼 다른 생각을 할 시간이 줄어드니까 말이다. 가만히 생각을 하고 있어봤자 아무것도 떠오르지 않는다면 기계적으로라도 몸을 움직여야 뇌도 자극을 받아 돌발적인 전파를 발신해줄지도 모른다. 자신의 두뇌에 기대를 해보자.

"그전에 방을 나눠야지. 어디가 좋아? 어느 방이나 다 똑같긴 하지만."

코이즈미의 이론에 따르면 한 방에 모여 있는 게 제일이지만 그런 제안을 한다면 말 타기 어퍼컷이 날아올 것 같으니 자중하자.

"다들 가까운 방을 쓰는 게 좋겠지. 나란히 마주 보고 있는 방 다섯 개를 확보하면 될 거야."

내가 무겁게 말을 내뱉은 것과 동시에 하루히는 자리에서 일어섰다.

"그럼 2층에 아무 데나 잡자."

상쾌하게 걸어가는 하루히를 우리들도 뒤따랐다. 도중에 입구에 내던져둔 스키복을 세탁실 건조기에 집어넣은 뒤 계단을 올라갔다.

저택에 사는 사람이 돌아온다면 바로 나가볼 수 있게 하자는 하루히의 배려에 의해 계단 근처에 있는 다섯 개의 방을 임시 거처로 삼았다. 나와 코이즈미가 옆방, 그 통로를 끼고 맞은편 방에 나가토, 하루히, 아사히나 선배가 침실을 확보했다. 내 정면이 하루히의 방이다.

아까 하루히와 둘러봤을 때에도 느낀 거지만, 필요최소한도의 것 외에는 아무것도 없는 말 그대로 침실이다.

싸구려 비즈니스호텔도 여기만큼 휑하지는 않다.

고풍스런 화장대를 제외하고는 침대와 커튼밖에 없다. 창문은 단단히 잠겨 있었고 가만히 보니 2중창이었다.

그 방음효과 덕분인지 바깥이 여전한 바람과 눈이 흩날리는 악천후임에도 불구하고 실내에는 아무 소리도 들리지 않았다. 그래서 오히려 기분이 나쁘다.

정리할 짐도 없어 우리는 방을 정한 뒤 바로 빨간 융단이 깔린 통로에 집합했다.

하루히는 다시 도전적인 미소를 지었다.

"알고 있겠지, 쿈?"

뭘 알아?

"당연한 거 아냐. 이런 상황에 처한 번뇌하는 남자가 할 법한 짓을 하면 안 된다. 나는 그런 스테레오 타입은 질색이니까!"

뭘 하면 되더라?

"그러니까…."

하루히는 여자 단원 두 사람의 팔을 잡아당겨 고요한 얼굴로 시키는 대로 따르고 있는 나가토의 옆얼굴에 자신의 머리를 갖다대며 단호히 소리쳤다.

"훔쳐보지 마!"


음란증 환자라고는 하루히밖에 없는 세 아가씨가 사라지기를 기다렸다 나는 미끄러지듯 내 방을 나왔다. 바깥의 맹렬한 눈보라와는 무관하다는 듯 저택의 통로는 고요했다. 공기는 따뜻했다. 하지만 편안함과는 거리가 멀었다. 마음을 차갑게 만드는 온기에 고마운 마음은 들지 않는다.

소리를 죽여 향한 곳은 옆방이었다. 작게 노크.

"무슨 일이신가요?"

코이즈미가 얼굴을 내밀고 환대하는 미소를 지으며 입을 열었다. 내가 입술 위에 검지를 세우자 알았다는 듯 입을 다물었다. 나도 조용히 코이즈미의 방으로 들어갔다. 몰래 들어가는 건 아사히나 선배의 방이면 좋았겠지만 여기에서 놀고 있을 여유는 없다.

"너한테 말해둘 게 있다."

"호오."

코이즈미는 침대에 걸터앉아 내게도 앉으라는 듯 손짓했다.

"대체 무슨 일일까요? 궁금하군요. 다른 세 분이 들어선 곤란한 얘기인가요?"

"나가토는 들어도 상관없는데."

무슨 얘기인지는 말할 필요도 없겠지.

하루히의 소실에서 시작되어 내가 병실에서 눈을 뜰 때까지 벌어졌던 많은 일들이다. 아사쿠라 료코의 부활, 두 번째의 시간 역행과 3년 전의 칠석, 설정이 달라져버린 SOS단의 멤버들, 아사히나 선배의 성인 버전, 그리고 앞으로 내가 하기로 되어 있는 세계 부활 계획—.

"얘기가 좀 길어질 거야."

나는 코이즈미의 옆에 앉아 얘기하기 시작했다.

코이즈미는 최고의 청중으로, 중간중간 적당한 맞장구를 치며 마지막까지 우등생처럼 청강생 태도를 유지했다.

요점만 간단하게 정리하는 데에는 예상보다 오래 걸리지 않았다. 내 개인적으로 세세한 부분까지 길게 묘사하고 싶은 부분도 있었지만, 무엇보다 우선시해야 할 것은 이해와 일반성이라고 생각해 그렇게 했다.

얌전히 끝까지 다 들은 코이즈미는,

"그렇군요."

별로 감동을 한 것도 아니라는 듯 미소를 지은 입술에 손가락을 갖다 댔다.

"그게 사실이라면 흥미롭다는 말 외에는 달리 표현할 길이 없겠네요."

네가 말하는 '흥미롭다'는 단어는 무슨 흔해빠진 인사치레냐.

"아뇨, 정말 그렇게 생각하고 있습니다. 사실은 저도 짐작 가는 바가 있었거든요. 당신이 얘기한 그대로의 체험을 했다면 제 의혹도 보강이 되겠는데요."

나는 아마 재미없다는 표정을 짓고 있었을 것이다. 이 녀석이 짐작 가는 바라는 건 대체 뭐냐.

"약해지고 있을 가능성이 있어요."

그러니까 뭐가.

"스즈미야 씨의 힘이요. 그리고 나가토 씨의 정보 조작 능력도 요."

무슨 말을 하려는 거냐? 나는 코이즈미를 보았다. 코이즈미는 아무 해도 없어 보이는 미소를 유지한 채 대답했다.

"스즈미야 씨가 폐쇄 공간을 만들어내는 빈도가 줄었다는 건 크리스마스 전에 얘기했죠? 그와 호응하듯이 제가 나가토 씨에게서 느끼는…, 뭐라고 표현해야 좋을까요, 그러니까 우주인 같은 분위기라고나 할까요? 그런 감각, 기적 같은 겁니다. 그게 감소하고 있는 것 같습니다."

"…헤에."

"스즈미야 씨는 서서히 평범한 소녀가 되어가고 있어요. 거기에 더해 나가토 씨도 정보 통합 사념체의 일개 단말이라는 입장에서 벗어나려 하고 있다──그런 생각이 듭니다."

코이즈미는 나를 보고 있었다.

"제 입장에서 본다면 더 바랄 게 없는 전개지요. 스즈미야 씨가 그대로 현실의 자신을 긍정하고 세계를 변화시키려는 생각을 않게 된다면 제 일은 끝난 거나 마찬가지예요. 나가토 씨가 아무 능력도 없는 평범한 여고생이 되어준다면 정말 고맙죠. 아사히나 선배는… …, 그래요, 어떻게든 할 수 있으니까 미래에서 온 사람이라도 상관 없습니다만."

나를 무시하듯 코이즈미는 독백을 계속했다.

"당신은 다시 한번 과거에 가서 자신과 세계를 원래대로 되돌려야 합니다. 왜냐하면 당신은 그 과거에서 미래에서 온 자신과 나가토 씨와 아사히나 씨를 목격했──습니까?"

그럼.

"하지만 현재의 우리는 모두 함께 눈보라 치는 산 속에서 길을 잃고 마치 누군가가 준비해놓기라도 한 듯한 수상한 저택에 있어요. 나가토 씨도 이해할 수 없는, 소위 이공간에 갇혀 있는 겁니다. 이 상황이 계속 이어진다면 당신들이 과거로 돌아갈 길은 없다고 볼 수 있으니까 바로 그 이유로 인해 적어도 당신과 나가토 씨와 아사히나 씨 세 명은 원래 공간으로 돌아가야 한다, 아니, 돌아가는 것은 이미 결정된 사항이라는 거죠…."

그렇지 않으면 이상하잖아. 내가 다시 한번 긴박감을 느끼고 있는 것은 그 때문이다. 그때 나는 분명히 내 목소리를 들었다. 그럼 지금의 나는 다시 그때로 돌아가야 하니까 돌아가는 건 앞으로의 일이 되겠지. 그렇다면 이대로 이렇게 눈보라 치는 저택에 묵는 사태가 벌어지지는 않을 거고, 탈출할 수 있다는 건 기정사실이다. 아사히나 선배(대)도 말했잖아. "안 그러면 지금의 당신은 여기에 없겠죠?"라고 말이다.

"그렇군요."

코이즈미는 다시 한번 똑같은 말을 되풀이한 뒤 내게 미소를 지었다.

"하지만 제게는 다른 가설이 있습니다. 군이 구분하자면 비관적인 가설이에요. 간단하게 말하면 우리 모두가 원래 공간으로 복귀하지 못한다 해도 전혀 상관이 없다는 이론이죠."

뜸은 그만 들이고 어서 말해.

그럼 말하죠, 이렇게 전제한 뒤, 코이즈미는 조심스럽게 목소리를 낮췄다.

"현재의 우리는 '오리지널인 우리가 아니라' 이세계에 복사된 존재인지도 모릅니다."

이해하기를 기다리기라도 하듯 날 보고 있지만 의미 불명에도 정도라는 게 있다.

"알기 쉽게 말해볼까요. 만약 우리의 의식이 그대로 복사되어 컴퓨터 공간에 옮겨진다면 어떻게 될까요? 의식은 그대로 있는 상태에서 가상현실 공간으로 이송되었다면요."

"복사라고?"

"그렇습니다. 의식뿐만이 아닙니다. 통합 사념체 클래스의 힘을 가진 자라면 마음대로 할 수 있을 거예요. 그러니까 이 이공간에 휘말려든 우리는 오리지널인 우리가 아니라 어느 일정 시각에서부터 충실하게 복사된 동일인물인 겁니다. 오리지널인 우리들은…, 그래요, 지금쯤 츠루야 씨의 별장에서 연회를 즐기고 있을지도 모르죠."

잠깐만. 의미하는 바를 제대로 파악하지 못하는 건 내가 배운 게 없어서 그런 거냐?

"그런 건 아닙니다만. 보다 가까운 예를 들어보죠. 당신이 컴퓨터 게임을 하고 있다고 가정해 봅시다. 판타지한 RPG예요. 뭐가 나타날지 알 수 없는 동굴에 들어가기 전에 일단 세이브를 하는 건 당연한 대책이라 할 수 있겠죠. 만약 그곳에서 파티가 전멸한다 해도 세이브 포인트에서부터 리플레이를 할 수 있으니까요. 미리 카피 데이터를 제작해두면 오리지널은 곱게 보존해두고 카피한테 무모한 행동을 시킬 수도 있습니다. 상황이 안 좋으면 리셋을 하면 되니까 말입니다. 지금 우리가 처한 상황이 그렇다고 한다면 어떻게 될까요?"

코이즈미는 체념한 듯한 표정이 되어서까지도 미소를 지우지는 않았다.

"그러니까 여기는 누군가가 구축한 시뮬레이션 공간이고 우리는 복사된 실험동물인 겁니다. 이런 상황에 처했을 때 스즈미야 씨를 포함한 우리가 어떠한 반응을 할지 관찰하기 위해, 바로 그 데이터를 얻기 위한 장소인 거예요."

"코이즈미…."

그렇게 중얼거리며 나는 맹렬한 기시감에 사로잡혔다. 여름의 엔들리스 에이트에도 체험한 것 같은, 이해할 수 없는 기억의 단편이다. 뭐지. 기억하고 있을 리가 없는 기억이 내 머리 한쪽 구석에서 소리치고 있다. 기억해내라고.

나는 천천히 말했다.

"이전에도 비슷한 일이 있지 않았냐?"

"설산에서 조난한 기억 말입니까? 아뇨, 저는 없는데요."

"그거말고."

설산은 상관없다. 이것과는 별개로 우리가 뭔가 다른 시공에 내팽겨쳐졌던 것 같은 기억이… 나한테는 있는 것 같단 말이지. 그곳은 매우 비현실적인 공간이었고….

"꼽등이를 퇴치했을 때를 말하는 거 아닙니까? 그건 분명히 이공간이었죠."

"그것도 아냐."

나는 열심히 머리를 쥐어짰다. 흐릿하게 떠오르는 것은 기묘한 복장을 한 코이즈미와 하루히, 나가토와 아사히나 선배, 그리고 나. 그래, 코이즈미. 왠지는 모르겠지만 너는 수금을 들고 있었던 것 같다. 모두 다 고풍스런 의상을 입고선, 거기서 우리가 뭔가를 하고 있었어….

"설마 전세의 기억을 갖고 있다거나 하는 건 아니겠죠? 당신에겐 절대로 그런 일은 없을 거라 생각했었습니다만."

전세인지 후세인지가 정말로 있다면 인류는 보다 서로를 잘 이해했을걸. 그런 건 현세에서 변명을 하고 싶어하는 녀석들이 지껄이는 헛소리야.

"지당하신 말씀입니다."

망할. 생각이 안 난다. 이공간 따위에 추억은 없다고 내 이성이 주장하고 있다. 하지만 내 깊은 부분에 있는 감성은 다른 것을 호소하고 있었다.

뭐였을까. 단편적인 키워드밖에 떠오르지 않지만, 그곳에는 왕과 해적, 우주선, 총격전 같은 것이 거품처럼 흔들리고 있었다. 이건 대체 어떻게 된 거지? 그런 건 없었다고 기억한다. 하지만 내 마음 깊은 곳에서 똬리를 틀고 있는 이 들어맞지 않는 조각은 뭐냐. 정체가 파악이 되지 않는다.

내가 고뇌하는 표정을 어떻게 봤는지, 코이즈미는 태연하게 말을 이었다.

"여기가 나가토 씨도 해석할 수 없는 동시에 그녀에게 부하를 주는 공간이라면 저택을 포함해 눈보라 치는 산에서의 조난을 연출한 사람의 정체는 어느 정도 추측이 됩니다."

나는 아무 대답도 하지 않았다.

"나가토 씨와 동등하거나 그 이상 가는 힘을 가진 누군가죠."

그게 누군데.

"모르겠습니다. 하지만 그런 존재가 우리를 이 상황으로 끌고 왔고, 이대로 우리를 가둬둘 생각이라면 가장 큰 장애가 되는 건 나가토 씨일 겁니다."

코이즈미는 아랫입술을 쓰다듬으며 말했다.

"제가 그 누군가의 입장이라면 제일 먼저 나가토 씨를 손볼 겁니다. 단독으로는 무력하다 할 수 있는 저와 아사히나 선배와는 달리 나가토 씨는 통합 사념체와 직결되어 있으니까요."

하긴 하루히보다 더 신적인 녀석들인 것 같더라. 단수인지 복수인지는 모르겠지만. 하지만 두목과의 연결이 차단되어 있다고 나가토는 고백했다.

"어쩌면 그 누군가는 나가토 씨의 창조주보다 강력한 힘을 갖고 있을지도 몰라요. 그렇게 되면 아웃인데…."

말하는 도중에 뭔가 생각이 났다는 얼굴을 지으며 핸섬 가이가 팔짱을 꼈다.

"아사쿠라 료코를 기억하고 계시죠?"

잊을 뻔했는데 이달에 들어 잊을 수도 없는 일이 일어났지.

"정보 통합 사념체 내부의 소수파에 과격파, 그 일파가 쿠데타에 성공했다고 하면 어떨까요? 우리 입장에서 본다면 신과 같은 지성체입니다. 나가토 씨를 고립시키고 우리를 상위가 어긋난 세계에 가둬두는 것쯤이야 간단할걸요."

생각이 난다. 사교적이며 밝고 성격 좋은 반장. 뾰족한 칼끝. 나는 두 번이나 아사쿠라에게 습격을 받았고 그 두 번 모두 나가토 덕분에 살아났다.

"어쨌든 결과는 별로 달라지지 않겠네요. 우리는 이 저택에서 탈출하지 못하고 영겁의 시간을 여기서 보내게 되는 겁니다."

용궁이야.

"정곡을 찌르는 정확한 표현입니다. 우리의 이 상태는 환대라고 해도 될걸요. 필요하다고 바라는 게 준비되어 있죠. 따뜻하고 넓은 저택, 냉장고에 가득한 음식들, 따뜻한 물이 가득 담긴 욕조, 쾌적한 침실…, 저택에서 탈출하기에 필요한 것을 제외하고는 말이죠."

그래서는 의미가 없다. 이런 미지의 공간에 갇혀서 나태한 생활을 만끽할 만큼 나는 지금까지의 인생에 절망하지 않고 있다. 학교도 1년도 못 채우고 종료를 한다는 건 너무 짧잖아. 나도 여기에 있는 녀석들말고도 다시 한번 만나보고 싶은 인간이 있다고. 타니구치와 쿠니키다를 그 안에 넣어줄 수도 있고, 가족과 샤미센과 이걸로 끝이라는 건 아무래도 슬프단 말이야. 그리고 나는 겨울을 정말 싫어한다. 아이슬란드에 사는 사람들에겐 미안하지만 눈과 얼음에 갇혀 여생을 보낸다니 평생이 걸려도 익숙해지지 않을 거다. 여름의 더위와 요란한 매미 소리를 너무나도 사랑하는 남자라 불러다오.

"그 소리를 들으니 저도 안심이 되네요."

코이즈미는 과장되게 한숨을 쉬었다.

"만약 스즈미야 씨가 이상사태를 깨닫고 자신의 능력을 발현시킨다면 어떤 결과가 일어날지 알 수 없습니다. 이걸 만든 자의 목적은 그것일지도 모르죠. 이렇다 할 전개가 없다면 일부러 자극적인 조작을 해 폭발을 유도한다. 흔히 있는 수법입니다. 이곳이 시뮬레이션 공간이고 우리가 오리지널과 단절된 복사본이라면 하수인도 봐줄 필요가 없을 거고요. 당신도 게임 캐릭터에게 무리를 시켜도 양심이 찔리거나 하는 일은 거의 없겠죠?"

그렇고 보니 짐작 가는 과거가 없는 것도 아니군. 하지만 녀석들은 어디까지나 수치에 불과할 뿐이고 나는 현실에 이렇게 살아 있잖아.

"일단 여기에서 탈출해야 합니다. 이공간에 있는 것보다는 현실적인 조난이 그나마 낫죠. 어떻게든 될 거예요. 아니, 어떻게든 되게 만들지 않으면 안 됩니다. 스즈미야 씨와 우리를 가둬두고 싶어 하는 존재는 우리에게는 명확한 적입니다. 여기서 우리라는 건 '기관'과 정보 통합 사념체가 아니라 SOS단이지만요."

뭐든 좋아. 나와 같은 의견이라면 그 녀석은 바로 우리이 동지다.

그뒤로 나는 깊은 사색의 세계로 여행을 떠났고, 코이즈미도 그에 싱크로하듯 생각에 잠긴 얼굴로 턱을 괴었다.

마침내—.

작은 노크 소리가 나와 코이즈미 사이에 감돌던 침묵을 부쉈다. 아교라도 바른 듯한 무거운 몸을 일으켜 문을 열었다.

"저어…, 목욕 다 했거든요. 들어가세요."

목욕을 마친 아사히나 선배는 적당히 상기되어 포근한 관능미를 순진하게 풍기고 있었다. 젖은 머리카락 한줄기가 뺨에 달라붙어 있는 게 묘하게 선정적이었고 기다란 티셔츠 사이로 보이는 맨발이 요염했다. 내 정신상태가 정상이라면 바로 안고 가 내 방 구석에 놔두고 싶을 정도다.

"하루히와 나가토는 어디 있어요?"

내가 복도를 내다보며 말하자 아사히나 선배는 키득거렸다.

"식당에서 주스를 마시고 있어요."

나의 잡아먹을 듯한 시선을 느꼈는지 당황한 듯 옷 앞자락을 움켜쥐었다.

"아, 갈아입을 옷은 탈의실에 있었어요. 이 셔츠도 그렇고요. 목욕 수건과 세면도구도 다…."

쑥스럽다는 듯한 동작이 더할 나위 없이 보기 좋았다.

나는 돌아보고 코이즈미가 움직이려는 것을 눈으로 막은 뒤 재빨리 통로로 나와 문을 닫았다.

"아사히나 선배, 딱 하나 물어보고 싶은 게 있는데요."

"네?"

도토리 같은 눈이 나를 올려다보며 의아하다는 듯 고개를 갸웃거린다.

"이 저택에 대해 어떻게 생각하십니까? 저는 무지하게 부자연스런 것처럼 느껴지는데 당신은 어떠신가요?"

아사히나 선배는 길고 요염한 눈썹을 깜박이며 대답했다.

"으음, 스즈미야 씨는 이것도 코이즈미가 준비한 미스터리 게임의…, 으음, 복선? 뭐, 그런 게 아닐까 했어요…. 욕실에서요."

하루히는 그렇게 결론을 내리면 그만이지만 아사히나 선배까지 그 말을 받아들이면 곤란하죠.

"시간의 흐름이 이상한 건 어떤 이치에서죠? 당신도 코이즈미의 실험에 참가했었죠?"

"네. 하지만 그것까지 다 포함해서 트릭…? 그런 거 아닌가요?"

나는 이마를 짚으며 한숨을 억눌렀다. 어떻게 하면 코이즈미가 그럴 수 있는지도 모르겠고, 만약 그게 어떻게든 우리를 기만한 트릭의 일부라고 친다면 하루히에게도 가르쳐주지 않으면 불공평하잖아. 무엇보다 시간은 아사히나 선배의 전문분야 아닙니까.

나는 굳게 결심하고 말했다.

"아사히나 선배, 미래와 연락이 됩니까? 지금 여기서요."

"네?"

동안의 상급생은 멀뚱하니 날 올려다보며,

"그런 건 말할 수가 없죠. 우훗, 금지 사항이에요—."

재미있다는 듯 웃어주었지만 나는 농담을 한 것도 아닐뿐더러 이게 웃긴 일도 아니라는 인식을 갖고 있다.

하지만 아사히나 선배는 그대로 키득거리며,

"자, 어서 목욕하지 않으면 스즈미야 씨한테 혼나요, 후훗."

작은 몸집의 상급생은 유채꽃 주위를 날아다니는 초봄의 배추흰나비 같은 걸음걸이로 가볍게 계단을 향해 가다 한 번 돌아보고 내게 서투른 윙크를 보낸 뒤 계단 아래로 사라졌다.

안 되겠다. 아사히나 선배는 의지가 안 돼. 의지할 만한 건….

"젠장."

나는 융단을 향해 숨을 토해냈다.

그 녀석한테 괜한 부담을 주고 싶지는 않다.

그런데 지금 여기서 뭔가를 해줄 만한 건 그 한 사람밖에 없다. 코이즈미는 행동이라고는 전혀 없이 추측만을 떠들고나 있고, 하루히는 잘못 찌르면 어떤 폭발을 일으킬지 알 수 없다.

아무리 내가 비장의 카드를 갖고 있다 해도 코이즈미의 말을 들은 이 상황에서 그걸 함부로 쓸 수는 없는 노릇이다. 이 상황으로 우리를 몰아넣은 누군가는 바로 그 점을 노리고 있는지도 모르는 것이다.

"어떡하면 좋냐…?"


욕조에 잠겨 혈액순환을 원활하게 해주면 묘안이 떠오르지 않을까 기대했는데, 두뇌의 수준은 내가 잘 알고 있는 그대로로, 사태를 개선할 어떠한 아이디어도 만들어내지 못했다. 너무나도 당연한 결과라 낙담조차 안 된다는 사실이 한심하다.

탈의실에는 아사히나 선배의 말대로 목욕 수건과 갈아입을 옷이 마련되어 있었다. 곱게 개켜놓은 프리사이즈 티셔츠와 편안한 바지가 옷장에 죽 걸려 있었다. 적당히 골라 입고선 코이즈미와 함께 식당으로 향했다.

먼저 목욕을 마친 세 사람은 테이블에 앉아 주스 병을 둘러싸고 기다리고 있었다.

"꽤 오래 걸렸네. 뭐 한 거야?"

내 나름으로는 까마귀보다는 그나마 나은 목욕 시간이었는데.

하루히가 건네준 귤 주스를 마시며, 내 시선은 어쩔 수 없이 나가토 아니면 창문 밖으로 향하고 말았다. 몸이 따뜻해진 덕분인지 완전히 기분이 들뜬 하루히는 시종 싱글거리며 주스 병을 들어 나발을 불고 있었고, 아사히나 선배도 자기가 처한 입장을 전혀 이해하지 못하고 있는 미소를 짓고 있었으며, 입장을 이해하고 있을 코이즈미도 마찬가지였다. 나가토가 평소보다 더 작아 보이는 건 촉촉하게 젖은 머리가 얌전히 늘어져 있기 때문인가.

그런데 지금은 몇 시나 됐을까. 창으로 보이는 바깥의 모습은 여전히 눈보라 일색이면서도 흐릿하니 어두웠다. 완전한 암흑이 아니라 오히려 더 기분 나쁘다.

하루히도 시간 감각을 잃은 듯,

"오락실에서 놀지 않을래?"

제안을 하기까지 했다.

"노래방도 좋기는 한데 간만에 마작을 하고 싶다. 판돈은 핑의 원스리고 규칙은 뭐든 다 오케이, 하지만 진지하게 하고 싶으니까 팁은 없는 거다. 국사 13면하고 스안코우 단기는 더블 역만이면 되겠지?"

규칙에 트집을 잡을 생각은 없지만 나는 느긋이 고개를 저었다. 지금 꼭 해야 할 것은 노래방도 도박 마작도 아닌 생각하는 일이었으니까.

"일단 좀 쉬도록 하자. 노는 거라면 언제든지 할 수 있잖아. 아무래도 피곤하다."

눈에 반쯤 파묻힌 채 몇 시간이고 스키를 짊어지고 걸어왔다. 이런데 피곤이 축적되지 않은 건 아마 하루히의 근육 정도일 거다.

"그래…."

하루히는 다른 사람들이 어떤 의견에 찬성할지 살펴보듯 한 사람 한 사람의 표정을 확인했지만,

"뭐, 좋아. 잠시 쉬도록 하자. 하지만 일어나면 힘차게 노는 거야."

소용돌이 성운이 두세 개는 들어갈 것 같은 빛을 눈동자에 담고선 선언했다.

각자 정해놓은 방으로 들어간 뒤 나는 침대에 누워 타개책을 찾은 뇌내 부인격 회의를 열고 있었다. 하지만 이런 때면 꼭 하나같이 자신의 무능함을 피로할 뿐, 무엇 하나 유익한 제안을 하지 않는다. 모두 다 침묵한 채 누가 뭐라고 말하지 않을까 기대만 하는 사이 시간은 흘러 나는 깜박 졸고 있었나보다. 왜냐하면,

"콘."

갑작스런 목소리에 벌떡 일어났을 정도였으니까 말이다.

문을 여는 소리도, 누가 방으로 들어오는 소리와 옷이 스치는 소리, 기척조차 느끼지 못했다. 그러니까 나는 놀랐던 것이고, 방 중앙에 서 있는 그림자를 보고 더욱 경악했다.

"아사히나 선배?"

광원이 되고 있는 것은 커튼을 훤히 젖혀둔 창문 밖의 눈뿐이다. 하지만 그 흐릿한 조명 속에서도 그 사람의 모습을 못 알아볼 리가 없다. 언제나 귀여운 방의 정령과도 같은 존재, SOS단 전속 마스코트 아사히나 선배다.

"콘…."

다시 한번 그렇게 말하고는 미소를 지으며 아사히나 선배는 조심스럽게 걸어왔다. 서둘러 일어나 앉은 내 옆에 훤히 드러난 두 다리를 가지런히 모아 앉는다. 뭐라 말로는 표현할 수 없는 기이한 느낌에 가만히 보니, 복도에서 잘 자라고 말했을 때와 복장이 달랐다. 긴 티셔츠 한 장만 걸친 복장이 아니다. 그렇다고 몸에 걸친 천이 늘어난 것도 아니었다.

아사히나 선배는 하얀 셔츠 한 장이라는, 마치 누군가의 망상을 구현화시킨 듯한 의상을 입고서 날 올려다보고 있었다. 가까운 거

리에서.

"저기…."

촉촉이 젖은 동안이 뭔가를 요구하듯이,

"여기서 자도 돼?"

두 개의 폐가 입에서 튀어나오진 않을까 싶은 소리를 입 밖에 냈다. (이상하다.)

촉촉한 눈동자가 내 얼굴을 확실하게 쳐다보고 있었고, 살짝 상기된 뺨으로 아사히나 선배는 단아하게 내 팔에 몸을 기댔다. (뭐야, 이건.)

"혼자 있으면 불안해요. 잠이 안 와서…. 옆이라면 기분 좋게 잠들 수 있을 것 같아…."

뜨거운 체온이 셔츠를 통해 전해진다. 화상으로 물집이 잡히는 게 아닐까 착각이 들 정도로 뜨거웠다. 부드러운 물체가 날 민다. 아사히나 선배는 내 팔을 안고는 얼굴을 가까이 갖다댔다.

"괜찮지? 응?"

좋고 나쁘고의 문제가 아니다. 아사히나 선배가 이렇게까지 나오는데 거절할 인간은 남자고 여자고 없다. 그러니까 좋다. 그렇죠, 이 침대는 혼자 자기에는 넓으니까요…. (잠깐만).

우훗, 미소를 지으며 그녀는 내 팔을 놓고선 그렇지 않아도 벌어져 있던 셔츠 단추를 풀기 시작했다. 현기증이 날 정도로 부드러운 곡선이 서서히 모습을 드러낸다. 하루히에 이해 바니걸이 됐을 때와 십수로 동아리방 문을 열어 옷을 갈아입는 걸 보고 말았던 때에 본, 그리고 컴퓨터 하드디스크에 잠들어 있는 비밀 폴더 안에 있는 영상과 똑같은 그 가슴이 내 눈앞에 있었다. (정신 차려. 이건 아니

야.)

하얀 셔츠의 단추가 앞으로 두 개…, 아니, 하나. 알몸보다 더욱 선정적인 장면이었다. 하긴 모델이 워낙 좋아야지. 무엇보다 아사히나 선배가 이러고 있잖아. (야.)

아사히나 선배는 조심스럽게 나를 올려다보며 부끄러워하면서도 유혹하는 표정으로 미소를 짓고 있다. 손가락이 마지막 단추에 걸렸다. 눈을 피하는 게 좋을까. (잘 봐라.)

앞이 훤히 갈라진 셔츠 안에서 하얀 피부가 숨을 쉬며 천천히 위아래로 움직이고 있다. 너무나도 예술적인, 아프로디테도 조개 속으로 숨어버릴 것만 같은 스타일에(아냐), 매끄러운 가슴의 언덕 한쪽에는(그거야) 악센트처럼 별 하나가….

목 안쪽에서 공기를 토해냈다.

"큭…!"

나는 스프링이 달리기라도 한 듯 침대에서 뛰어내렸다.

"아냐!"

자세히 봐라, 왜 깨닫지 못한 거지? 그게 나의 아사히나 선배인지 어떤지 확인할 방법은 내가 가장 잘 알고 있고, 요전에도 그렇게 해서 확인하려고 했었잖아. 아사히나 선배의 그곳만 보면 나는 알 수 있다고.

"당신 누구야?"

―이 아사히나 선배에게는 왼쪽 가슴의 점이 없다.

침대에 반라를 드러내고 있는 그녀는 날 슬픈 눈으로 바라보며 말했다.

"왜? 나를 거절하는 거야?"

혹시 이게 진짜 아사히나 선배라면? (아니라고 그러잖아.) 그래도 내가 이성을 유지할 수 있었을까. 아니, 그렇지 않다. 그런 것도 문제가 아니다. 아사히나 선배가 남의 눈을 피해 나를 유혹하러 올리가 없다. 그럴 필요가 없기 때문이다.

"당신은 아사히나 선배가 아냐."

나는 천천히 뒷걸음질치며 눈물을 글썽이기 시작한 매혹적인 눈동자를 바라보았다. 정말 뭐가 어떻게 돌아가는 거냐. 이런 표정을 짓게 할 정도라면 아사히나 선배인지 어떤지는 상관없지 않을까? (그만둬라.)

"그만해."

나는 겨우 입을 열었다.

"누구야? 이 저택을 만든 녀석이냐? 우주인이 아니면 이세계인인가? 무엇 때문에 이런 짓을 하는 거지?"

"…쿤."

그 아사히나 선배의 목소리는 비애로 가라앉아 있었다. 고개를 숙이고 슬프게 입술을 일그러뜨렸다. 그리고.

"!"

그녀는 셔츠 자락을 펄럭이며 바람처럼 달려 문으로 향했다. 방을 나가기 바로 직전에 눈물 젖은 눈으로 나를 돌아본 뒤 재빨리 복도로 나갔다. 문이 의외다 싶을 정도로 커다란 소리를 내며 닫히고, 그 소리에 이끌리듯 나는 안에서 문을 잠갔던 것을 떠올렸다. 보조 열쇠가 없는 한, 침입한다는 건 불가능했다.

"기다려주세요!"

순간적으로 정중하게 말하며 나도 문을 향해 달려가 열었다.

쾅. 묘하게 큰 소리가 났다. 아무리 힘을 줬다고 해도 문 하나가 내는 효과음치고는 뱃속이 저릿할 정도로 박력이 있다 생각했더니 —.

"어라? 너…."

정면에 하루히의 얼굴이 있었다. 내 방 맞은편, 자기 방문을 열고 고개를 내밀고 있는 하루히가 입을 쩍 벌리고선 나를 바라보고 있었다.

"쿈, 조금 전까지 내 방에 있…지 않았지?"

통로에 고개를 내밀고 있는 건 나와 하루히만이 아니었다.

"저어."

하루히의 오른쪽, 티셔츠 차림의 아사히나 선배도 당황스런 표정으로 문을 반쯤 열고 있었고 왼쪽에는,

"……."

나가토의 핼쓱한 모습도 있었다. 그리고 옆으로 보니,

"아니, 이거."

코이즈미가 코끝을 긁으며 묘한 눈빛을 보내더니 모호한 미소를 지었다.

소리가 왜 크게 들렸는지 알았다. 다섯 명이 모두 동시에 문을 열었던 것이다. 5중주의 화음이 그 정체다.

"뭐야, 다들. 어떻게 된 거니?"

하루히가 제일 먼저 정신을 차리고 살짝 나를 노려보았다.

"왜 다들 동시에 방에서 나온 건데?"

나는 가짜 아사히나 선배를 쫓아가려고 그랬다—고 말을 하려다 깨달았다. 조금 전의 하루히의 말에서 마음에 걸리는 부분이 있었

다.

"너는 왜 그런 건데? 설마 화장실에 가려고 그런 건 아니겠지."

놀랍게도 하루히는 살짝 고개를 숙이며 아랫입술을 깨물었다가 천천히 입을 열었다.

"이상한 꿈을 꿨어. 어느 사이엔가 네가 방에 몰래 들어오는 꿈. 전혀 너답지 않은 소리를 하고. 그러니까 아무튼 그래서 조금 이상하다 싶어서…. 그래, 때려주려는데 도망쳐서…. 어? 꿈…이지? 그런데 참 이상하다."

그게 꿈이었다면 지금은 꿈의 연속이다. 고민하듯 미간을 찌푸리는 하루히를 바라보고 있으려니 코이즈미가 다가왔다.

"저도 같아요."

날 뚫어져라 쳐다본다.

"제 방에도 당신이 나타났어요. 생긴 건 당신이었는데 조금 행동이 기분이 나쁘달까요…. 아무튼 당신이 할 것 같지 않은 행동을 하시더라고요."

이유도 없이 오한이 든다. 코이즈미의 싱글거리는 얼굴에서 눈을 떼고 나는 아사히나 선배에게 주목했다. 진짜다. 이렇게 보면 바로 알 수 있다. 조금 전의 나는 뭘 착각한 걸까? 분위기도 그렇고 말투도 그렇고, 이게 아사히나 선배가 아니라 뭐란 말인가.

내 시선을 어떻게 받아들였는지 아사히나 선배는 무슨 연유에선지 얼굴을 붉혔다. 그녀에게도 내가 등장했겠지, 그렇게 믿으려는데,

"제게는 스즈미야 씨가요."

두 손가락을 꼬물거리며 말했다.

"저어, 이상한 스즈미야 씨라…. 말은 잘 못 하겠지만 가짜 같아서…."

같아서가 아니라 가짜지. 그건 틀림없는데, 대체 뭐냐, 이 사태는. 모두의 방에 우리들 중 누군가의 짝퉁이 나타났다고? 내게 아사히나 선배가 오고, 하루히와 코이즈미의 방에 내가, 아사히나 선배에게는 하루히….

"나가토." 나는 그녀를 부른 뒤 계속해서 물었다. "너한테는 누가 왔지?"

아사히나 선배와 똑같은 티셔츠 차림의 나가토는 멍한 얼굴을 조용히 들어 나를 직시하고선,

"너."

작은 목소리로 그렇게 말한 뒤 천천히 두 눈을 감았다.

그리고—.

"…유키?!"

하루히의 의문형 외침을 BGM으로 나는 믿을 수 없는 것을 보았다.

나가토가, 저 나가토 유키가 흐느적거리며 무너져, 보이지 않는 손바닥에 짓눌리기라도 한 듯 옆으로 쓰러지고 만 것이다.

"왜 그래, 유키? 잠깐…."

모두가 말을 잃고 움직이지 못하는 가운데 유일하게 하루히만이 바로 달려가 작은 몸을 일으켰다.

"왓…. 열이 엄청나네. 유키, 괜찮니? 얘, 유키!"

목이 축 처진 나가토는 눈을 감고 있었다. 무표정한 얼굴이었다. 하지만 나가토가 편안히 잠들어 있는 게 아니라는 것은 내 본능이

깨닫고 있었다.

하루히는 나가토의 어깨를 안으며 매서운 눈으로 큰 소리를 쳤다.

"코이즈미, 유키를 침대로 데리고 가. 쿈, 너는 얼음베개를 찾아와. 어딘가에 있을 거야. 미쿠루는 젖은 수건을 준비해줘."

나와 아사히나 선배, 코이즈미 세 사람이 멍하니 서 있는 것을 보고 하루히는 다시 커다란 목소리로 소리쳤다.

"어서!"


코이즈미가 축 늘어진 나가토를 안아 올리는 모습을 본 뒤 나는 계단을 재빨리 내려갔다. 얼음베개라. 어디를 찾아봐야 하나….

그런 생각을 하고 있는 것도 나가토가 기절하듯 쓰러진 충격에서 회복되지 못하고 있기 때문이겠지. 있을 수 없는 광경이었다. 그 때문에 가짜 아사히나 선배가 내 방에서 했던 행동과 다른 녀석들의 방에 각각 우리들 중 누군가의 가짜가 발생했다는 수수께끼가 이제는 성가실 정도로 아무래도 좋은 일이 되어버렸다. 마음대로 하라그래. 그런 건 나하고는 상관없는 일이다.

"짜식."

본격적으로 위험하다. 제길, 나가토에게는 한동안 인간다운 평화로운 생활을 맛보게 해주려고 생각하고 있었는데 이래서는 완전히 반대잖아.

얼음베개를 찾아 정처 없이 돌아다니는 사이 나는 무의식중에 주방으로 들어섰다. 우리 집에서는 냉각 시트는 구급상자가 아니라

냉장고에 넣어둔다. 이 저택에서는 어떨까.

"잠깐만."

대형 냉장고 손잡이를 쥐기 전에 나는 순간 손길을 멈추었다. 얼음베개를 떠올리고 강하게 생각해보았다.

냉장고를 열었다.

"…역시."

양배추 위에 파란 얼음베개가 놓여 있었다.

정말 준비성도 좋지. 너무 편리하잖아. 하지만 누군지는 모르겠는데 이건 역효과다. 덕분에 결심이 강해졌다.

이런 곳에 이 이상 있어서는 안 된다.



꽝꽝 언 얼음베개를 안고 식당을 나오자 저택 입구에 코이즈미가 혼자 서 있었다. 현관을 열심히 보고 있었는데, 대체 무슨 생각인 거지? 눈을 긁어 모아오라고 하루히가 명령이라도 한 건가.

쓴 소리 한마디라도 던져주려고 다가갔는데 코이즈미가 날 알아보고 먼저 입을 열었다.

"마침 잘 왔어요. 이걸 봐주시겠습니까?"

문을 가리켰다.

나는 내가 할 말을 일단 미루고 가리킨 코이즈미가 방향을 보았다. 그곳에서서 기묘한 것을 발견하고 말을 잃었다.

"이긴 뭐나?"

할 수 있는 말이라고는 고작 이게 다였다.

"이런 게 있는 줄은 몰랐는데."

"네, 없었습니다. 이 저택에 마지막으로 들어온 건 저예요. 문을 닫을 때에 봤는데 그때에는 이런 게 없었어요."

저택의 현관문, 그 안쪽에 형용하기 힘든 것이 붙어 있었다. 굳이 가까운 표현을 찾자면, 콘솔이나 패널이 되겠지.

목제 문에 금속광택이 나는 50센티미터 크기의 플레이트—역시 패널이라는 단어가 제일 낫겠다—가 붙어 있었는데, 그 안에는 두통을 유발할 것만 같은 기호와 숫자가 새겨져 있었다.

인내력을 발휘해 바라보았다. 제일 위에 있는 건.

$$x-y=(D-1)-z$$

그 아랫단에도 기호가 있었다.

$$x=\square,\ y=\square,\ z=\square$$

□ 부분이 움푹 들어가 있다. 마치 그곳에 뭔가를 끼워넣으라고 하는 것 같았다. 내가 세 개의 움푹 팬 자국에 당혹스런 눈빛을 보내고 있는데,

"조각은 거기에 있습니다."

코이즈미가 가리킨 쪽 바닥에 나무틀에 든 숫자 블록이 있었다. 가만히 보니 0부터 9까지의 숫자가 3열로 들어가 있었다. 몸을 숙여 집어들었다. 마작패 같은 모양에, 무게도 딱 그 정도였다. 마작패와 다른 것은 표면에 새겨진 모양으로, 한 자릿수의 아라비아 숫자만이 각인되어 있었다.

합계 열 종류의 숫자가 세 패씩 평평한 나무 상자에 담겨 있다.

"이 방정식의 해답이 되는 숫자를" 코이즈미도 블록 중 하나를 주워들어 관찰하는 시선을 보내며 말했다. "빈 부분에 집어넣으라는 거겠죠."

나는 다시 한번 수식으로 시선을 돌렸다. 갑자기 머리가 아파진다. 수학은 내게 수없이 존재하는 비인기 과목 중의 하나였다.

"코이즈미, 너는 알겠냐?"

"어디선가 본 듯한 식이긴 한데 이것만 가지고는 아무래도 풀 수가 없을 것 같아요. 간단하게 양변의 수치를 똑같이 하는 것만이라면 얼마든지 조합이 가능하겠죠. 이게 만약 단 하나뿐인 답을 이끌어내라는 거라면 보다 조건을 제시해주지 않는 한 힘듭니다."

나는 네 개의 알파벳 가운데 이채로운 빛을 띠고 있는 하나에 주목했다.

"이 D는 뭐냐? 대답 안 해도 되는 것 같은데."

"하나만 대문자고 말이죠."

코이즈미는 넘버 0의 패를 만지작거리며 목을 누르는 동작을 취하며 말했다.

"이 수식… 알고 있는 것 같습니다. 그게 여기까지 올라와 있는데…. 뭐였더라. 그렇게 오래전에 본 건 아닌 것 같은데 말이에요."

그대로 굳은 채 눈썹을 찡그리고 있다. 신기하군. 코이즈미가 저렇게 진지한 얼굴로 생각을 하고 있다니 말이야.

"그래, 여기에 무슨 의미가 있는 건데?"

나는 들고 있던 패를 나무틀에 돌려놓았다.

"문 안쪽에 갑자기 산수 문제가 발생한 건 알았는데, 그게 어쨌다고?"

"네."

코이즈미는 제정신을 차렸다.

"열쇠입니다. 문에 열쇠가 걸려 있어요. 안쪽에서는 열 방법이 없습니다. 손잡이를 아무리 돌려봐도 안 되더군요."

"뭐라고?"

"시험해보시면 아실 겁니다. 보시다시피 안쪽에는 열쇠구멍도 홈도 없습니다."

해보았다. 안 열리는군.

"누가 어떻게 잠근 거야? 오토 록이라도 안에서는 열 수 있잖아."

"그런 상식론이 통하지 않는 공간이라는 하나의 증명이지요."

코이즈미는 무의미한 미소를 되찾았다.

"누군지는 모르겠어요. 하지만 그 누군가는 우리를 여기에 가둬두고 싶은가봅니다. 창문은 모두 잠겨 있고 입구의 문에는 굳건한 자물쇠가…."

"그럼 이 패널 수식은 뭔데? 시간 때우기 퀴즈냐?"

"제 생각이 틀림없다면 이 수식이야말로 문을 여는 열쇠입니다."

코이즈미는 천천히 말했다.

"나가토 씨가 만들어준 유일한 탈출로인 것 같습니다."


내가 최근의 기억을 되돌려 향수에 잠겨 있는 것과는 상관없이 코이즈미는 혀를 매끄러이 놀리기 시작했다.

"정보전이라고 해야 할까요. 무슨 조건 투쟁이 있었던 것 같습니다. 누군가가 우리를 이공간에 가둬놓는다, 나가토 씨는 그에 대항해 탈출로를 마련한다, 그게 이 수식이 아닐까요? 풀 수만 있다면 우리는 원래 세계로 돌아가겠지만 그렇지 못한다면 계속 이 상태라는 도식이죠."

코이즈미는 문을 두드렸다.

"구체적으로 어떤 싸움이 있었는지는 알 길이 없어요. 이게 정신 생명체끼리의 정보전이라면 우리가 상상할 길은 없으니까요. 하지만 현실에는 이러한 형태로 나타났습니다. 이 패널이 그 결과겠죠."

수수께끼에 싸인 저택에 어울리지 않는 계산 문제.

"우연은 아닙니다. 우리가 기묘한 꿈과 같은 것을 본 직후에 나가토 씨가 쓰러지고 문에는 이 패널이 발생했어요… 이러한 연속된 사건은 우발적인 게 아니라 어떠한 관련성을 갖고 있는 게 분명합니다."

만약 초조감을 느끼고 있다 해도 코이즈미는 전혀 그런 기색을 보이지 않았다.

"분명 그게 탈출의 열쇠예요. 아마도 나가토 씨가 만든…."

패널 어딘가에 'Copyright©by Yuki Nagato'라고 씌어 있지는 않을까 찾아보고 말았다. 없긴 했지만.

"이것도 추측입니다만, 나가토 씨가 이 공간에서 사용할 수 있는 힘은 그렇게 크지 않을 겁니다. 통합 사념체와 접속이 단절된 지금 그녀에겐 그녀가 단독으로 가진 고유 능력밖에 없어요. 그래서 이런 어중간한 탈출구밖에 열지를 못한 거죠."

추측치고는 너무 그럴싸하잖아.

"네, 뭐, 그렇죠. '기관'은 나가토 씨 외의 인터페이스와도 접속을 꾀하고 있으니까요. 어느 정도의 정보는 제게도 들어오고 있답니다."

다른 우주인 얘기를 자세히 듣고 싶은 마음도 없는 건 아니지만 지금은 됐다. 그보다 이 묘한 퍼즐을 어떻게든 해야지. 나는 패널의 기호와 나무틀에 들어 있는 숫자패를 번갈아 보며 나가토의 조심스런 목소리를 떠올렸다.

"이 공간은 내게 부하를 준다."

우리를 눈보라 치는 저택으로 인도한 게 누군지는 모르지만, 나가토가 열이 나 쓰러지게까지 만든 녀석을 나는 용서하지 않을 거다. 그런 토 나오는 녀석의 꿍꿍이에 놀아날까보냐. 무슨 일이 있어도 여기에서 나가 츠루야 선배의 별장으로 돌아갈 거야. 누구 하나 빠짐없이 SOS단 모두와 함께.

나가토는 확실하게 자신의 할 일을 끝냈다. 내게는 보이지도 들리지도 않았지만, 이공간에 휘말려든 뒤로 계속 눈에 보이지 않는 '적'과 싸우고 있었음에 분명하다. 평소보다 핼쑥해 보였던 건 그 때문이었을 것이다. 그 결과, 쓰러지면서도 작은 바람구멍을 만들어 주었다. 이제는 우리들이 문을 열 차례다.

"여기서 나가자."

나의 결의 표명에 대해 코이즈미는 시원스레 미소를 지었다.

"물론 저도 그럴 생각입니다. 아무리 쾌적하다 해도 여긴 계속 있고 싶은 장소는 아니니까요. 이상향과 디스토피아는 항상 표리일체죠."

"코이즈미."

그렇게 부르는 내 목소리는 내가 들어도 놀랄 만큼 진지했다.

"네 초능력으로 구멍을 낼 수는 없냐? 이대로 있다간 위험해. 나가토가 저렇게 되어버린 지금 뭔가 할 수 있는 건 너밖에 없다."

"그건 과대평가라는 겁니다만."

코이즈미는 이런 상황에서도 미소를 잃지 않았다.

"저는 제가 만능 초능력자라는 말을 한 기억은 없습니다. 힘을 발휘할 수 있는 건 한정된 조건에서만이에요. 그건 당신도 잘 알고 있을—."

얘기를 끝까지 듣지도 않았다. 나는 코이즈미의 멱살을 잡았다.

"그런 소리는 못 들었어."

입술을 얄밉게 일그러뜨리고 있는 코이즈미를 노려보았다.

"이공간은 네 전문이잖아. 아사히나 선배는 도움이 안 될 것 같고 하루히는 저런데. 그 꼽등이처럼 네가 할 수 있는 일도 있을 거 아냐. '기관'인지 뭔지는 멍청이 집단이냐."

멍청한 건 나도 마찬가지다. 아무것도 할 수 없다. 차분히 있지도 못하고 있으니 코이즈미 이하라고도 할 수 있다. 생각나는 거라고는 여기서 코이즈미를 두들겨 패고 그 다음으로 얻어맞는 것 정도다. 봐주지 않고 있는 힘껏 자신을 때릴 수는 없는 노릇이니까.

"뭐 하는 거야?"

뒤에서 날카로운 목소리가 날아왔다. 기분 나쁘다는 분위기의 음색이었다.

"쿈, 얼음베개는 어떻게 됐어? 너무 늦어서 보러 왔더니 뭐니? 쿠이즈미랑 씨움 연습을 하다니 무슨 생각인 거야?"

하루히가 우뚝 서서 허리에 손을 대고 있었다. 상습 감 도둑을 현행 체포한 동네 할아버지와 같은 표정이다.

"조금은 유키도 생각하라고. 놀고 있을 시간이 어딨어!"

나와 코이즈미가 놀고 있는 것으로 보였다면, 하루히도 마음을 다른 장소로 이송해둔 건지도 모르겠다. 나는 코이즈미의 멱살을 놓고선 언제 떨어트렸는지 기억도 없는 얼음베개를 주워들었다.

하루히는 재빨리 베개를 빼앗고선,

"이게 뭐야?"

문에 붙어 있는 이상한 식으로 시선을 던졌다. 코이즈미는 흐트러진 옷깃을 손가락으로 잡아당기며 대답했다.

"글쎄요, 그걸 둘이서 생각하고 있던 참입니다. 스즈미야 씨는 뭔지 짐작이 가시나요?"

"오일러 아냐?"

맥 빠지게도 너무나도 시원스레 감상을 말했다. 그에 응한 것은 코이즈미였다.

"수학자인 레온하르트 오일러 말인가요?"

"풀 네임까지는 몰라."

코이즈미는 다시 한번 문에 박힌 수수께끼의 패널을 몇 초 동안 바라보다,

"그렇구나."

연출이라도 한 것처럼 손가락을 튕겼다.

"오일러의 다면체 정리예요. 아마 이건 그 변형일 겁니다. 스즈미야 씨, 용케 아셨네요."

"아닐지도 몰라. 이 D 부분에는 차원수가 들어갈 것 같으니까 아마 그렇지 않을까."

아니든 정답이든 상관없다. 일단 나는 당연한 의문을 품었다. 오

일러라는 게 누구고 뭘 했던 인간이냐. 다면체 정리는 또 뭐야? 그런 게 수학 시간에 나왔었냐? 라고 묻고 싶었지만 수학에는 언제나 반쯤 졸고 있었기 때문에 적극적으로 질문을 하기가 꺼려진다.

"아뇨, 고등학교 수학에서는 보통 다뤄지지 않습니다. 하지만 당신도 쾨니히스베르크의 다리 건너기 문제 정도는 들어본 적이 있을 겁니다."

그거라면 알고 있다. 수학 선생인 요시자키가 수업 중 잡담의 일환으로 얘기했던 퍼즐 예제였다. 그거다, 두 개의 모래톱과 강 맞은편에 걸린 여러 개의 다리를 한붓그리기로 건널 수 있는가 하는 그거지? 불가능한 것 아니었나?

"그렇습니다"고 코이즈미는 고개를 끄덕였다. "그 퍼즐은 평면상의 문제이지만, 오일러는 그것이 입체에도 해당한다는 걸 증명했어요. 그는 역사에 남을 정리를 여러 개 발견했는데 다면체 정리는 그 중 하나입니다."

코이즈미가 해설을 해주었다.

"모든 꼭짓점 다면체에 있어 그 다면체의 정점의 수에 면의 수를 더해 변의 수를 빼면 반드시 답이 2가 나온다는 정의입니다."

"……."

내가 모든 수학적 요소를 창 밖으로 던져버리고 싶다는 생각을 하는 것을 알았는지 코이즈미는 쓴웃음을 지으며 한 손을 등 뒤로 돌렸다.

"그럼 알기 쉽게 그림으로 그려보죠."

검은색 유성펜을 꺼냈다. 어디서? 몰래 숨겨놨던 거냐? 아니면 내가 얼음베개를 꺼낸 방법으로 꺼낸 거냐.

코이즈미는 바닥에 무릎을 꿇고선 시원스런 얼굴로 빨간 융단 위에 펜을 놀렸다. 하루히도 나도 막지 않았다. 낙서 정도로는 큰 타격을 입지 않을 저택이다.

그렇게 그려낸 것은 주사위처럼 생긴 입방체였다.

"보시면 아시겠지만 이건 정육면체입니다. 정점의 수는 8, 면의 수는 그대로 6이죠. 그리고 변의 수는 12. 8+6−12=2…가 되죠?"

그것만 가지고는 부족하다 생각했는지 코이즈미는 새로운 도형을 그렸다.

"이번에는 사각뿔이에요. 세어보면 정점의 수가 5, 면도 5, 변은 8인 것을 알 수 있죠. 5+5−8하면 답은 역시 2가 됩니다. 이처럼 계속 면 수를 늘려 백면체까지 간다 해도 나오는 답은 반드시 2가 되는 이 식을 오일러의 다면체 정리라고 하는 겁니다."

"그래. 그건 알았다. 그런데 하루히가 말한 차원수란 건 또 뭐냐?"

"그것도 간단한 거예요. 이 다면체 정리는 입체에만 적용되는 방식이 아니라 2차원 평면도에도 해당이 돼요. 단, 그 경우, 정점+면

–변은 필연적으로 1이 되지만요. 쾨니히스베르크의 다리 건너기 문제는 이걸 가지고 생각한 겁니다."

융단에 다른 낙서가 생겨났다.

"보시다시피 팬타그램, 한 번에 그릴 수 있는 별입니다."

직접 세어보았다. 정점의 수는 하나, 둘…, 10이다. 면은… 6이군. 변의 수가 제일 많아지는가, 으음, 합계 15. 그렇다는 건 10+6−15니까—1이다.

내가 계산하는 사이에 코이즈미는 네 번째 그림을 완성했다. 북두칠성을 잘못 그린 것 같은 그림이다.

"이런 엉터리 그림이라도 상관없습니다."

귀찮아졌지만 이왕 시작한 거 암산을 해보기로 하지. 으음…, 점은 7, 면은 1, 그리고 변은 7이라. 그렇군, 역시 1이 되는구나.

코이즈미는 시원스런 미소를 지으며 펜 뚜껑을 닫았다.

"그러니까 3차원의 입체면 이콜 2, 2차원 평면이라면 1이 되는 거죠. 그걸 머릿속에 넣은 다음 이 식을 봅시다."

펜 끝은 문에 달린 패널을 향하고 있었다.

"$x-y=(D-1)-z$. x는 정점에 해당하겠죠. 그렇다면 거기서 감해지는 건 변밖에 없으니까 y는 변의 수입니다. 약간 이해하기 힘든 건 원래 좌변에 있어야 할 z, 즉 면의 수가 우변으로 이동해 마이너스 기호를 달고 있는 거군요. 그리고 이 $(D-1)$인데요, 입체라면 2, 평면이라면 1이 될 테니까 D에 해당하는 건 3차원이라면 3, 2차원이라면 2가 됩니다. 이 D는 디멘션, 차원의 D예요."

나는 가만히 얘기를 들으며 머리를 굴리는 데에 집중했다. 으음. 일단 이해는 된 것 같다. 그렇군, 이게 오일러 씨가 개발한 어쩌구 정리라는 건 이해했다.

"그래서?"

라고 물었다.

"이 숫자 퀴즈의 답은 어떻게 되는 건데? x와 y와 z에는 어느 숫자 블록을 집어넣으면 되는 거냐?"

"그건."

코이즈미가 대답했다.

"모르겠습니다. 기본이 되는 다면체나 평면도가 없으면 알 수가 없어요."

그럼 아무 의미도 없잖아. 그 기본이 되는 도형인지 뭔지는 대체 어디에 있는데.

글쎄요, 이렇게 말하며 코이즈미는 어깨를 치켜올렸고 나의 짜증은 더욱 레벨업했다.

하지만 그때였다. 복잡한 얼굴로 방정식을 보고 있던 하루히가 갑자기 해야 할 일이 떠올랐다는 듯,

"이런 건 신경 꺼ㅡ. 그보다 !"

갑자기 소리 좀 치지 마라.

"나중에 유키를 보러 와줘."

그거야 당연히 갈 건데 왜 그렇게 고압적으로 말하는 거야.

"그 아이가 헛소리를 하듯 네 이름을 불렀으니까 그렇지. 한 번뿐이긴 했지만."

내 이름을? 나가토가? 헛소리?

"대체 뭐라고 그랬는데?"

"그러니까 쿈이라고."

나가토가 나를 애칭으로 부른 적은 한 번도 없었다. 아니, 본명으로도 별명으로도 구체적으로 나를 지칭하는 명칭으로 불렀던 기억 자체가 없다. 그 녀석이 나를 주어로 하는 말을 할 때, 그것은 언제나 2인칭 대명사였다…. 형태를 알 수 없는 감정의 안개가 가슴속에서 이는 것을 느끼고 있는데,

"아니…."

코이즈미가 이의를 제기했다.

"그건 정말로 '쿈'이었습니까? 다른 말을 잘못 들었을 가능성은 없을까요?"

뭐야, 이 녀석. 나가토의 잠꼬대에 딴죽을 걸 생각이 거냐.

하지만 코이즈미는 내게는 눈길도 주지도 않고 하루히를 쳐다보며 물었다.

"스즈미야 씨, 이건 아주 중요한 일이에요. 잘 생각해보십시오."

코이즈미로서는 제법 힘이 실린 목소리에 하루히도 조금 의외라고 느꼈는지 눈을 비스듬히 돌려 생각에 잠기는 모습을 보였다.

"그래. 똑똑히 들은 건 아니라서 콘이 아니었는지도 모르겠다. 목소리도 작았고 말야. 어쩌면 횬이나 존이었을지도 몰라. 캰이나 큔은 아니었던 것 같아."

"그렇군요."

코이즈미는 만족스럽게 말했다.

"첫 음절이 불확실하고 나머지 어미만 들은 거군요. 하하, 그렇구나. 나가토 씨가 말하고 싶었던 건 분명 콘도 존도 아닌 '욘'이었을 겁니다."

"욘?"이라고 말하는 나.

"네, 숫자 '4'(주30)요."

"4가 어쨌다는….'"

나는 말을 멈추고 수식을 보았다.

"야."

하루히는 짜증이 난 듯 입을 삐죽거리며,

"이런 숫자 퀴즈에 매달려 있을 때가 아니잖아. 유키를 좀 걱정해보라고."

얼음베개를 휘두르며 눈을 부릅뜨고선,

"나중에 꼭 병문안 와야 해! 알았지!"

고함을 남긴 뒤 발걸음 소리도 요란하게 계단을 올라갔다. 그 모습을 배웅한 뒤, 완전히 시야에서 사라진 것을 확인하고 나서 코이즈미는 말했다. 확신에 찬 목소리와 표정으로.

주30) 일본어로 숫자 4는 욘이라고도 읽는다.

"드디어 조건이 다 갖춰졌습니다. 이제 알았어요. x, y, z에 해당하는 숫자를요."

"조금 전에 우리가 체험한 현상을 떠올려 보십시오. 스즈미야 씨가 꿈이었다고 의심하고, 제게는 애매한 실감이 나는 가짜 사건을요."

코이즈미는 다시 펜을 한 손에 들고 허리를 숙였다.

"누구에게 누구의 환영이 나타났는지, 그걸 도형으로 그려보죠."

우선 코이즈미는 빨간 융단에 점을 하나 찍고 그 옆에 'ㅋ'이라고 적었다.

"이건 당신입니다. 당신의 방에 온 건 아사히나 선배였죠?"

점 위로 직선을 그어 거기에도 점을 찍은 뒤 '아'라고 적었다.

"아사히나 씨의 방에는 스즈미야 씨가 등장했죠."

'아'를 나타내는 점에서 이번에는 비스듬하게 왼쪽으로 선을 그어 점과 '스'라는 글씨를 썼다.

"스즈미야 씨에게는 당신이었어요."

점 '스'에서 뻗은 선은 점 'ㅋ'에 합류해 직각삼각형이 완성되었다.

"그리고 제게는 당신이었습니다. 정말 당신답지 않은 당신이었다고 할 수 있었죠. 당신은 미치는 한이 있어도 절대 그런 짓을 하지 않을 겁니다."

점 'ㅋ'에서 아래로 선을 그어 점 '코'라고 썼다.

"나가토 씨도 당신이라고 했습니다."

이 시점에서 나도 깨달았다. 나를 나타내는 점에서 오른쪽으로 뻗은 선 끝에 점 '나'가 달리고, 코이즈미는 펜을 닫는 것으로 종료 신호를 보냈다.

"모든 것은 관련되어 있었던 겁니다. 꿈인지 현실인지 알 수 없는 가짜는, 그러니까 나가토 씨가 우리들에게 보여준 환영이었던 겁니다."

나는 코이즈미가 그린 최신 도형을 보았다. 가만히.

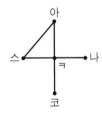

한붓그리기의 '4'였다.

"이걸 문의 수식에 따라 계산하면 되는 겁니다. 우리가 본 가짜 우리와의 상관도죠. 평면이니까 D는 자동적으로 '2'가 되겠죠."

내가 머리로 계산하는 것보다 빠르게 말했다.

"그걸 끼워 맞춰보면 정점은 우리의 인원수니까 '5', 면의 수는 당신과 스즈미야 씨와 아사히나 씨로 구성된 삼각형이 전부니까 '1', 변의 수는 전부 해서 '5'."

앞머리를 손가락으로 쓸어 올리며 코이즈미가 웃었다.

"$x=5$, $y=5=z=1$. 그게 해답입니다. 양변 모두 0이 되는군요."


감탄하거나 칭찬해줄 시간이 아깝다.

나는 숫자 블록을 손에 들었다. 세 개. 답이 밝혀졌으면 바로 그에 따라야지.

하지만 코이즈미는 아직 의문을 갖고 있어 보였다.

"제가 두려워하고 있는 건 이게 삭제 프로그램이 아닌가 하는 겁니다."

일단 물어보기나 하자. 그건 뭔 소리냐?

"우리가 복사되어 시뮬레이션에 의해 존재된다고 친다면, 일부러이 이공간에서 내보낼 필요는 없죠. 오리지널이 현실에 있다면 그걸로 충분하니까요."

코이즈미는 가볍게 두 손을 위로 들어올렸다.

"이 수식에 정답을 집어넣어 발동하게 되는 구조, 그 정체는 우리를 삭제하는 건지도 몰라요. 우리는 소위 말하자면 자살을 하게 되는 겁니다. 여기서 변화가 없는 충족된 삶을 영원히 사는 것과 깨끗하게 딜리트되는 것, 당신은 어느 게 더 좋을 것 같습니까?"

둘 다 싫어. 영원히 살고 싶다는 생각은 하지 않지만 지금 당장 사라지는 것도 단연코 거부다. 나는 나야. 다른 누구와도 바꿀 수 없다.

"나는 나가토를 믿는다."

내가 생각해도 참 차분한 목소리였다.

"그리고 너도 믿어. 네 성격에 네가 도출해낸 답이 정답이라고 생각해. 하지만 그건 이 방정식의 답까지라고."

"그렇군요."

코이즈미는 이심전심의 기술을 익혔는지 부드럽게 미소 지었다. 그리고 반걸음 정도 뒤로 물러나 말했다.

"당신에게 맡기도록 하겠습니다. 무슨 일이 일어난다 해도 전 당신과 스즈미야 씨를 따라가는 수밖에 없어요. 그게 제 일이자 임무이기도 하거든요."

그런 것치고는 참 즐거워 보여서 다행이네. 즐거운 일이란 좀처럼 없는 법이거든.

코이즈미는 미소를 약간 진지하게 변화시킨 뒤,

"우리가 통상 공간으로 복귀했다는 가정을 전제로 하는 얘기입니다만, 한 가지 약속하고 싶은 게 있습니다."

평온한 목소리로 말했다.

"앞으로 나가토 씨가 궁지에 몰릴 일이 생긴다 해도, 그리고 그게 '기관'에 좋은 일이라 해도 저는 딱 한 번 '기관'을 배신하고 당신의 편에 서겠습니다."

나말고 나가토의 편에 서지.

"그런 상황하에서는 당신은 확실하게 나가토 씨의 편을 들 테니 제가 당신의 편을 드는 건 그대로 나가토 씨를 돕는다는 의미가 됩니다. 약간 우회적인 표현일지는 모르겠지만요."

그러고선 입술 한쪽 끝을 일그러뜨리며 말했다.

"저 개인적으로도 나가토 씨는 중요한 동료입니다. 그때, 딱 한 번은 나가토 씨의 편에 서고 싶다는 생각을 하고 있습니다. 저는 '기관'의 일원이지만 그 이상으로 SOS단의 부단장이기도 하니까요."

코이즈미는 완전히 지켜보는 눈으로 나를 바라보고 있었다. 자신의 차례를 마치고 의사 표시 권리를 포기한 뒤 만족하는 얼굴이었다. 그렇다면 나는 사양 않고 내가 생각하는 것을 주저 없이 하도록 하겠다.

12월 중반―. 나는 원래 있던 세계에서 혼자 남겨져 이리저리 뛰어다닌 끝에 탈출을 했다. 그러니까 이번에도 그렇게 할 거다. 그때와 다른 건 이번에는 나 혼자가 아니라 SOS단 전원이 여기를 나간다는 거다. 용궁에는 볼일이 없다. 사라지는 건 우리가 아니야. 이 공간이다.

나는 주저 없이 블록을 소정의 장소에 집어넣었다.

달칵. 기분 나쁜 소리가 났다. 금속 장치가 풀리는 소리인 것 같다.

숨을 죽이고 손잡이를 쥐었다. 힘을 주었다.

천천히 문이 움직이기 시작했다.


"――."


지금까지 나는 말로 표현할 수 없는 소리를 나도 모르게 내버릴 법한 일들을 경험해왔다. 기가 막히기도 하고 경악하기도 하고 두려워하기도 하고 등등등. 몇 번이나 "이건 말도 안 되지"라는 생각을 하며 이 시간과 공간이 소의 위장처럼 뒤틀려 있는 것 같은 장면을 보게 된다면 싫어도 살충제가 잘 안 듣는 바퀴벌레 수준의 내성을 갖추게 된다 해도 이상할 게 하나 없다고 생각했었다.

그 말을 취소해야만 할 것 같다.

무거운 문을 다 연 나는,

"――."

도저히 목소리를 낼 수 없는 불가능한 상태에 빠져 있었다.

내 눈을 믿을 수가 없었다. 어째서 내 시신경은 이런 광경을 두뇌에 전달하는 거냐. 어디서 문제가 생긴 거야? 망막이냐. 수정체냐. 어디가 맛이 간 거냐.

"―이거….."

재채기가 나올 만큼 맑은 하늘이 펼쳐져 있었다. 눈보라는커녕 눈발 하나도 떨어지지 않았다. 어디를 봐도 그저 푸르고 구름 한 점 없는 하늘이었다. 존재하는 것은….

리프트 케이블이 시야를 가르고 있었다. 덜컹거리며 움직이는 상승 리프트에 스키복 차림의 커플이 타 있었다.

비틀거리는 다리가 어떻게 된 건지 너무나 무거웠다.

눈이었다. 나는 눈을 밟고 있다. 반짝이는 하얀 대지가 눈부셨고 내 눈을 더욱 어지럽게 했다.

인기척이 느껴져 고개를 들자 맹렬한 속도로 활강하는 사람이 바로 옆을 스치고 지나갔다.

"우왓?!"

나도 모르게 점프한 뒤 시선을 돌렸다. 나를 장애물처럼 피해간 것은 카빈 스키를 신은 스키어였다.

"여긴…."

스키장이다. 의심할 여지가 없다. 자세히 보지 않더라도 여기저기에 스키어들이 있었고, 마음대로 스키를 즐기고 있는 모습이 무척 자연스럽게 눈에 들어온다.

옆을 보았다. 어깨가 무겁다 생각했더니 스키와 폴을 지고 있었다. 그 다음으로 발 밑으로 시선을 돌리자 발에는 스키 부츠를 신고 있었다. 그리고 내가 입고 있는 것은 츠루야가 별장을 나올 때에 지급받은 바로 그 스키복이었다.

황급히 뒤를 돌아보았다.

"아…?"

아사히나 선배가 잉어 새끼처럼 입을 벌린 채 눈을 깜박이고 있었다.

"이럴 수가."

코이즈미도 망연자실해 하늘을 올려다보고 있었다. 둘 다 눈에 익은 옷차림이었고, 물론 당연하다는 듯 티셔츠 차림이 아니었다.

저택은 그림자도 흔적도 찾아볼 수 없었다. 그건 이미 절대적으로 존재할 리가 없는 것이다. 여기는 그저 잘 알려지지 않은 스키장일 뿐이다. 지도에 없는 수상한 저택이 나올 자리는 수증기의 입자하나 크기의 넓이도 없다.

…그렇다는 건.

"유키?!"

하루히의 목소리가 몸 앞쪽에서 들렸으므로 서둘러 얼굴과 안구를 움직였다.

눈 위에 쓰러진 나가토를 하루히가 붙잡듯 안아 일으키고 있었다.

"괜찮니? 유키, 그러고 보니 너 열이…. 응?"

하루히는 자기 소굴에서 밖을 엿보는 장어처럼 주위를 둘러보며,

"이상하다…. 조금 전까지 저택의 방 안에 있었는데."

그러고선 나를 알아보고선 말했다.

"쿈, 뭔가 묘한 기분이 드는데…."

그 말에는 아무 대답도 않은 채, 나는 스키와 폴을 내던지고 나가토의 옆에 무릎을 꿇었다.

하루히도 나가토도 모두 눈보라가 치기 전에 시원스레 스키장을 질주하던 때의 의상 그대로였다.

"나가토."

그렇게 부르자 짧은 머리가 살짝 움직이며 천천히 고개를 들었다.

"……."

끝을 알 수 없는 무표정, 언제나 변함없는 커다란 눈동자가 나를 올려다본다. 얼굴이 눈으로 범벅이 된 나가토는 그렇게 한참 동안 가만히 시선과 얼굴을 고정하고 있었지만,

"유키!"

나를 밀친 건 하루히였다. 그러고선 나가토를 껴안았다.

"뭐가 뭔지 모르겠어. 하지만… 유키, 정신이 들어? 열은?"

"없어."

나가토는 담담히 말하고는 스스로 일어났다.

"넘어진 것뿐이야."

"정말? 그치만 열이 엄청났…던 것 같은데, 어라?"

하루히는 나가토의 이마에 손을 댔다.

"정말 뜨겁지 않네. 하지만."

주위를 둘러보았다.

"어? 눈보라…. 저택…. 설마? 꿈…은 아니었지? 어라? 꿈…이었나?"

나한테 묻지 마라. 제대로 된 답을 해주는 서비스는 없다고. 너한테만큼은 말이다.

내가 모르는 척하고 있자, "헤이―" 하는 기세 좋은 목소리가 그

리 멀지 않은 곳에서 들려왔다.

"무슨 일이야?"

스키장 경사면이 완만해지는 기슭에서 두 사람이 손을 흔들고 있었다.

"미쿠루, 하루히!"

츠루야 선배였다.

그녀 가까이에는 대중소 세 개의 눈사람이 서 있었고, 중간 규모의 눈사람과 비슷한 높이의 사람도 부록처럼 붙어 있었다. 이쪽을 보고 폴짝거리고 있는 건 내 동생이다.

나는 다시 현재 위치를 파악했다.

리프트 승강장에서 그리 멀리 떨어지지 않은, 초급 코스의 상당히 아래쪽에 우리 다섯 명이 무리를 지어 있었다.

"뭐, 됐어."

일단 하루히는 깊이 생각하기를 포기한 듯 말했다.

"유키, 업어줄 테니까 내 등에 올라타."

"됐어"라고 대답하는 나가토.

"되기는 뭐가 돼"라고 하루히는 잘라 말하고선, "잘은 모르겠지만, 나도 뭐가 뭔지 잘 모르겠지만 너는 무리하면 안 돼. 열은 없는 것 같지만 왠지 그런 기분이 든단 말이야. 안정을 취해야 해!"

하루히는 가차 없이 나가토를 등에 업고선 연신 손을 흔들고 있는 츠루야 선배와 동생 쪽으로 달리기 시작했다. 새로 뽑은 제설차도 이렇게는 못 할 거라 생각될 정도로 만약 동계 올림픽에 사람을 업고 눈 위에서 100미터 달리기 경주라는 종목이 있다면 완벽한 금메달감일 거라 여겨지는 속도로.

그후.

츠루야 선배의 연락을 받고 아라카와 씨가 차를 몰고 와주었다.

나가토는 자신을 환자 취급하는 하루히에게 반항하듯, 자기 나름대로 건강하다는 호소를 더듬더듬 하고 있었지만, 내 눈짓의 효과가 조금은 있었는지 결국 묵묵히 하루히가 시키는 대로 따랐다.

차에는 나가토, 하루히, 아사히나 선배와 동생이 올라타 먼저 별장으로 향했고, 나와 코이즈미와 츠루야 선배는 산책을 겸해 걸어서 돌아가기로 했다.

"다들 스키를 지고 걸어서 스키장을 내려오던데 무슨 일 있었어?"

으음, 눈보라는요?

"응? 그러고 보니 10분 정도 엄청나게 눈이 내리긴 했어. 하지만 그렇게 대단한 건 아니었는걸. 그냥 지나가는 눈이었어."

아무래도 우리가 눈 속을 걸어다니고 저택에서 보냈던 반나절이 넘는 시간은 츠루야 선배에게는 몇 분도 안 되는 시간이었나보다.

츠루야 선배는 씩씩하게 걸음을 옮기며 기운찬 목소리로 말했다.

"다섯 명 다 참 천천히 내려와서 왜 그러나 생각하는데 갑자기 제일 앞에 있던 나가토가 털썩 쓰러지더라고. 바로 일어나긴 했지만."

코이즈미는 씁쓸한 미소를 지으며 아무 말도 없었다. 나도 말이 없었다. 밖에서 우리를 관찰하고 있던 제3자—이 경우에는 츠루야 선배인데—그녀에게 우리는 그렇게 보였나보다. 그리고 그게 맞을 것이다. 우리는 꿈인지 환상인지 알 수 없는 세계에 있었다. 현실은 이쪽, 원래의 세계는 이곳이다.

한참을 묵묵히 걸어가고 있는데 츠루야 선배가 시원스레 웃으며 내 귓가에 입술을 갖다댔다.

"콘, 이건 다른 얘긴데…."

뭡니까, 선배.

"미쿠루랑 나가토가 평범하고는 조금 거리가 먼 것쯤이야 나도 보면 알겠거든. 물론 하루히도 평범한 사람은 아닌 거지?"

나는 뚫어져라 츠루야 선배를 관찰하고선 그 밝은 얼굴에서 순수한 빛만을 발견한 뒤 대답했다.

"눈치채셨습니까?"

"벌써 예전에. 뭘 하는 사람인지까지는 모르겠지만! 그래도 뒤에서 묘한 일을 하고 있는 거 아냐? 아, 미쿠루한테는 비밀이다. 그 아이는 나름대로 자기가 일반인이라 생각하고 있으니까!"

나의 반응하는 얼굴이 무척이나 재미있었는지 츠루야 선배는 배를 잡으며 껄껄거렸다.

"응. 하지만 콘은 평범해. 나와 같은 냄새가 나는걸."

그리고 내 얼굴을 쳐다보았다.

"뭐, 미쿠루가 뭐 하는 사람인지는 안 물어볼게. 분명히 대답하기 힘들 테니까. 뭐든 좋아, 친구잖아!"

…하루히, 이젠 준단원도 명예고문도 아니다. 츠루야 선배도 정식으로 스카우트해라. 어쩌면 이 사람은 나보다 이해력이 좋은 올바른 일반인을 연기해줄지도 모른다고.

"미쿠루를 잘 부탁해. 그 아이가 내게 말 못 할 일로 어려워하고 있다면 도와줘야 한다."

그건… 물론 그럴 겁니다만.

"그런데 말이야."

츠루야 선배는 눈을 빛내며 물었다.

"그때 영화 말이야, 문화제 때 찍은 그거. 혹시 그거 다 사실이니?"

얘기가 들렸는지 어쨌는지, 어깨를 치켜올리는 코이즈미의 모습이 시야에 들어왔다.


별장에 도착하자 나가토는 하루히의 손에 이끌려 자기 방에 가서 억지로 누웠다.

그 저택에 있었을 때 같은 멍한 느낌은 이제 그 새하얀 얼굴 어디에도 찾아볼 수 없었고, 동아리방에서 독서하고 있는 서늘한 인상이 안면에도 분위기에도 드러나 있었다. 우연히 미세한 감정이 드러날 때도 있는, 나의 친숙한 나가토였다.

마치 침대에 빙의된 간호의 요정처럼 아사히나 선배와 하루히가 나가토의 머리맡에 있었고, 동생과 샤미센도 거기서 대기하고 있었다. 뒤늦게 나가토의 방에 들어온 나와 코이즈미, 츠루야 선배를 기다리고 있었는지 다 모인 자리에서 하루히가 다음과 같은 말했다.

"쿈. 나 말이야, 좀 묘하게 리얼한 꿈을 꾼 것 같아. 저택에 가서 목욕도 하고 핫 샌드위치를 만들어 먹기도 하고 말이야."

환각을 본 거겠지, 이렇게 말하려는 내게 하루히는 계속해서 말을 이었다.

"유키는 모른다고 그랬는데, 미쿠루도 나와 같은 기억이 있대."

나는 아사히나 선배에게 눈빛을 보냈다. 사랑스러운 차 따르는 메이드 님은 "죄송해요" 라고 말하듯 고개를 숙였다.

이거 참 큰일일세. 그런 건 환각이나 백일몽으로 끝내 버리려고 생각했는데 두 사람이 나란히 똑같은 백일몽을 꾸게 되는 상황을 설명할 논리가 금방 떠오르질 않는다.

이걸 어떻게 속이나 생각하고 있는데,

"집단 최면입니다."

코이즈미가 못 말리겠다는 표정을 내게 보이며 끼어들었다.

"실은 저한테도 비슷한 기억이 있어요."

"최면술에 걸렸었다는 거야? 나도?" 라고 말하는 하루히.

"인위적인 술법과는 조금 다르지만. 그래요, 스즈미야 씨의 성격으로 봤을 때 만약 지금부터 최면술을 걸겠다고 미리 알려준다면 도리어 회의적이 되어 최면술이 통하지 않겠죠."

"그럴지도 몰라."

하루히는 생각에 잠기는 표정이다.

"하지만 우리는 하얀 눈보라밖에 보이지 않는 풍경 속을 일정한 리듬으로 끝없이 걸어왔습니다. 하이웨이 힙노시스라는 현상을 알고 계십니까? 곧게 뻗은 고속도로를 차로 달리다보면 똑같은 간격으로 서 있는 가로등 풍경이 드라이버에게 최면 상태를 유발해 잠들게 만든다는 현상이죠. 우리도 그와 같은 상태에 처했을 가능성이 높습니다. 전철에 앉아 있으면 자주 졸음이 몰려오는데, 그것도 전차의 진동이 일정한 리듬을 갖고 있기 때문이에요. 갓난아기를 재울 때에 등을 천천히 두드려주는 것도 같은 이치입니다."

"그런 거야?"

하루히가 그제야 알았다는 얼굴을 하자 코이즈미는 크게 고개를 끄덕이며,

"그렇습니다."

설득하는 것 같은 목소리로 계속 말을 이었다.

"눈보라 속을 행진하는 사이 누군가가 속삭였던 거죠. 어디 피난 할 만한 저택이 있고 거기가 아주 쾌적한 공간이라면 좋을 텐데… 라고요. 어쨌든 조난 중인 우리들은 극한 상태에 처해 있었고, 그런 정신 상태에서는 어떤 환각을 본다 해도 신기한 일이 아닙니다. 사막을 떠도는 이가 오아시스 환각을 본다는 사고는 알고 계시죠?"

코이즈미 녀석, 점점 세게 나가는군.

"응…, 알아. 그게 그거였나?"

하루히는 고개를 갸웃거리며 나를 보았다.

그렇다나본데. 나도 고개를 끄덕이며 그럴싸한 표정을 지었다. 코이즈미는 이때라는 듯 말을 계속했다.

"나가토 씨가 넘어진 소리에 정신을 차린 거예요. 틀림없습니다."

"듣고 보니 그런 것 같기도 한데…."

하루히는 더욱 깊이 고개를 갸웃거렸다가 바로 제자리로 돌아왔다.

"뭐, 그렇겠지. 그렇게 정확한 타이밍에 괴상한 저택이 서 있을 리도 없고 기억도 점점 희미해지고 있어. 꿈속에서 또 꿈을 꾼 것만 같은 기분이야."

그래, 그건 꿈이다. 현실에는 존재하지 않는 저택이었어. 우리에게는 필요 없는, 단순히 정신적인 피로에서 온 환각이었던 거야.

마음에 걸리는 건 다른 두 명, SOS단이 아닌 외부인이다. 나는 츠루야 선배를 보았다.

"우헷."

츠루야 선배는 한쪽 눈을 감으며 내게 웃어 보였다. 그 표정이 말하려는 것을 해독하면, "뭐, 그렇다고 해두지그래"라는 암묵적인 양해였다. 나의 지나친 착각일지도 모르겠다. 그 이상 츠루야 선배는 아무 말도 없었고, 평소와 같은 츠루야 스마일만 지을 뿐 어떤 사족도 늘어놓지 않았다.

그리고 다른 한 명, 내 동생은 아사히나 선배의 무릎에 엉기듯 달라붙어 완전히 꿈나라를 헤매고 있다. 고양이와 똑같아서 일어나 말을 할 때는 성가시지만 자는 얼굴만큼은 무척 귀여워 아사히나 선배도 싫지는 않다는 듯 동생의 표정을 바라보고 있었다. 이걸 보니 아사히나 선배도, 동생도 코이즈미의 해설 후반 부분을 거의 안 들었겠군.

바닥에서 털을 고르고 있던 샤미센이 날 올려다보며 "야옹" 하고 울었다. 마치 안심하라고 말하는 듯이.


그러고 있는 사이, 마침내 겨울 합숙 첫날밤이 도래했다.

나가토는 침대를 떠나고 싶어 안달이 난 것 같아 보였지만 그럴 때마다 하루히는 소동을 피우며 반강제적으로 눕히고선 이불을 덮어줬다.

나는 생각한다. 억지로 재울 필요는 없다. 만약 그게 즐거운 꿈이라 해도 어차피 꿈은 꿈일 뿐이다. 중요한 건 지금 여기에 우리들이 이렇게 존재한다는 것이다. 아무리 꿈만 같은 무대에서 꿈같은 활약을 한다 하더라도, 정신을 차리는 것과 동시에 강제 종료되는 환상에는 아무런 의미도 없다. 알고는 있다―.

많은 것들이 뒤로 미뤄졌다. 결국 그 저택은 뭐였나. 하루히는 코이즈미의 거짓말을 진심으로 받아들였는가. 지금은 나가토를 가지고 노는 것에 정신이 팔려 별로 신경도 안 쓰고 있는 것 같아 보인다만.

하루히의 요란한 목소리에서 도망치듯, 나는 괜히 밖으로 나와 보았다. 도시에서는 볼 수 없는 별이 가득한 하늘과 그 빛을 반사하는 한 면 가득한 흰 선이 너무나 눈부셨지만 그렇게 춥지는 않았다.

"하지만."

내일은 1년의 마지막 날이다. 코이즈미가 만든 추리극 흥업이 기다리고 있는 섣달그믐, 하루히도 라스트 스퍼트에 박차를 가하겠지.

이왕 이렇게 된 거 그때까지 푹 쉬는 게 좋을 거다. 나가토는 이런 기회가 좀처럼 없을 것 같아 보이는 녀석이다. 언제 자는지, 아니 잘 필요가 있는지도 알 수 없었지만, 이런 기회에 마음껏 수면 욕구를 채우는 게 좋다. 샤미센을 이불에 던져넣는 것도 묘안일 것 같다. 탕파 대신이 될 수 있을 테니까.

한없이 펼쳐진 설원을 향해 나는 혼잣말로 중얼거렸다.

"오늘 밤은 눈보라가 칠 것 같지 않네."

나가토가 꿈을 꿀 수 있다면 최소한 오늘 밤만이라도 꿈이 내려오길.

그렇게 바라지 않는 게 좋다는 이유가 내게는 그 무엇 하나 떠오르지 않는다.

하는 김에 별들에게 기도를 해본다. 오늘은 칠석이 아니고 섣달 그믐도 아니지만, 베가와 알타이르에 한정된 얘기는 아니지 않나. 우주에는 이렇게 많은 항성이 있다. 그중 하나에 전해진다면 어떻게든 해줄 거다.

"새해를 좋은 해로 만들어다오."

부탁한다, 거기에 있는 누군가여.

— 6권에 계속 —

# 작가 후기

「엔들리스 에이트」

처음에 이걸 썼을 때 마침 원고용지 계산으로 100매 정도였습니다. 거기서 20매 정도 잘린 분량을 「더 스니커」에 싣게 되었는데, 이번 기회를 빌려 초기 버전으로 돌아와 보았습니다. 뭐가 바뀌거나 한 건 아니지만 그냥 기분상 안심이 되는군요.

「사수자리의 날」

상관없는 얘기긴 한데, 원래 저는 게임이라 이름이 붙은 것을 그다지 플레이해본 적이 없어 연간 소프트웨어를 하나라도 클리어하면 저치고는 잘했다는 편이라 할 수 있을 겁니다. 참고로 가장 최근에 시작해 겨우 엔딩까지 도달한 게임은 「린다 큐브 어게인」이었어요. 재미있더군요.

슬슬 드림캐스트를 살까 하는 생각을 하고 있습니다.

「설산증후군(雪山症候群)」

신작 중편입니다. 제일 길어요. 자동적으로 짧게 정리를 해주는 편집 툴이 어디 떨어져 있지 않나, 최근에 제법 진지하게 그런 생각을 하고 있습니다.

이 이야기를 쓸 때 다음과 같은 서적을 참고 자료로 삼았습니다. 깊은 감사의 말씀 드립니다.

- 「페르마의 최종정리」 사이몬 신 저, 아오키 카오루 번역(신쵸샤)

- 「도형이 재미있어진다」 오오노 에이이치 저(이와나미 주니어 신쇼)

또한, 작품 속에서 사용한 식과 그 해설에 이상한 부분이 있다면 그건 순전히 제 뇌세포가 부족해서 그런 것이라는 것을 부언으로 붙여놓겠습니다.


마지막으로 분한 심정을 토로하는 한 마디를.

2004년 7월 15일 요시다 스나오 씨가 서거하셨습니다.

생각해보면 저와 그분이 처음에 대면할 기회를 얻은 것은 카도카와 쇼텐 신춘 감사회 당일, 제가 고맙게도 스니커 대상을 받은 시상식 직후였습니다. 그때의 저는 수상 소식을 전화로 들은 10일 뒤였기에 정말 완전 초보였지요. 그런 초보가 고명하고 저명하신 분들이 하나 가득 모여 계신 감사회장에서 할 수 있었던 일이라고는, 그저 편집 담당자분의 뒤를 따라 여러 사람들에게 꾸벅꾸벅 인사를 하는 것이 전부였습니다.

그런데 그런 긴장의 극한에 달해 있는 저를 향해 시원스런 남자분 한 분이 천천히 걸어오셨습니다. 그분은 쾌활한 미소를 지으며 내 어깨를 두드리고는 말씀하셨습니다.

"여, 후배!"

그렇게 말씀하신 분은 바로 요시다 스나오 씨였습니다.

여, 후배─. 그때의 제게 그분이 던진 말로, 그 이상 정확하고 명쾌한 대사는 그 어디에도 존재하지 않았을 겁니다.

그후 그분은 딱딱하게 경직되다 못해 "아뇨", "감사합니다"라는 말밖에 못하고 있는 저와 그래도 두세 마디 대화를 해주신 다음, 시원스레 웃으며,

"그럼 또 보자고."

라며 그 자리를 떠나셨습니다. 그게 제가 그분을 본 처음이자 마지막 모습입니다.

그로부터 3일쯤 독감으로 쓰러져 겨우 정신을 차린 저는 그때 좀 더 제대로 된 대답을 해야 했었다고 가슴 깊이 반성하고 또 마음에 새겨놓았습니다. 다음에 만날 기회가 있다면 내가 먼저 말을 걸 준비를 해두자.

결국 제가 그분에게 뭔가 말을 할 기회는 영원히 사라지고 말았습니다. 하지만 이 자리를 빌려 말씀을 드리는 건 헛된 일이 아니라 믿고 있습니다.

저는 이렇게 말을 걸고 싶다는 생각을 하며 그날이 오기를 기다리고 있었습니다.

"여어, 선배!"

지금은 그저 명복을 빌 뿐입니다.

# 개정판 **스즈미야 하루히의 폭주**

2022년 6월 8일 초판 1쇄 인쇄
2022년 6월 15일 초판 1쇄 발행

**저자** · Nagaru Tanigawa
**일러스트** · Noizi Ito
**역자** · 이덕주
**발행인** · 황민호
**콘텐츠4사업본부장** · 박정훈
**콘텐츠4사업본부장** · 김순란 강경양 한지은 김사라
**마케팅** · 조안나 이유진 이나경
**국제업무** · 이주은 김준혜
**제작** · 심상운 최택순 성시원
**한국판 디자인** · 디자인 우리
**발행처** · 대원씨아이(주)

서울 특별시 용산구 한강로3가 40-456
편집부 : 02-2071-2104 FAX : 02-794-2105
영업부 : 02-2071-2061 FAX : 02-794-7771
1992년 5월 11일 등록 3-563호

http://www.dwci.co.kr/

원제 SUZUMIYA HARUHI NO BOSO
© Nagaru Tanigawa, Noizi Ito 2004
First published in Japan in 2004 by KADOKAWA CORPORATION, Tokyo.
Korean translation rights arranged with KADOKAWA CORPORATION, Tokyo.

ISBN 979-11-6894-662-0
ISBN 979-11-6894-657-6 (세트)

# 스즈미야 하루히의 직관

스즈미야 하루히 시리즈

새해 참배로 시내의 모든 절과 신사를 모두 제패하겠다느니,
존재하지도 않는 키타고의 7대 불가사의 운운 등,
스즈미야 하루히의 갑작스런 아이디어는 2학년으로 진급하고도 건재하지만,
하루하루 삼나무 묘목을 뛰어넘는 닌자처럼 성장하고 있는 내가
그저 휘둘리기만 할 거라고 생각하지는 마라.
하지만 그런 나의 잔재주 따윈 깨끗이 무시하며
츠루야 선배가 갑자기 묘한 메시지를 보내온다.
상류 사회의 여행 추억담에서 우리는 도대체 뭘 읽어내야 하는 거지?

글 | 타니가와 나가루
일러스트 | 이토 노이지
번역 | 이덕주